午後的克布藍士街

葉桑——著

葉威廉探案系列

#【名家好評推薦】

葉桑是位擅長將謎團詭計鑲嵌進人物情感中的推理創作者，也是將本格解謎基因插入華人文化DNA的前驅者。這一次，好久不見的翻譯家葉威廉再度登場，並且帶來獨特的異國情調，組成一部細數人性多樣的精彩短篇集。

——冬陽（推理評論人）

葉先生重出江湖，這是遲來的喜訊。讓讀者得以重溫台灣早期推理作家沉潛銳變後的新面貌和風格。

——杜鵑窩人（台灣推理作家協會首任會長）

走在美國克布藍士街上，初秋微涼，街景明媚；印地安古城雲霧迷濛，名偵探形單影隻，迭遇險湍；島內或有奸狡成性的負心漢，或有狠辣絕決的女王蜂，有熱血的刑警，亦有幹練的輕熟女編輯，這是一個充滿愛恨情仇的世界。葉桑用如詩的筆觸，譜寫出一段段離奇篇章，在機巧之外，更深刻摹寫出人間百態。

——高普（推理作家）

在異國隨著樂曲奔放的思緒，沉寂已久的葉桑，筆下的浪漫再次璀璨地發酵。

——謝鑫（中正大學推理小說研究社社長）

絕版逸品重現，偵探葉威廉強勢回歸

文／余小芳

以目前推理出版品走向、相關活動舉辦趨勢爲觀察基礎，接軌絕版著作集結重出的機緣，認識老牌作家、賞閱經典作品及緬懷時事軼聞，時機正好。葉桑，絕對是接觸華文推理，不容錯過的一位指標性人物。

大學時期，偶然自暨大推理同好會的社團藏書中借閱了《爲愛犯罪的理由》，而後幾度探訪部落格「碧葉春桑」，或者在課堂空檔期間前往圖書館閱讀《推理雜誌》；當時聽聞葉桑曾對網友的書評指點一二，筆者內心暗想：看來是位硬脾氣的推理作家，未嘗鼓起勇氣於部落格留言。一眨眼，悠悠又過數年。二〇一四年六月份，葉桑受金車文藝中心邀請，舉辦名爲「野人獻曝：我的寫作經驗」的推理講座，惜因工作時間無法配合，僅能事後查閱網路的報導文章，揣想現場。直至二〇一五年十一月底，參與台灣推理作家協會第二屆第一次會員大會，有幸於當日下午聆聽會員專屬講座「Let's Talk About Mystery：食安偵探葉威廉的直覺與經驗」，對專業知識破解時事謎案的手法大感驚奇，會後交流更知曉他是位和藹可親、謙沖自牧的前輩，一改多年前的印象。

葉桑是一九九〇年代知名的推理作家，《推理雜誌》曾刊載多篇對其推理小說集的評論，顯見他在華語推理文壇有著獨步當時的代表性與重要性。希代一九八八年出版《櫻吹雪》爲其第一本小說，一九九〇年推出創作生涯首本推理小說《黑色體香》，直至一九九四年《仙人掌的審判》，共出版十一本推理小說集，創作力非常豐沛。値得一提的是，葉桑戮力投稿，〈再一次死亡〉、〈遺忘的殺機〉分別獲得「林佛兒推理小說獎」第一屆佳作、第三屆首獎；依照往例，榮獲首獎的參賽者，隔年須投稿新作，藉以展現創作的續航力，於是產出第四屆觀摩作〈鬼針〉，意義非凡。

生於一九五〇年十一月一日的葉桑，偏好連城三紀彥、夏樹靜子、松本清張等作家，愛好橫山秀夫、宮部美幸的推理著作，獨鍾《人性的證明》、《砂之器》、《嫌疑犯X的獻身》等描摹人性的作品。總括其創作風格，可謂辭藻優美、文風抒情，描繪細膩又情節婉轉，頗有近似連城三紀彥筆調的溫婉動人。書寫推理小說，點子層見疊出，題材生活化，多半強調人與人的互動、情感和現實；隨著偵探的腳步，遊歷不同國度的同時，能體察推理與社會事件之間的連結及關懷，並有著獨樹一幟的幽默描繪。

本書收錄十二篇作品，皆爲舊作修繕、改寫。〈流向心靈深處的河〉、〈陌生的指紋〉出自《水晶森林》（一九九三）、〈左手與右手的戰爭〉來自《台北怨男》（一九九一）、〈J雜誌主編記事簿：冬夜物語〉選自《夢幻二重奏》（一九九〇）原名〈冬夜旅情〉的篇章，因「旅情」二字感覺宛若旅遊而更名。〈不怨桃李怨春風〉（一九九四）、〈三張面具〉（一九九五）發表於《推理雜誌》。〈J雜誌主編記事簿：琥珀之心〉、〈四加一的晚餐〉出於《皇冠雜誌》。再來，〈卡拉OK復仇事件〉原刊登於《台灣新聞報》的西子灣副刊，〈午後的布克藍士街〉及〈鐘擺效應〉一時難以考察，若非刊載於《台灣時報》，便是《青年日報》。末篇〈費雪偵探社：凹陷的露珠〉則改寫登載《推理雜誌》的〈蜘蛛網上的露珠〉（一九九三）。

在葉桑的創作中，偵探葉威廉和其他要角的生活幾乎凍結於一九九〇年代的時光裡，如長相端正的陳皓警官，以及陳警官的表妹劉宜雯，她的職業為J雜誌主編。綜觀葉威廉登場的小說，只能微微窺探他的成長與轉變：葉先生年過而立，未達不惑，身高一七六公分，體重從五十八公斤前進至七十公斤，身材自有人魚線到中圍略突，濃密的頭髮逐漸脫落，外表看來比實際年齡蒼老。精通七國語言，包含英、日、西、俄、德、法及母語中文，近期擴展至韓文，葉先生獨自承攬「葉氏翻譯社」的工作，不曾聘僱助理協助，租來的公寓伴隨業務拓展，轉換成湖畔的別墅辦公室。他總在辦案的關鍵時刻，靈光乍現；長於醫藥、生化及毒物知識的翻譯，並和貝斯特生化研究所等高科技人員有所聯繫，立基於此，為他的思考和推理脈絡提供了最科學的證明。

皇冠出版社當時為此系列打造周邊紀念品，如葉先生月曆，並推出伴遊作家的活動，搭配葉先生游羅馬真理之口的海報。那時陳警官廣受許多女性讀者的青睞，葉桑與杜鵑窩人乘勢受邀參加電視節目，過往的筆耕歲月，可說是非常風光。另外，由於短篇作品適合改編成廣播劇，圓山的中央廣播電台在二〇〇二年更製作廣播小說「葉威廉和他的偵探朋友們」，葉桑甚至獻聲客串第一集，擔綱演出葉威廉一角。

除了偵探葉威廉系列以外，舊金山華人偵探黃敏家和校園偵探紀歐陽（小紀）原是長期發表在《台灣新聞報》的西子灣副刊的作品，後來因應部落格興起，熱愛寫稿的葉桑轉為將作品發布於網路平台「碧葉春桑」，不料忘卻密碼，終而荒廢部落格。

二十年過去了，如今偵探葉威廉強勢回歸，葉桑老師期許自己邁入古稀之年以前，再奮力創作四年；先行預告日前業已完成的三本長篇推理小說新作，一爲舊金山華人偵探，一爲老少警察的馬張探案，另一爲推理穿越劇。拭目以待的當口，懇請諸位讀者掏口袋、撒熱錢，爲本書的銷售量加持，締造前述數本推理著作面世的契機。

（撰文者為暨南大學推理同好會指導老師）

【導讀】偵探們的再聚首——《午後的克布藍士街》

文／洪敘銘

二〇一六年的今天，能看見葉桑的再度出版推理小說，對我而言毋寧是最大的驚喜與感謝。

一九八八年《櫻吹雪》出版，至一九九四年《仙人掌的審判》，短短六年間，葉桑在希代、皇冠、林白共推出十一本單行本，並以〈再一次死亡〉、〈遺忘的殺機〉、〈鬼針〉分別囊獲林佛兒推理小說獎第一屆佳作、第三屆首獎與第四屆觀摩獎，就此創造了幾乎難再被推理文壇後起之秀超越的里程碑與紀錄。

在一九九〇年代，《推理雜誌》少數地出現不同的評論家，以葉桑不同的單行本作品爲對象，逐篇進行評論與導讀，這些專文除了肯定葉桑的努力與貢獻外，也具體而微地展顯了他在早期台灣推理發展歷程中難以取代的風格與重要性；此時葉桑寫作風格的被辨識，誠如當時的評論家黃鈞浩、呂秋惠所言：華麗的詞藻、美妙的句子及淒美浪漫的氛圍；亦如葉桑本人對自我書寫「用推理小說的方式寫愛情」的歷時性回顧。

然而，我對葉桑推理小說的「看見」，則在於他對社會性的開展和社會現實的深層關懷上；葉桑的小說，通過常見的婚姻、情愛、名利慾望等主題，設計出繁複的關聯，並因應科技、醫藥、化學的與時並進，發展出新的犯罪手法的型態，對其中可能隱藏的社會問題或人性進行本質的探索；他貼合著實際發生的社會問題與事件，提出對該時代、社會最深沉的質疑，用以實踐進入九〇年代後，推理文壇逐漸興起的「在地化」的追求。

「台灣推理」的界義，總伴隨著「使台灣早日出現能媲美江戶川亂步或克莉絲蒂等偉大作家的人物，讓我們的推理小說迷不再受『崇洋媚外』之議」的焦慮，這種鐘擺與迴旋，時至今日仍深切地影響著作者、讀者與媒體對於「台灣推理」的想像、實踐與定位。

葉桑早已透過他的作品，開宗明義地宣示了他的解決方案：召喚小說中「土生土長」的在地居民的記憶與情感，使讀者得以透過經驗與主觀感受產生對土地的認同。因此，我們可以清楚地看見葉桑筆下人物的一股強烈的、對台灣本土與現時的「回歸」，例如身處異國、智慧過人的「台灣佬」在種族歧見中漂亮地解決案件、獲知惟一眞相；解謎過程中近乎「內建式」的台灣語言、身分與歷史探源；翔實的城市街道地圖與偵探足跡；從警民對峙到警民的互享情報、和解，以趨近解嚴後之時代風氣，以達成「正義」之實踐等等，都可見葉桑對於台灣的本土想像、關懷與建構，紮實地建築在他對於這片土地的依戀與牽繫上。

葉桑於《推理雜誌》發表的最後一篇推理短篇〈青鬚客的殺妻之迷〉，距今竟已十六年，後雖轉至《青年日報》發表，卻也因爲報紙流通快速，集結不易。在這十六年間，台灣推理文壇興起復興本格的風潮，近年來又在島田莊司倡議的日系新本格引介下，已然形構出與八〇、九〇年代完全不同的創作環境與場域；《午後的克布藍士街》在這股潮流中終於推出，雖難免存在著那麼一些對過往黃金年代的追憶，但是葉桑筆下的葉威廉、劉宜雯、陳皓、黃敏家等眾偵探的再聚首，卻也爲現今的台灣推理界，提出了一條重要的創作實踐與發展的方向。

偵探的時間觀

《午後的克布藍士街》共有十二個短篇，各篇間可說各有關連，卻也應各自獨立。葉桑帶給我們的，絕不是一種線性時間觀的理解——即讀者並不需要連結每個推理短篇文本內部時間甚或創作的時序先後，進而構成某種「長篇」或「系列短篇」的閱讀想像，更關鍵的其實是，十六年來未再集結、出版推理小說的葉桑，如何處理偵探們所身處的這段「空白」？

一九九四年葉桑近乎公開他筆下的葉威廉、劉宜雯與陳皓的人物關係與角色設定，其中自然以名探葉威廉最爲詳盡：

> 他懂七國語言，包括英、日、西、俄、德、法和母語中文。最擅長是醫藥、生化及毒物方面的翻譯，並且和貝斯特生化研究所等高科技人員有所接觸，對於他的推理，提供最科學的證明。

有趣的是，當時三十五歲的葉威廉，在《午後的克布藍士街》中也不過四十來歲，同樣地精通七國語言與醫藥、化學的專業知識，但在〈三張面具〉中，他不但已熟練導航系統的操作，也開始用起了智慧型手機——這些情節在〈三張面具〉初於《推理雜誌》面世時，以「向某個商家問清楚地址和方向」，及必須透過「話筒」、「電話線」始能報案的敘述中，即能看見偵探其實已在不連續的時間中，伴隨著讀者長大。

至於劉宜雯，她在〈月光下的愛與死〉初登場時還是一個迷戀著帥哥警察表哥的青澀女孩，隨著她擔任J雜誌的主編，也能獨當一面地以偵探之姿破解難纏的案件，直到《午後的克布藍士街》中〈鐘擺效應〉、〈琥珀之心〉、〈冬夜物語〉三篇J雜誌主編事件簿，宜雯除了仍然保有那股強烈的、追根究柢的行動力外，特別的是她對於人物對話間不經意流露之細節的靈光乍現，更若葉威廉的翻版。不過，在〈冬夜物語〉與原作〈冬夜旅情〉（《夢幻二重奏》）的對讀中，還是能夠發現葉桑讓宜雯留下了專屬於筆下女性角色的憂愁——對愛情、婚姻、家庭一體兩面的迷戀與迷惑。

自初登場就廣受讀者喜愛的警官陳皓，依然有著英俊挺拔的外貌，保持著令人莞爾的貪吃個性，時時「覬覦」葉威廉的招牌料理，卻也總是能在大快朵頤的短暫時間內，與葉威廉一同推敲案件的來龍去脈；他們兩人所分別代表著的警察／偵探的權力交換而達成彼此間和解，並轉化成對取得報償的滿足，藉以在「偵探發現眞相」與「警察執行正義」間產生平衡，這一直都是葉桑作品中最具代表性的特色之一。在〈三張面具〉、〈陌生的指紋〉、〈四加一的晚餐〉、〈卡拉OK復仇事件〉、〈左手與右手的戰爭〉、〈不怨桃李怨春風〉諸篇中，都可清楚地看見葉桑在此方面的精彩著墨。

另一方面，〈鐘擺效應〉和〈琥珀之心〉兩個短篇中，因情節裡沒有葉威廉的「攪局」，陳皓和劉宜雯雖一如以往地充滿著對案件追查與其間愛戀關係的雙重緊張，卻也有了更多有趣的對話、表情、肢體動作等日常互動敘述，過往那種單向的、清純的迷戀，似乎也在時光的流洩中，產生了潛移默化的可能。

所有偵探或推理小說的時間觀，必然不是線性的、連續的，但身爲創造這些偵探們的葉桑，卻有著迫使他們「長大」的權力，特別在〈四加一的晚餐〉中，葉威廉和陳皓在獲取眞相後，卻紛紛地放棄了那個政治正確的、必須被執行的法律與正義時，便已然牽引出時下對於「犯罪（crime）」或「罪惡（sin）」的繁複思考與當代辯證的意義；而最終那一個既詼諧又荒謬的、幾近早期溫瑞安〈殺人〉風格的結局，卻也暗示著偵探們在他們的時間觀裡的必然成長，以及必然從九〇代，走向今時今日的驅力。

「真實」世界的建構：同情與理解

葉桑的推理小說中的一大特色，即是足跡遍及世界各地的異國風情；在此書中，〈午後的克布藍士街〉發生在美國的圖雅格小鎮、〈流向心靈深處的河〉葉威廉遠赴中美洲的宏都拉斯、〈凹陷的露珠〉則是舊金山偵探黃敏家負責調查的案子。

過去不少評論家曾針對此點，提出若干疑問，如楊照所批評的：許多「異國異地」的場景敘寫，使得台灣推理小說應該關切的「本土焦點」消失（一九九三）。換言之，我們如何能夠在《午後的克布藍士街》的異地書寫中，找尋台灣推理小說的「本土性」？

對我而言，在葉桑的這些發生於非本土情境的推理敘事中，明顯地展顯出「土生土長」的在地觀點與「異國異地」的外來文化的互動關係，諸如〈午後的克布藍士街〉的小傑與安妮，或〈流向心靈深處的河〉的梅葉爾等人物角色對葉威廉展現出的親近與信任，及其偵探特質的讚美；或是〈凹陷的露珠〉中通過美國山間小木屋中頗爲顯眼突兀的「made in Taiwan」的花瓶與茶壺，營造出一種明確的、與台灣相似的熟悉景物與感受；以及葉威廉或黃敏家不時對台灣故土或家鄉的想念，都強化了小說中的主要視角（葉桑／偵探）即使身處異地，並與異地的空間產生實質的互動，但對他們來說，仍然象徵著穩固不變的在地性（台灣）表徵。

另一方面，葉桑在「本土推理」的創作實踐中，並不排斥構造所謂的「匿名城市」，諸如〈三張面具〉的M市、〈卡拉OK復仇事件〉中的N縣等等，這些匿名化的處理，乍看之下會使得讀者難以確切掌握故事切實發生的地點，而容易產生與異國異地風情書寫中相似的、關於指認「在地性」的困難。

但這種「先不要這麼快認定文本中城市就是『那裡』（某個城市）——可能是，也可能不是」的懸疑，卻也恰好成爲推理小說中一個值得探究的外緣謎團，意即或許我們在讀完小說時，並不一定非得同時解開M市、N縣究竟爲何處不可，但當讀者嘗試或者推測其眞實位址時，也將自然而然地加入自身的生命歷程與經驗，尋找或判定某個處於現實世界與國度中的「眞實」地點。這事實上就可能藉著小說城市的匿名化，在讀者界義「地方」的過程中，肯認的不同個體所形構、及其於城市中的日常經驗所必然存在的差異；更積極地說，葉桑筆下的城市或許也成爲「作爲時間／空間的混合體」，所有的在地居民與城市使用者，都能使用他們的日常經驗，參與並解答推理敘事中的那個終極之謎——我在哪裡？

其餘〈陌生的指紋〉、〈左手與右手的戰爭〉、〈不怨桃李怨春風〉等篇，則展現出葉桑最爲擅長的城市書寫，以及他經營浪漫化的語言文字的功力，例如以下幾個段落：

春節使台北城化作一具披繡花長袍的骷髏，整排整列的龐然建築，在頂部閃爍著虛無的光，然後傾流下來，彷彿是煙霧間的水瀑，又像是一片接一片映著幻像的布幕，微微拂動。經過一段長長寂靜的道路之後，有個電影街的出口，萬紫千紅地擠滿了一群人，遙遙望過去，漂浮著極樂世界的繁華。（〈不怨桃李怨春風〉）

所有台北人遲到的理由——交通堵塞，他們也不例外。（〈左手與右手的戰爭〉）

從明亮的玻璃窗可以看到美麗的台北街景。然而這幾天的學生運動使宜雯的心情很低落，當她再度望向中正紀念堂的廣場，靜坐抗議的人潮如滿山滿谷，引頸怒放的野百合，益發引起她的罪惡感。這樣的午後，她應該加入那為對抗污染保護地球的巨浪，而不是無所事事地和一個貴婦人在這裡閒磕牙。（〈冬夜物語〉）

葉桑筆下的「眞實世界」，事實上隱含在推理敘事中的背景式描寫中，特別是偵探的感知與見聞，反向地表明了作者葉桑對時代與社會的切身關懷。例如台北極樂繁華的表象下的虛無與幻像，而這種虛幻正好牽動著小說敘事中的人際關係，造成時代的、社會的問題，進而致使無法復原的謀殺悲劇發生；換個角度來說，偵探對現實世界的感知與對應，也就能成爲他們推理案件眞相以及推敲犯罪動機的有利線索，甚至成爲迫使兇嫌認罪的關鍵證據，這都顯示葉桑同樣藉由故事情節的行進與推演，包含他對城市交通混亂的無奈與無力，以及對社會議題如學運、環境保育的認同，都眞誠地傳遞出濃厚的、屬於葉桑的同情與理解。

也因此，《午後的克布藍士街》中某些看似對眞兇的「縱放」或者對「執法」態度的消極，乍看下難以觸碰到傳統社會性書寫中隱「惡」揚善、彰顯「公道」的核心，但這確實也是葉桑的推理小說中所開展出的、對社會性的深層尋繹與意義探索。

知識的探索

二〇〇九年至今，關注著對未來世界之創造、探索的「新本格」實踐，通過島田莊司推理小說獎的在台舉辦，逐漸在台灣推理文壇與出版行銷中，佔據了主流的位置，爲了因應敘事中的「未來感」塑造，與科學、科技、網路等相關的專業知識則越顯關鍵；另一方面，即便非屬「二十一世紀本格」系譜，其他領域之專業知識與推理敘事的結合，也因而逐漸成爲當代華文推理創作的重要方向。

葉桑畢業於生物系，且長年於國內外藥廠服務，其筆下的名探葉威廉，也因此具備相當豐富且精熟的醫藥、生化方面的知識。在九〇年代，葉桑已創作出多篇膾炙人口的短篇作品，諸如〈博士之死〉、〈嚙臂斷情〉、〈突變的水仙〉等，都運用相關領域知識建構密室、創造不在場證明，偵探也能以此一一指出其中關竅，解開謎團，在某種程度上，葉桑已然基於當時已發現或足以掌握的科技知識，藉著推理的形式，開展出極爲豐富的應用方向與對未知世界的想像。

因而在本書中，偵探們雖時常「靈光一閃」，卻也是通過這些知識系統的調度始能成立；換言之，偵探始終必須透過他擁有的知識，才能夠「遭遇」案件並展開解謎，這也讓作爲偵探的高知識分子，在社會中較易取得國家機器（警察）或其他社會資源（醫師、媒體）的協助，讓推理敘事的焦點鎖定知識型偵探的演出，「知識性」也因此成為推理成功與否的最重要關鍵。

例如〈午後的克布藍士街〉詳細介紹「穆可爾素」的發現經過，〈陌生的指紋〉具體操作血紅素的檢驗方法，〈左手與右手的戰爭〉說明血液酸鹼值的異常因素等等。值得注意的是，葉桑並未因為「苯化物」、「聯苯胺」、「植物鹼」等專業詞彙的艱澀，可能造成一般讀者的閱讀困難而避用，反而詳細地介紹這些藥物的化學反應及其與該起案件的關聯，使其專業知識的應用產生「擬真」的效果，進而增添了整體敘事的合理性；不過，推理小說畢竟不能成為所謂犯罪的「教科書」，在其寫作倫理上，葉桑仍將他的推理與解謎的焦點，集中在對錯縱複雜的人際關係的梳理，以及對犯罪動機的探查中。

令人驚喜的是，葉桑與他筆下的偵探們，勇敢地走出了他們最為專精、熟知的領域，展現了他們對更多新知識乃至於新時代語境的高度興趣與學習動力，〈琥珀之心〉就可以看見葉桑對星象學與十二星座的認識，巧妙地結合星座名稱與陳屍現場的死亡訊息，在層層翻轉、推論出眞兇的過程裡，也表現出他對於時下年輕世代愛情觀中所謂「星座速配度」的了解與觀感，也在在宣示出葉桑回歸文壇的豐沛能量，以及他與他的偵探們與時俱進的成長。

聚首後——

《午後的克布藍士街》的最終案件，是以舊金山偵探黃敏家為主角的〈凹陷的露珠〉。「費雪偵探社」系列並非橫空出世，除〈鬱金香公路〉（《水晶森林》）外，葉桑也在《推理雜誌》上發表過〈白骨紅顏〉、〈傷心碧酒店〉、〈狐狸山丘〉等作，作為葉桑的讀者，自然不會陌生。

有趣的是，在這個系列中，黃敏家不若葉威廉的學富五車、口若懸河，他在〈凹陷的露珠〉中雖表現出他的機智，卻也呈顯了他因自己學養和經歷太淺而產生的自卑；或許葉桑接下來想要挑戰的，是在赫赫有名的葉威廉的眼下，創造出一位性格截然不同，卻依然能夠以不同的說話方式，表述出他一貫的、對於推理寫作的熱愛，以及對現世的熱切關懷。

略感可惜的是，葉桑筆下另一對最佳拍檔：小紀與孟德爾，並未在本書中現身，過往他們登場的主要舞台，雖是一九九三年的《顫抖的拋物線》及後續的幾個短篇，然而他們青春校園風格的人物互動模式，以及迥異於葉威廉、劉宜雯、陳皓、黃敏家等社會人士的「看見」，確實也在過去葉桑的寫作中，補足了某一個世代的缺憾視角，期待有朝一日，小紀與孟德爾也能夠再次於讀者眼前粉墨登場，展演他們如何在特定的時間觀中長大、如何看見一個或者已不再屬於他們的時代。

身爲台灣推理小說的研究者，葉桑作爲本格復興前台灣推理文壇的創作健將，在闊別文壇多年的二〇一六年底，推出最新的推理短篇集，相信能夠召喚我們對於那一個尚且年輕氣盛、年幼及長甚至尚未出世的各種時代的想像；身爲葉桑的讀者，《午後的克布藍士街》在新／舊作的今／昔對讀之間，除了充滿著那個尚處於探索文體、類型、主題，不畏艱難、勤於寫作與發表之時代的某種「懷舊」外，在九〇年代被黃鈞皓稱作「idea maker」的葉桑的回歸文壇，也正同時刺激著當代台灣推理作家在作品中所賦予的「台灣」、「本土」與「在地」的想像與理解，亦能提供讀者們對本土推理未來發展走向的一條思考途徑。

筆者介紹／

洪敘銘，台灣推理作家協會成員。國立東華大學中國語文學系博士，以台灣推理小說爲研究主題，兼及當代大眾文學之探討。著有《從在地到台灣：論本格復興前台灣推理小說的地方想像與建構》（秀威出版，二〇一五），並發表〈台灣推理小說的「本土」界義及「新本土／新本格」發展〉、〈台灣推理小說的「在地性」實踐〉、〈一九八〇－一九九〇年代台灣推理文學場域之典範構成研究〉、〈台灣推理小說中「地方傳說」之使用及其意義〉等論文於全國各大學術期刊，推理評論則散見《文訊》、作家生活誌專欄。

目次

Case1

三張面具

第一張面具不見時，有一個男人也跟著不見，是悄悄離開小鎮呢？還是……沒有人知道。

第二張面具不見時，另外一個男人卻被現墜屍谷底。

第三張面具不見時，將會有什麼悲劇產生？

名偵探葉威廉以他超人的智慧、無與倫比的推理能力，向面具後的惡魔挑戰。

眼前的男人看起來五十多歲，瘦小乾弱，穿著廉價的西裝，並沒有繫領帶。他喝了一口葉先生端給他的茶，就不斷地咳嗽，還直用手勢道歉。溫暖的秋陽照在紗簾及白色花瓶上，是一個安靜恬適、適合好朋友聊天的午後時光。

「聽說你有困難。」葉先生期待對方能夠開門見山地說明來意，但是他卻言不及義地說些無關緊要的話。

「不能說困難，只是有些困惑。」

「困惑？」葉先生再把放在桌上的名片拿起來看一看——李良奎，林木森藝術雅集經理。

「是的！困惑。」男人抬起那張皺皺的小臉，，說：「一個星期前，我們小村後面的山谷發現了一具男屍，身分是K專科學校五年級的學生，經過警方驗定，是失足墜崖而死。但是，我發現藝術雅集的面具又不見了。」

「又不見？」葉先生對於男人的表達能力似乎未能適應，於是決定用自己的方法來弄清楚怎麼一回事。

「李先生，是誰介紹你來找我？」

「我向當地的警察表示，那個男學生是被人推下谷底，可是他們不相信。後來，有位陳警官就說：『你去找葉氏翻譯社的葉先生，說不定他能幫忙你』。」

關於這個答案，葉先生早就知道。陳警官是他的好朋友，並且已大略地把事件經過告訴了他。

「你爲什麼認爲那個男學生是被人推下谷底？」

「因爲面具。」

「什麼面具？」

「在我管理的林木森藝術雅集中，有三張和尚臉譜的面具掛在樓梯口。兩個月前，我發現其中一張不見了。由於那種面具很普遍，價格也不高，所以我並不別在意，以爲是觀光客趁著人多手雜時，偷偷摸走。」

「後來，發生那件男學生墜崖而死事件後的幾天，我不經意間發現那兩張掛在牆上的面具又少了一張；也就是說原來的三張面具只剩下一張。在這段時間裡，除了熟客及路過進來瀏覽的客人外，並沒有整團的觀光客來店裡，所以不可能有人伺機順手牽羊。詢問店裡的歐巴桑和兩名女店員，她們都說不知道。」

「嗯！」葉先生的思考齒輪開始轉動。

「昨天，僅存的第三張面具，不知何時也被人悄悄拿走了。我的心中突然產生一種莫名恐懼，因爲想到第一張面具不見時，我店裡雇請的一名男店員正巧不告而別。這些事串連在一起，我認爲那個男學生是不是被人謀殺，那個男店員是不是也遭受同樣的下場，只是屍體還未被人發現。至於第三張面具的消失，是不是意味著又有什麼事會發生。」

「這就是你的困惑？」

「是的！」

「那你要我幫你什麼忙？」

「找出殺人兇手，繩之以法。」

「你可以報警啊！」葉先生心中感到眼前的男人未免太誇張。

「可是他們堅持那個男學生是自己掉下去的呀！」對方露出懇切而焦急的神情，又說：「只有陳警官相信我，並且介紹你來幫助我。我老遠跑來，難到你就不能同情我嗎？」

葉先生似乎被他的一席話所感動，於是說：「那麼你先回去吧！我明天專程去拜訪你，以澈底瞭解整個事件。」

「謝謝。」男人站起來，正要行禮告辭時，想到甚麼似的，鄭重地跟葉先生說：「這是我個人的請託，所以請你務必要保守祕密。千萬不要跟別人提起有關面具的事，拜託你了！」

葉先生望著他的背影，忽地嘆了一口氣。

沒有風吹來，卻見黃葉飄落，葉先生懷疑自己有特異功能。試著再嘆一口氣，果然又有幾片黃葉掉落，於是他得意地笑了。

第二天，葉先生一大早就整裝出發。

林木森藝術雅集位於M市的效區，整條街以木雕聞名。由於藝術氣息濃厚，許多文人雅士紛紛移居到此。大批的建築商亦聞風而至，在山坡地蓋了一棟棟不倫不類的別墅。葉先生於三年前曾經來此，也深深陶醉於這一帶的人文和自然景觀，尤其是一片少見的楓林，在清淡的秋光下，散發出女王般豔麗的風采，更令他神往不已。

舊地重遊，不但楓林不見了，道路兩旁還增設了許多啤酒屋、KTV、居酒屋、健身中心和一座頗有規模的保齡球館。林木森藝術雅集位於街尾的樹林裡，有一大片水泥地，可供遊覽車停放。現在不是旅遊季節，所以看起來冷冷清清地。葉先生停好車子，慢慢地向林木森藝術雅集走去。

就像台北街頭的禮品店，自動門一打開，立刻流瀉出一連串事先錄好的中、英、日歡迎詞。林木森藝術雅集，顧名思義，主要的作品是木雕。除了大型原木呈現出自然的紋理和姿態外，也有很多本土藝術家的作品，大部分以佛像或達摩爲主，抽象派的東西很少。

有個拿著計算機核對帳目之類的女孩，一見葉先生進門，立刻離開櫃檯，笑盈盈地介紹陳列的雕刻作品。葉先生暫不表示身分和來意，說：「你們的店名取得眞好，林木森。」

「聽說是老闆命名的，你大概知道我們老闆是誰吧！」

「是誰？」葉先生明知故問。

「杜英，專門演古裝片的杜英。」

不是她，是誰？葉先生對她印象深刻。十年前她以一部《斷臂女俠水流紅》紅遍港台兩地，後來鬧了不少緋聞，退出演藝圈，逐漸被影迷淡忘。大概三、四十歲左右的人才記得「杜英」這個名字吧！後來，她又迷上木刻，斥資建立林木森藝術雅集，作品屢屢得獎，又漸漸喚起世人的回憶。

「那個就是她的作品。」

一雙鳳凰，刻痕十分抽象，說是烏鴉似乎還恰當些。可是底座竟然貼有曾經得獎的報導，而且是非賣品。葉先生對於自己的鑑賞力，開始產生懷疑。

「杜英以前很漂亮，是個標準的古典美人。當時大家都說她是樂蒂的接棒人。」

「誰是樂蒂？我不知道。我們老闆現在還是很漂亮、很有氣質。」

「她住在這裡嗎？」

「才不，這裡只是她投資事業的一部分。她住在M市，還經營貿易公司、傳播公司等其他事業。」

「銀幕女俠變成企業女強人，眞不簡單。」

「要不要上二樓看看，上面全部是非洲土著的手工雕刻及一些骨董，是內行人眼中的稀世珍寶。」

葉先生隨著女孩往二樓走去。在拐角處，光線整個暗了下來。葉先生用目光去尋找曾經掛著三張面具的地方，正想開口問，女孩卻不見了。

「啊！」二樓忽然傳來尖叫聲。

「難道是……？」

葉先生趕緊跑上二樓，只見剛才那個女孩摀著嘴，惶恐地望著四腳朝天的男人，不知如何是好。男人一邊掙扎著爬起身來，一邊破口大罵：「告訴你多少次，走路要長眼睛，不要橫衝直撞……痛死我了。」

葉先生過去將他扶起，原來是李良奎。

他一看來人是葉先生，似乎忘記身上的疼痛，立刻堆上笑臉，說：「什麼時候來的？葉先生。」

「剛到。」葉先生不想浪費時間，直接問道：「那三張面具原本掛在哪裡？」

李良奎說：「不急嘛！休息一下再說。」

葉先生卻堅持地說：「速戰速決，你也可以早日放心。」

「說的也是。」李良奎便領葉先生到二樓至三樓的拐角處，指著一面盾牌和兩把木刀，說：「原本是掛在這裡。」

葉先生發現除了盾牌和木刀外，乾淨無痕的牆面之前，擺飾許多其他的雕刻品，用「琳瑯滿目、美不勝收」來形容，也不為過。

知道面具的原掛處後，葉先生順便參觀二樓至三樓的收藏品。

「你說面具是和尙的臉譜，有沒有類似品可供參考。」

「有，你等一下。」李良奎進入一間彷彿是倉庫的房間，出來時，手中多了一張木刻的面具。

「水楊木刻的吧！」葉先生隨口說，因爲拿在手中質地輕、薄，大小正可覆在大人的臉上。顯然是張年輕英俊和尙的臉譜，讓葉先生聯想到《天龍八部》中的虛竹。

葉先生試著帶上面具，對著玻璃窗端詳。在陰暗的光線下，和尙的臉譜雖然慈眉善目、面帶笑容，葉先生卻感到既詭異又恐怖，連忙卸下面具，交還給李良奎。

葉先生恢復鎭定後，三樓響起一陣腳步聲，他的眼光不由得被吸引了過去。樓梯口出現一雙最流行的紫色運動鞋，緊裹於牛仔褲中的長腿，腰上佩戴偶像歌星常用、扣著兩隻健康活力大手的金屬皮帶，在壯碩的胸膛和肩膀之上的是令葉先生感到驚異的一張臉，先前的詭異感和恐怖感又漸漸地升了上來。

是個俊美無比的年輕男孩，黑亮濃密的頭髮故意弄得很亂，看起來像是在強風中做過激烈的運動。橢圓形的臉蛋上是細緻而典雅的五官。他下樓時，緊抿著嘴，眼光微微往下垂，在幽黑的氣氛中，竟然和手中的面具十分相似，這也是令葉先生感到恐怖和詭異的原因。俊美男孩看了他一眼，不發一言地往樓下走去時，葉先生剎那間瞭解到爲什麼有那麼多少男、少女迷戀英俊的男神。因爲美少年就像春日裡的微風，帶給人說不出的愉悅，還有一種對美的罪惡感。

「他是我的兒子。」

「還在唸書嗎？」

「去年高中畢業，沒考上大學，整天鬼混。我只有這麼一個兒子，眞教我擔心。」李良奎一面嘆氣，一面娓娓道出兒子的種種事跡。講到劣行惡跡，淚水幾乎奪眶而出；講到得意之處，爲人父的驕傲更是表露無遺。

葉先生適切地打斷了對方的談話，說：「我們去看看男學生墜崖的地方。」

「離這裡約十五分鐘的路程，你是要坐車？還是走路？」

「走路好了，可以順便談話。因爲我也想知道那個失蹤的男店員的相關資料。」

離開林木森藝術雅集，李良奎領著葉先生走入一條林間小徑，與葉先生的來時路朝相反方向。踩著滿地的落葉，發出沙沙的聲音，很有浪漫的秋意。陽光從樹枝、樹葉間穿射而下，耳中傳來的是在都市生活中，難得聽見的鳥鳴聲，使葉先生感到這趟行程很值得。

「三個月前，我向杜小姐抱怨工作太多、人手過少，她隨即從傳播公司調派個男孩來這裡幫忙。我們叫他阿景。阿景這男孩不錯，工作認眞，就是不太愛說話，一副城府很深的樣子。做了約一個多月，他一聲不響地離開了。我向杜小姐提起，她說現在年輕人都是這樣子，沒什麼好擔心……」

邊走邊說，兩人來到一個雜草叢生的谷地。李良奎表示這裡就是陳屍之處，然後往上指了一處約四層樓高的斷崖，說：「男學生就是從那上面掉下來的。」

葉先生觀察現場時，忽然看見斷崖下約四公尺的地方，凸出一堆矮樹叢，似藏著某種奇怪的東西。

葉先生費了九牛二虎之力，才把半隱藏於矮樹叢裡的東西拿下來，原來就是李良奎所說的那張面具。

「難道警察在偵查現場時沒有發現嗎？」

「鄉下警察都很草率，可能想急於結案吧！」

「當時，你有沒有在現場？」

「沒有。我聽人說，斷崖摔死人了，可是我並非愛湊熱鬧的人，當時並沒有去看。很多人都去看過，一時眾說紛紜。」李良奎接著問：「怎麼樣？有沒有什麼新發現？」

「連警察也找不出他殺的線索，我想我們回去吧！」

李良奎顯得很無奈，似乎對這位名偵探不負責任的態度感到失望。

回到林木森藝術雅集，一樓靠窗的角落，聚集了一群人，放肆的談笑聲和寧靜的木雕藝術顯得格格不入。李良奎趕緊向葉先生道聲歉，然後快步離去。

葉先生假裝在欣賞雕刻，其實卻暗地在觀察他們。

濃妝豔抹、穿一襲桃紅色鳳仙裝的女人顯然就是杜英，四周或坐或站的應該都是演藝圈的人。他們正在談論一部上檔中的片子，把導演的拍片手法批評得一文不值。而剛才驚鴻一瞥的美才年也置身其中，充當小弟似地忙來忙去。原本在葉先生印象中，那種不屬於人間的清冷高傲已蕩然不存，化成被養在後花園中的玉面姣童。

「哈囉！葉先生。」

葉先生尋聲望去，原來是高喬治。

多年前，高喬治原先是個剛剛才嶄露鋒芒的推理小說家，和葉先生有數面之緣。由於葉先生長年從事國外推理小說的翻譯，對於好不容易崛起的本土推理小說家，自然鼓勵有加，並主動向各報社、雜誌大力推介他的作品。所以高喬治順利出了書，也累積了一點點知名度。後來，實在是受不了一些本格推理評論家的攻擊，又加上家人的強力反對和必須面對的現實問題，於是棄小說創作，投身電影、電視編劇行列。結果，成績斐然。兩人雖然一年見不到幾次面，但是在臉書上卻時常互通有無，以至於不預期的見面，並沒甚麼驚喜。

不善交際的葉先生拒絕了高喬治邀請他加入那群人的談話，身爲女主人的杜英於是移樽就教。當他看見葉先生手中拿的面具時，微笑的臉忽然爲之凍結。

李良奎急急忙忙地走過來，搶先一步說：「這位是葉威廉先生，我的朋友，特地來參觀林木森藝術雅集的收藏。」

高喬治哈哈大笑，說：「原來如此，我還以爲這裡發生命案。」

「什麼意思？」杜英的聲音透著寒氣。

「難道妳不知道嗎？這位葉先生除了精通七國語言、譯了不少中外名著，還是一個鼎鼎大名的偵探。」

杜英的眼神極爲凌厲地掃向李良奎，後者不知所措地低下頭去。

葉先生說：「不愧是編劇，說起話來都令人玩味再三。其實我哪裡是什麼大偵探、名偵探，只是推理小說翻譯多了，耳濡目染，碰巧破解幾宗命案的關鍵點而已。」

杜英臉色稍霽，說：「葉先生也喜歡木雕？」

葉先生感到杜英的眼光盯著他手中的面具，說：「是的！」

「那張面具是……」

李良奎又搶著回答，說：「剛才葉先生在二樓觀賞，覺得這種面具很有趣，就拿在手中賞玩。我們到外面閒逛時，他還一直拿著不放，眞是愛不釋手。」

「杜姊。」李良奎的兒子走過來，對杜英說：「吳導演他們要妳過去。」

杜英象徵性地點一下頭，轉身離去。

高喬治對葉先生眨眨眼、擺擺手，然後跟在杜英的身後，回到原來的那群人之中。

李良奎依然低著頭，彷彿無法承受葉先生充滿疑問的眼神。葉先生拍了拍對方的肩膀，表示能夠諒解對方的謊言。同時心中暗下決定，今晚就在這裡過夜，並且好好追究一下隱藏在三張面具之後的祕密。

晚餐，大家一齊喝啤酒、吃火鍋。

葉先生深切地感覺到杜英他們一群人似乎因爲自己的加入而無法暢快地說話。李良奎要照顧店面，無法共餐，所幸高喬治坐在身邊，談些文學之類的話題，場面便不致過於僵化。

吳導演實在是海量，幾乎沒吃東西，只是把酒一杯一杯地往肚子裡灌。

小松——李良奎的兒子，沒喝幾口，一張俊臉紅得像塗滿了胭脂。

杜英卸下戲服，換上故意把領口敞開的襯衫，讓飽滿的半球性感的在黑色的胸罩裡晃動，雪白的肌膚在酒精和燈光的烘托下顯得恰到好處，讓人忘記她已經年過半百。而她似乎已經忘記面具一事，偶爾興起，還會開開葉先生的玩笑。

其他的幾個人則像活道具，應和著杜英和吳導演的談話。吃得差不多時，葉先生找藉口先行離席。

經過前面的展示櫃時，李良奎正在向一對日本夫婦介紹一只牛頭木雕。葉先生沒有打擾他們，走到店外的空地，做做幫助消化的飯後體操。

雖然是初秋，白天的氣溫還維持攝氏二十八度左右，到了晚上，溫度卻急速下降，當山風吹襲而來，冷得令人起雞皮疙瘩。葉先生雙臂環胸，欣賞初升的明月。正想往樹林走去時，有個人匆匆走過來。

回頭一看，原來是高喬治。

「葉先生，我萬萬沒想到會在這裡遇見你。」

「是呀！我也感到驚喜萬分。」

「你和李良奎先生是熟識已久的朋友嗎？」

葉先生一時不知如何回答，這次來林木森藝術雅集的目的似乎很荒謬，而整個過程李良奎又刻意保密，使他的立場顯得尷尬。尤其當高喬治問道「你來這裡，是不是和面具有關」時，葉先生整個人都愣住了。

「你說什麼？」

「你是真不知道，還是故作不知？」

葉先生對整個事件的了瞭解是介於真、假之間，如果依據愛因斯坦的相對論而言，他可以理直氣壯地說：「我真的不知道。」

「我相信你的人格，可是這件事情實在太嚴重了，所以我不得不以懷疑的口氣質問你。」

「到底是怎麼一回事，這麼嚴重？」

「如果你眞的不知道，最好不要知道，也別追根究柢，免得自找麻煩。」高喬治忽然露出令人無法理解的詭異笑容，說：「如果是故作不知，希望你能遵守推理小說的創作原則。」

這下子，葉先生眞是丈二金剛，摸不著頭腦。

「看你的樣子，又好像是眞的不知道。可是，爲什麼偏偏你手中會拿著一張面具呢？教人不能不起疑，你一定發現杜英的臉色變得很難看。又不是演藝圈人，你這是何苦呢？」

葉先生決定不和他打啞謎，反問道：「你們這批人來幹麼？」

高喬治以試探性的口吻說：「你不知道嗎？我們來這裡試片。」

「試片？」

「我先透露一些祕密好了。我寫了一齣推理味十足的古裝劇，吳導演很欣賞，找到投資人杜英，並說服她再起，扮演劇中的女主角。畢竟她是至今古裝扮相最美的女明星，雖然年紀大了些，可是符合故事上那個歷盡滄桑的美豔少婦一角。杜英也答應復出，並且配合我們以林木森藝術雅集及附近的樹林爲主景。」

「那跟面具又有什麼關聯？」

高喬治又露出那種令人無法理解的詭異笑容，說：「葉先生，看來你眞是裝蒜到底。不過，沒關係，只要你不說出去，就沒事了。至於你想知道與面具有什麼關聯，今晚不怕熬夜的話，你可以出來看看我們試片。憑你那超人的智慧和無與倫比的推理能力，必然可以看出端倪。」

他丟下莫名其妙的一席話之後，就轉身進入林木森藝術雅集，留下滿地清冷的月光，以及葉先生那充滿疑慮的身影。是的！高喬治的話一點都沒錯。但是，縱然葉先生的智慧超人一等，推理能力無與倫比。可措畢竟是凡人，沒有神奇的預知能力，沒想到午夜來臨之時，將有一場血淋淋的悲劇既將上演……

月亮愈升愈高，葉先生終於做了決定，走向停車場。

他發動車子，迅速離開林木森藝術雅集。

位於街道兩旁的木雕商店，家家燈火通明，越靠近市中心，燈火的色彩和式樣更趨於變化多端，最特別的是一幅由霓虹燈管畫成的美人魚，手中還拿著酒杯。

依據導航系統，葉先生在十分鐘後，就到達目的地。

李良奎會找上葉先生，乃是透過陳警官的介紹。陳警官「指示」葉先生如果需要協助，可以到當地的派出所找金警官。

金警官原本是個「意氣風發」的優秀警察，可惜在某次「辦案」過程中犯了一個不小的錯誤，於是被調職到鄉下這個派出所。據說有一陣子十分消沉，時常藉酒澆愁，後來和陳警官聯手破了一件案子，才逐漸恢復自信。

聽完葉先生的疑問，金警官斬釘截鐵地說：「那個男孩子是摔死的準沒錯。爲什麼林木森藝術雅集的李良奎總說是被人推下來，豈有此理！」

「當時的情形如何？可不可以形容一下。」

「我們接獲報案，立刻趕到現場。報案人說，他經過附近時，聽到一聲慘叫，跑過去看時，有個男學生已從斷崖摔下來，不知是死是活。當他請來的救護人員到達時，該名男學生已經氣絕，因此打電話報案。」

金警官看葉先生沒打岔，就繼續說：「M市的警察局也派專門人員來鑑定和偵查。該名男學生是個登山迷，住在M市，時常利用假日到那個斷崖練習垂直爬壁的技巧。那天很不幸，繩子沒繫好，便摔了下來。眞是可憐，還那麼年輕。做了這麼多年的警察，我最痛恨看年輕的屍體了。」

「他是從斷崖五分之四的高度摔下來，並不是從上面被人推落的。何況我們也檢查過斷崖上面的泥地，沒有任何的腳印。那個姓李的口口聲聲說是他殺，問他，他又拿不出什麼證據來，眞是無聊。」

葉先生問：「你們偵查現場時，有沒有發現什麼可疑的物品？」

「譬如什麼？」

「譬如面具。」

聽到「面具」兩字，金警官忽然仰頭縱聲大笑。

葉先生不動聲色地等待至金警官止住了笑。

「葉先生不愧是文人，想像力特別豐富。」金警官態度漸漸地嚴肅起來，說：「不過話說回來，或許我們有遺漏了什麼，難道你有什麼發現嗎？」

「沒有。」

「沒有就好。否則M市來的那批警察就要臉上無光。」金警官忽然恨恨地說。「那個姓李的，自己爲林木森藝術雅集是大明星開的，就狐假虎威，其實也不過是個看門狗而已，神氣什麼嘛。」

「他們有個叫阿景的男店員，你看過沒？」

「有，長得秀秀氣氣的，好像做沒多久就離開了。」

「李良奎有沒有報人口失蹤？」

「幹麼，又不是他兒子。那個男店員住在M市，每天騎摩托車上下班，所以沒有報流動戶口。」

葉先生看時間不早，於是起身告辭。

回到林木森藝術雅集，已是九點多了。

原本坐在櫃檯邊發呆的李良奎一見葉先生走進來，就笑著站起來打招呼。

「你回來了。」

「是的，剛才開車到處逛逛，這裡的變化好大，簡直是繁華的夜都市。」

「地價不斷上漲，人口不斷湧進來。原本古樸的民情和濃厚的藝術氣氛逐漸被市儈氣取代了。」

葉先生心思一動，問：「李先生，你怎麼會來這個鄉下地方？」

李良奎彷彿無限感慨似地，長嘆一聲，說：「也許你不知道，林木森藝術雅集原名是阿福木雕，杜小姐的哥哥是木雕師父，和我有二十多年的交情。杜小姐從影之前就有木雕的經驗，息影之後就回到老家重操舊業。這幾年更是心無旁鶩的專心創作。憑她的聰明才智和交際手腕，加上是大明星這塊活招牌，林木森藝術雅集的業務就蒸蒸日上。適逢我做生意失敗，杜小姐的哥哥便叫我過來幫忙，沒想到一做就是十幾年。」

這個時候，後面的餐聽裡傳來陣陣的笑聲……

「好熱鬧喔。」葉先生發現李良奎鬱鬱寡歡，問道：「怎麼了？」

「杜小姐也真是，要來這裡拍片，也不先說一聲，我真是受不了她。」

葉先生發現李良奎除了鬱鬱寡歡之外，好像還有另外一種失落的情緒。

李良奎用眼神讓葉先生了解，他想知道葉先生的想法。葉先生用「還不知道」的肢體語言回應。

看到葉先生滿臉倦容，就說：「那就早點休息吧。」

「好。」

「剛才帶你看的客房都整理好了。實在不好意思，本來應該陪你上去的。如果缺什麼、要什麼，跟歐巴桑交待一聲，找不到她人，就麻煩你下樓來跟我說，十點以前，我都在櫃檯。」

說了聲「謝謝」，葉先生往二樓走去。

正要往三樓去時，葉先生刻意看了掛著盾牌和木刀的牆壁，心弦像被人撥動了一下。接著，他往李良奎拿面具的倉庫間走去。扭一扭把手，沒上鎖，於是推門而入。

剎那間，葉先生被離奇的景象懾住了心魂。

倉庫大約二十來坪，牆上掛滿了千篇一律的面具，包括疊放在地上的，恐怕有幾萬張吧！光線從葉先生的身後流瀉進去，有的面具照到光，有的背光；有的面具正視著葉先生，有的斜視；

有的俯視，有的仰視，甚至有的視而不見。在這種迷離的氣氛，縱然是出家人慈祥的臉譜，看起來卻宛如可怕的千妖萬魔。

葉先生鼓起勇氣向前走，一張一張地流覽。

黑暗中，一張面孔面對著千萬張面孔。

在一片死寂中，微弱的呼吸游離在似有若無的靈魂之間。

葉先生開始有了夢遊的感覺，彷彿在心靈最深處泌出了黑色的汁液。當他的指尖在其中一張面具滑撥而過時，某種近乎驚悚的快感悠悠產生……

李良奎曾提出的三張面具，最後一張消失了，可是在這個地方卻有數不清的面具，這意味著什麼？爲何所有的面具和那個美少年如此神似呢？他們之間是否牽連著什麼祕密？葉先生企圖在千萬張面具中，找尋一張能夠解答他所有疑問的面具。

此時傳來一陣聲音，讓葉先生感覺像是從北國高原吹過來的風。於是，他迅速地閃出「面具之屋」。

聲音是杜英的歌聲，斷斷續續地，沒有歌詞，只是哼吟著旋律。她顯然有些醉意，因爲一面爬樓梯，一面還比劃著柔美的手勢。

葉先生在三樓的樓梯口往下窺視。

杜英走進「面具之屋」，不到半分鐘就出來。扭著腰肢，連步輕移，性感豐盈的體態，配上搖動手中的面具，有種褻瀆的美與怪異。使葉先生聯想到捧著施洗約翰的頭顱、款款起舞的莎樂美。

就在杜英下樓去之後，又出現了一道黑影。

原來是李良奎，他那瘦小乾弱的身軀宛如生病的老鼠，在二樓的樓梯口停頓了一下，往三樓仰視，似乎知道葉先生就在那裡。然後，也下樓去了。

在接上李良奎的目光時，葉先生反射性地把身子往黑暗中一縮。同時，意識到自己在「面具之屋」中探險時，李良奎也在某個角落。

客房的布置很簡單，一張雙人床、一張桌子、一把椅子、還有一個沒有門的衣櫃。葉先生在進房間之前，發現從隔壁房間的門縫透出光線，還隱隱約約傳來音樂聲，他猜想大概是那個把李良奎撞得四腳朝天的女店員吧！

果然不錯！當他使用衛浴備過後，在隔壁房間門口遇見她。她表示李經理規定，這裡的兩個女孩子必須輪流住在店裡。

「好辛苦。」

「沒辦法呀！」

「以前不是有請男孩子嗎？」

「你是說阿景嗎？」

「是的！」

「其實那個帥哥不太適合在這裡，尤其是我們經理疑神疑鬼的。」這女孩似乎是天眞過頭，竟然在陌生人面前抱怨自己的上司，或者是抱著豁出去的心理，先一吐爲快再說。

「難道那就是他辭職的理由？」

「我不知道。他平時很少說話，我也是當天才知道他不做了，好像連薪水也沒拿。」

「李經理有個兒子，他不來這裡幫忙嗎？」

「如果補習班沒有課，就會過來幫忙。不過，最近不來了。」

「爲什麼？」

女孩往四周查看一下，低著聲音，說：「他被杜小姐看上了。」

「什麼？」葉先生有了曖昧的聯想。

「他被杜小姐看上，安排在新片中當男主角。」

原來如此，卻難以不讓葉先生產生曖昧的聯想。這不能怪他，因爲女孩的態度和語意太曖昧了。他想：如果自己和她同性，一定可以得到更多關於這方面的訊息。

「妳穿得這麼正式，要出去嗎？」

「這麼晚了，誰還敢出去？我是要下樓看他們演戲。」

「演戲？」葉先生不由想起高喬治所說的「試片」。

「你不知道嗎？」女孩看著葉先生搖頭，說：「我聽杜小姐和她那些演藝界的朋友說，她這次復出拍片，抱著不成功便成仁的決心，所以時常回到這裡討論，聽說還要以這個地方作故事發展的主軸。杜小姐跟我說，如果我有興趣的話，可以軋上一角，扮演她的丫鬟之一。」

「那妳一定是個美麗又聽慧的俏丫鬟。」

「說的也是。」女孩喜孜孜地說。「上次來的時候，編劇高先生就跟他們溝通劇情及表演方式。他們非常保密，連記者都不讓他們知道耶。」

葉先生靈機一動，故作神祕地說：「是不是和面具有關？」

「哎呀！你也知道。」女孩和其他提到「面具」的人呈現出同樣的反應。

「我剛剛到二樓的倉庫，發現許多面具。」

「天哪！那裡是禁地，你怎麼會闖進去，那裡通常是鎖著。還好不是我，不然就慘了。有沒有讓杜小姐發現？」

「沒有。」

「那就好，反正你不說，我也不說，就當作沒這回事。」女孩似乎不願多談，說：「你要不要下去看看？」

「好呀！」葉先生跟著女孩下樓。

一樓的展覽室，有些木雕被移走，騰出一大片空地，高喬治和幾個工作人員在那邊又說又寫，不知在爭執些什麼，李良奎還是坐在櫃檯後面。葉先生順著他的眼光看過去，在另一個角落，站著杜英、吳導演以及小松——也就是李良奎的兒子。三個人顯然在討論劇情，吳導演比手畫腳、口沫橫飛，小松一直點頭，杜英三不五時說上、兩句話。突然，吳導演兇猛地抱住杜英，將手執的一把尖刀，往她的胸口刺下去。

杜英慘叫一聲，緩緩地臥倒在地，動也不動，彷彿已經死掉。

女孩當然也目睹這殘暴的場面，尖叫一聲，然後轉身撲向葉先生懷裡。

葉先生抱著女孩，用手拍拍她的肩膀，安慰地說：「不要怕，不要怕，他們是在演戲。」

「眞的嗎？」女孩心有餘悸，想看又不敢看。

「你看！吳導演手裡拿的是道具刀啦！」

「可是，看起來好逼眞呀！」

「還有，杜小姐不是好端端地又站起來了嗎？」

「哎呀！眞是，我還叫了那麼大聲。」

吳導演望向葉先生，對於女孩信以爲眞而產生的反應似乎感到很得意，杜英和小松也微笑地望向這邊。

葉先生離開女孩，走向李良奎。

「是不是太吵了，睡不著？」

「不是，我不曾看過人拍戲，很好奇。」

「其實也沒什麼。」

「想不到小松是男主角。」

「我反對他演戲，他就是不聽。現在，他除了杜英的話之外，誰都不聽，連我這個做老子的也拿他沒轍。」

「可是，令公子好像天生注定要吃這行飯。」

「男孩子長得好看有什麼用？而且人家只是在利用他。現在是什麼年代呀！做老子的一點也位都沒有。而且連吳導演都不看好他，浪費時間。」

葉先生看著那一張悲憤欲絕的臉，也不知該講些什麼話才得體。忽然看見高喬治拿著一張面具，可能是剛才杜英上二樓拿的。

「那是不是你遺失的第三張面具？」

李良奎瞪了葉先生一眼，彷彿在說「你別睜眼說瞎話」。

葉先生正想再發問，只聽到吳導演洪鐘般的聲音，指揮工作人員各就各位。方才葉先生並沒特別留心看吳導演，只覺得他很傲，可能很年輕，也可能上了點年紀，因爲臉全被亂髮和鬍鬚遮住。身體很硬朗結實，尤其是腰部，沒有中年人常見的鮪魚肚。在他發號施令當中，葉先生感到這個人有股天生的霸氣，讓人聯想到「順我者昌，逆我者亡」的暴君。

「這一場戲非常重要，也可說是高潮中的高潮。這裡是古剎……看那邊……想像那些木雕的佛像。杜英……妳跌跌撞撞地進來，柔弱而無力地倒在地上。外面風雨交加……等一下，小張要敲木板，表示雷聲。然後，小松，你慢慢地出現，就是那名渾身燃燒著復仇火焰的無情和尚……再下去，就是剛才我教過你們的。記住，小松，你是新人，要留意表情，咬牙切齒。一刀刺下去時，要有力道……還有，刀子就放在這裡。」

吳導演退下去時，整個屋子驟然靜下來。

整個過程就像吳導演所指示的，直到扮演無情和尚的小松舉起刀子，向杜英刺下去時，葉先生情不自禁地喊出聲：「等一下。」

可是一切都嫌太晚……

「等一下。」的「下」字還在葉先生的舌尖，就被杜英刺破屋頂的慘叫聲蓋住，她整個人痛得在地上打滾，鮮血立刻染紅了她的衣服，沿著衣角，雨水似地滴下來。

葉先生衝了過去，立刻指揮高喬治和另外兩名作人員扶起杜英，趕緊送醫，又推著女孩，說：「妳對這裡比較熟，就近找一家醫院施行急救。」

當葉先生要報警時，李良奎慌忙地阻止。

「不行，這已經構成刑事犯罪，非報警不可。」

吳導演走過來，一把搶走葉先生手中的手機，交給身邊的人，狠狠地說：「你敢。」

葉先生是個斯文人，不曾見過這種場面，顯得手足無措。高喬治拜託另外一名工作人員代替他去醫院，自己踅轉回來，笑著臉打圓場。

「什麼刑事犯罪，你懂什麼法律！我們拍戲不小心掛彩是常有的事。被你這一攪和，我們這部斥資近億的片子，還要不要拍下去。」

「這……」

「還有，萬一我們辛辛苦苦捧出來的偶像明星吃上官司，頂多我們換人，可是他的前途呢？毀於一旦，你於心何忍，這些事由我們自己來解決，你這個第三者就滾到一邊涼快去吧！」

不愧是導演人才，不但台詞流利，連肢體語言也十分流暢。一開始被唬住的葉先生好不容易才鎮定下來，而且慢慢地恢復自信心。當他展露笑容時，吳導演的雙眼似乎閃過一絲怯意。

「你笑什麼？」

葉先生不睬他，對高喬治說：「你原本是寫推理小說，還曾經被封爲本土推理作家第一人。如今，很幸運地被捲入一場千載難逢的兇殺案。爲什麼不試著推理判斷誰是兇手。」

高喬治望著呆若木雞的小松。

小松在眾目睽睽之下，猛然驚醒望向他的父親。

李良奎則露出心虛的表情，低下頭去。
高喬治則露出「我知道誰是兇手」的表情，嘴裡卻說：「這話不能亂講，不然會構成妨害名譽罪。」
「既然如此，就讓我來掀底牌吧！反正我是第三者，誰敢告我妨害名譽，我就和他周旋到底，看看誰比較厲害。」
所有的人都睜大眼睛、豎起耳朵，等待這位久仰大名的大偵探，如何展露他傲人的本領。
「但是，我並不是一下子就指出是誰，那樣顯示不出懸疑刺激的推理過程。所以我要學每一部推理懸疑電影的名偵探，在結局之前那樣，故弄玄虛一番，把觀眾吊盡胃口之後，在說出兇手的名字。」葉先生又說：「所以，在這裡的每一個人，包括我在內，都有嫌疑。」
等到眾人安靜下來，葉先生又說：「所以，在這裡的每一個人，包括我在內，都有嫌疑。大家都可以提出問題，我問你，或者你問我，希望每個人都能誠實的回答。好不好？」
沒有人開口應聲。
「第一個問題，」葉先生問吳導演：「這部電影片名叫什麼？」
高喬治看吳導演板著面孔，便替他回答：「《面具後的惡魔》。」
「好一個《面具後的惡魔》，怪不得每個人都談『面具』色變。」葉先生走過去，把那張杜英從二樓倉庫取下來的面具拿在手中，然後掛在臉上，環視眾人，說：「兇手就是面具後的惡魔。」
吳導演冷哼一聲。

葉先生對李良奎說：「其實沒有三張面具，對不對？」

李良奎點點頭。

「好！我們現在正式進入主題。」葉先生用清晰而俐落的語調，說：「我來林木森藝術雅集，是受李經理的委託，阻止第三張面具消失之後，可能會發生的悲劇。這是李經理的顧慮，我負有任務去阻止李經理口中的悲劇。但是此悲劇，非彼悲劇也。所以換句話說，我算是不辱使命。先說我瞭解的悲劇吧！有個父親不甘心自己的兒子被利用，苦勸不聽的結果，只好佈下一道棋，希望藉由第三者的我來揭發。是不是？」

李良奎又點點頭。

「有個名叫阿景的年輕人。雖然我不曾見過他，但是這裡的女店員，說他是帥哥，派出所的金警官形容他長得秀秀氣氣的。所以，不難想像，他一定非常英俊。這個住在M市的帥哥，在杜英的關係企業做得好好的，爲什麼突然被調到鄉下來做店員。是不是得罪了上司，或是做錯了什麼事？換成一般人，可能拍拍屁股就走，可是他還忍耐地再做一個月，爲的是希望上司能夠回心轉意。可是最後依然落花有情、流水無意。於是他就不告而別，或許有留下一片破碎的心。李經理，你多多少少應該知道原因吧！說給大家聽聽看。」

李良奎清了清嗓子，彷彿鼓起很大的勇氣，說：「杜小姐利用提拔阿景做新片的男主角，勾引他上床。」

「男女之間的事，很難判斷誰是誰非。也許一開始，杜英有意提拔阿景。可是，後來有變化。例如，兩人本來就意思，可是阿景根本沒有演技。比起近億的資金，多偉大的愛情也會面對嚴苛的挑戰。我想——阿景對你講的話，多多少少有些加油添醋。難怪你一聽到小松要當男主角時，就怒火中燒。」

「爸爸，你要相信我，我和杜姊之間根本沒怎樣。」小松跑過來，搖晃李良奎的手臂，說：「你不要聽阿景胡說，他在吃醋，他想從中破壞。難道你只聽片面之詞，就要害死……」

葉先生打斷小松激動的言詞，說：「年輕人，不要妄下斷語。」

小松瞪了葉先生一眼，靜靜地站在父親身邊。

「李經理左右爲難，不知如何是好。且不論杜英是他目前的衣食父母，也是他多年好友兼恩人的妹妹，輕舉妄動的話，對大家都不好。就在這個時候，K專的學生在練習登山技術時，不幸墜崖致死。於是，他異想天開地擬出一個計劃。他故意放出該男學生是被人推下斷崖而死的消息，透過陳警官找上我。陳警官的意思是要我出面，蒐集證據，讓李經理死了這條心。沒想到，他又扯出神祕的三張面具，挑起我的好奇心。尤其在今天下午，我們去斷崖觀察時，他在指示方向時，故意讓我發現一張和我手中一模一樣的面具。」

「你如何發現是我事後放上去的？」高喬治顯然不知道這個橋段，好奇的問。

「且不論警察在偵查現場是否用心、是否沒發現那張面具。如果這張面具是那位男學生隨身攜帶，摔下來的時候，絕不會掛在斷崖下的矮樹叢。此外，如果是兇手留下來的話，經過那麼多天，面具的材質這麼輕薄，早就被風吹走了。你的用意是讓我相信你的話。至於阿景失蹤時，這些面具尚未做出來，所以根本就沒有所謂的第一張面具之說。」

「你又是如何發現這一點？」高喬治問。

「因爲這些面具是依據小松，也就是新片中男主角的臉型雕刻出來的。對不對？」

高喬治笑著點頭。

「至於爲什麼會製作那麼多的面具，必定是和新片的造勢有關吧！這也是爲什麼你和杜英或是任何一個與此片有關的人看到我拿著面具，就顯出一副窮緊張的樣子，怕我會把這新穎的宣傳點子透露。不但破梗，萬一被仿冒，事情會很慘吧！」

「果然不愧是葉先生。」高喬治讚嘆地說。「這也是爲什麼我希望你能遵守推理小說的創作原則。」

「不可妄下斷言說出誰是兇手，或布置詭譎的手法及推理的的過程。」葉先生把手中的面具，交給李良奎，說：「至於第三張面具呢？」

李良奎忽然緊緊握住小松的手。

「至於第三張面具呢？」葉先生又重複一遍問題，說：「李經理希望我能協助他揭發杜英和小松的醜聞，當然是以隱密的方式。沒想到今天忽然有大隊人馬擁至，並且似乎有另外一種關於『面具』的祕密，迫使我留下來過夜。」

「結果，很幸運地被捲入一場千載難逢的兇殺案。」高喬治的口氣含有些許的諷刺。

「我的幸運是某人的不幸。」葉先生對小松說：「當你刺傷杜英的時候，第一個反應是什麼？」

「怎麼會這樣？道具刀怎麼會變成眞的刀子呢？」

「再來呢？有沒有想到誰將道具刀換成眞的刀子呢？」

小松保持沉默。
「是不是想到令尊下的手？」
小松點點頭。李良奎想張嘴，卻被葉先生制止。
「剛才你阻止我報警，主要是你認爲小松殺傷杜英。」
「是呀！」
「你們父子兩人彼此懷疑。」
李良奎父子倆一時之間你看我、我看你地。
此時，吳導演開口說：「道具刀製作得很逼眞，難免會弄錯。就當我一時疏忽，好漢做事一人當，整件事都由我來負責好了。大家回房休息，當作什麼事都沒發生。」
「喬治，你剛才認定的兇手，是誰呢？」
高喬治還是一副有口難言的樣子。
「剛才，是你把刀子拿給小松……」葉先生直視著吳導演說。
「是又怎樣，不是又怎樣？」
「我看見你拿道具刀刺杜英時，演技十分精采。這裡，只有你一個人能在短短的時間內接觸眞刀和道具刀，而不論是重量或材質，不可能逼眞到一模一樣吧！」
「我說我負責到底，你還囉嗦些什麼？」吳導演衝過來想揍葉先生，被小松和高喬治拉開。
李良奎則護著葉先生到三樓客房休息。
「沒想到事情演變到這種地步。」李良奎不斷地行禮，說：「也幸好你在場，否則他們一定會栽贓到小松的頭上。」

「你還是趕快設法和醫院聯絡，看看杜英的傷勢如何？有沒有生命的危險。」

「是。」李良奎走後，高喬治隨即而來。

「吳導演呢？」

「走了。」

「走了？」

「不知到哪去了。」

「這下你成為大編劇的夢破滅了。」

「沒關係，至少我還可以回老本行做我的推理作家。」

「老實說，你一開始有沒有猜到兇手是吳導演？」

「當然，不然我為什麼欲言又止，怕得罪他。」

「你如何推理？」

「因為只有他有機會接觸那些道具，而且管道具的人今天沒來。對了！我發現在小松還沒刺傷杜英之前，你就大喊『等一下』，是……」

「我下樓時看見吳導演指導小松演戲，那把刀子的光比較鈍，而換小松上場時，所拿的刀子比較亮，顯然是眞正的刀鋒。其實我也沒把握，只是順口喊出罷了。」

「我不太清楚李良奎是怎麼委託你的，可是你竟然能識破他的計劃。」

「其實也沒什麼，很多細節是他自己透露出來的。譬如說失蹤的男店員、摔死的男學生應該和他沒什麼牽連，甚至連斷崖有人墜死都懶得去看，怎麼會忽然熱中起來，除非是事關於已。還有，他曾經指出惡魔不知廉恥，在我們的觀念，不知廉恥指的是財色之劫。還有，當我到達林木森藝術雅集，一見到他我就提起三張面具之事，他竟然說『不急嘛，休息一下再說』，這和當初的熱忱、急切相互違背。另外，他說的掛三張面具的地方，換上了盾牌和木刀。而我發現其他地方沒有釘痕，試想，去掉木刀和寬一公尺、長三公尺的盾牌，換上臉孔大小的面具，會有什麼情況？」

「將有很多多餘的空間。」

「空出來地方沒有釘痕，表示沒有掛什麼東西，那整體看來不是很奇怪嗎？所以我敢肯定地說那裡本來就未掛有三張面具。何況那又是你們新片造勢的祕密武器，不宜提早曝光。」

「看來推理的過程，如果缺乏細膩的觀察的話，就要淪爲紙上談兵。」

「是呀！這就是我不瞭解吳導演爲何要殺害杜英，因爲無從觀察起呀！」

「人和人之間的恩恩怨怨，說也說不清。如果你想知道的話，我只知道吳導演和杜英之間對於男主角的選擇有很大的歧見。」

「一個重視外表和觀眾緣、一個重是演技和內涵。尤其是謠傳杜英和男主角之間搞曖昧，更是氣憤。不論是眞曖昧或是假曖昧，大導演受不了這種宣傳手法，簡直是汙辱。」

「我猜吳導演可能私下去跟小松的爸爸放話。但是，當杜英又以大手筆的以小松在劇中的腳色——無情和尚製作面具。他的心就開始糾結，大偵探的任務也跟著搖擺不定。」

「更沒想到演變成這種情節，不知結局如何？」

「不會有是的。大家會顧全大局，大家都學乖了。熟知媒體運作的杜英會利用這次的受傷事件大是宣傳，順勢把小松推到鎂光燈前。」

「順勢把面具賣出去嗎？」

「當然不行，所以你還是要保密。」

互道晚安之後，葉先生立刻上床就寢。很奇怪地，打破了認床的壞癖，他很快地入睡，還作了個好夢。

Case2
午後的克布藍士街

午後三點，葉先生被一陣沙沙樹葉聲吵醒，緊跟著從臥室的窗口襲來一陣熱風。這個季節是初秋，熱熱的風是「秋老虎」的傑作。他起身走過去把窗戶關上，然後再躺回床上，聆聽陣風和樹葉的竊竊私語。

來到圖雅格小鎮，已經半個月了，葉先生開始有點想念台灣，但是一時又無法離開。精通七國語言，以譯書爲職業的葉先生，爲何跑到這個位於佛羅里達北方，靠近喬治亞和阿拉巴馬交界處的小鎮呢？

愛達米羅夫婦是葉先生的好友，他們計畫到歐洲享受秋天的景致，請求遠在台灣的葉先生去替他們看房子，爲期一個月。於是，葉先生將年底必須交稿的「未來全球發展趨勢」的書選打包好，將工作地點移師到美國。

愛達米羅夫婦的白屋坐落在圖雅格小鎮的克布藍士街。提到克布藍士街之說，必須先介紹圖雅格小鎮。

圖雅格小鎮的原文是Two Egg，意思是兩個蛋。葉先生剛開始有些想入非非，但禁不起「對眞理的追求」，於是就向愛達米羅夫婦請教。

他們就說了這麼一個可愛的故事？從前有兩兄弟開了一間雜貨店，可是一直都不知道如何取個合適的名字。有天，來了一個小女孩，帶著兩個蛋到他們的店裡，告訴他們說，一個蛋換一袋鼻煙粉，另一個蛋則換一塊鉀鹼。於是，圖雅格就誕生了。

奇情浪漫的葉先生在到達圖雅格小鎮的第三天，就去附近的雜貨鋪買那兩樣東西——鼻煙粉是裝在一隻囊狀的盒子出售，而鉀鹼則是用來替胡桃樹施肥和製作肥皀。

當雜貨鋪的昆德菲尼老先生提起鉀鹼的用途時，葉先生才注意到整條的克布藍士街都種滿了胡桃樹。愛達米羅夫妻住在街尾，靠近一個小小的湖泊，每當葉先生不經意地瞟它一眼，亨利方達主演的《金池塘》就在他的腦海裡放映一遍。

不知過了多久，風終於停了。

但是，卻被另一種聲音取而代之。葉先生的屁股彷彿被人捏了一下，他迅速地跳下來，然後衝入廚房，開了一罐花生米，然後往窗外灑出去。數十隻巴掌大的鳥立刻隨著飛過去，在草地上忙碌地啄食。

愛達米羅夫妻是愛鳥人士，白屋的兩端裝置著餵食器，讓鳥兒自由地吃著他們準備的飼料。臨行之前，夫妻倆千交代萬交代，不可餓壞了他們的心肝寶貝。然而只要葉先生一提起筆來，什麼事都會忘記。現在，可不正是它們的晚餐時間嗎？有一次忘了餵食，那些鳥就如轟炸機似地，五、六隻編成一隊，在葉先生的臥室兼書房的窗口喧嘩。

葉先生披了件薄外衣，拿著那罐花生米，走出白屋。

這是個明媚的九月午後，天空染上了微黃，四周靜悄悄地沒有半點風，但是那股乾燥的內陸冷空氣，使葉先生感到神清氣爽。

那些鳥是佛羅里達北方常見的檻鳥。一個穿藍色棉布襯衫的小男孩從對街的木欄杆探出頭來，那是華樂夫婦的住所。小男孩看起來約五、六歲，頭髮剪得很短，有一雙充滿迫切眼神的藍眼睛。愛達米羅夫婦曾向葉先生介紹過鄰居，獨獨略過華樂夫婦，他們似乎是一個不受歡迎的家庭。

後來，葉先生曾聽雜貨鋪的昆德菲尼老先生提起——丹尼，華樂先生是個脾氣暴躁的汽車推銷員，他的太太安妮卻是個美麗的淑女。安妮的爸爸是個有名的藥學家，發明了許多神奇的藥，由於本身不求名利，所以都是替那些大藥廠賺錢。個性古板嚴謹的科學家自然不會喜歡油腔滑調的小伙子，所以安妮是和丹尼私奔到佛羅里達。兩人結婚已經六年，也有個五歲的小男孩，所以翁婿的關係也逐漸改善。今年夏天，安妮還帶著小孩回娘家度假。可是，安妮回來之後，街頭巷尾就流傳著華樂夫妻不合的謠言。

「哈囉！你是日本人嗎？」

「不是，我是台灣人。」葉先生給他一個友善的微笑。

「聽說中國的龍會吃小孩，是不是那樣？」

葉先生被他考倒了，不知如何回答。

得不到答案的小孩又提出另一個問題，說：「我可不可以過去和你玩？」

「只要你喜歡，爲何不呢？」

小男孩把門打開，輕快地向葉先生走來，檻鳥依然在草地上飛躍撲食，根本不理會這個闖入者。小男孩的上衣口袋露出一角白紙，遠遠看去彷彿是塊手巾。

「你好，台灣先生。」小男孩一副小大人的模樣，再次向葉先生問好，同時伸出手來。握了手之後，他又說：「我從沒看過台灣人，只看過日本人、還有韓國人、還有菲律賓人、還有……。」

小男孩一口氣念了十幾個國家，才停下來。瞪著葉先生，正經八百的說：「我很喜歡你，你是好人，因為你讓我過來玩，看你餵鳥。」

葉先生愈看愈喜歡這個小孩，問他要不要餵鳥，然後把整罐花生米遞給他。他滿滿地抓了一把，然後灑向草地，檻鳥們立刻飛過去。兩隻檻鳥為了爭食花生米，幾乎要互相攻擊起來，發出殘忍而刺耳的聲音。

小男孩嚇白了臉，用繃緊而微弱的聲音問葉先生：「牠們會互相咬起來嗎？」

「不會的，牠們只是玩玩而已。」

「檻鳥會咬死其他的小鳥嗎？」

「有時候。」葉先生不想談這種事，於是轉問他：「你叫什麼名字？」

「叫我小傑吧！牠們通常會咬死哪一種鳥呢？」

「和牠們不同種類的鳥。」

小男孩豎起肩膀，手臂緊緊地護住前胸，就像一雙未展開來的翅膀。小男孩又問：「牠們會咬死小孩子嗎？」

「不會的，牠們還不夠大。」

彷彿是有人賜給他一股勇氣，他說：「我想再給牠們一些花生米，可以嗎？」

「當然可以。」

可愛的小傑仰起頭來看葉先生，因爲陽光直射著他，所以小男孩的臉歪一邊，眯著眼睛說：「你丟一粒花生米，我可以用嘴巴接住。」

葉先生照他的話丟了一粒花生米過去，他果然用嘴接住了。於是兩人再玩了好幾次，有的花生米掉入他的小嘴，有的卻落在草地上，引來一群群檻鳥將小傑團團圍住，猶如天空破了個大洞，掉下一堆破銅爛鐵。

有個年輕人忽然出現在院子外，他穿著薄荷色的條紋開領運動衫，看起來像個大男孩，給人一種毛毛躁躁的印象。他正抽著一種細長的棕色雪茄，急促地吐出縷縷煙圈，看到葉先生和小男孩在玩，臉上出現明顯的憤怒。

「將你的臭手遠離我的兒子，台灣佬。」

葉先生沒想到對方如此無禮，可是自己只是客居此地，不能太造次，就低聲問小男孩說：「他是你的爸爸嗎？」

「是的！」小男孩有如漏了氣的皮球，無精打采地回答。

「他似乎不喜歡我們在一起，你快點回去吧！」

「是的！台灣先生。」小傑臨去時，忽然想到什麼似的，將口袋裡的白紙抽出來，塞到葉先生的手中。

想到這麼可愛的小男孩竟是由一個粗暴不講理的父親所生，葉先生不由得產生陣陣憤慨。

直到那對不協調的父子消失之後，他才將那張摺成八等份的紙張打開來看，一面是寫滿了醫藥名詞，以及生化作用……顯然是某份實驗報告中的一頁。但是，另一方面卻是——

每隻燈籠的心裡，都有一個太陽；
每隻螢火蟲的心裡，都有一個月亮；
每個小孩子的心裡，都有一個美麗的媽媽。

小傑　八月三日

啊！一首由五歲小男孩所寫的詩，多麼感人的赤子之心啊！葉先生讀了又讀，眼睛竟浮起了淚霧，同時希望能夠再見小傑一面。

這個希望在第二天的午後立刻實現。

秋陽下的小湖宛如盛放的玫瑰，葉先生坐在石岸垂釣。雖然運氣不佳，半條魚也沒見著。可是微涼的風拂在手臂和臉上，有種無法形容的舒適。就在他昏然欲睡之際，有隻小手伸過來，輕拍著他的肩膀。

「哈囉，台灣先生。」

葉先生回過頭來，一見是小傑，笑意立刻湧現在臉上，正想伸手去拉他時，才發現旁邊有個金髮美女。

「你好，小傑，替我介紹你的同伴，好嗎？」

「我的榮幸。她是我的媽媽，你可以叫她華樂太太。」

「華樂太太，很高興認識妳。我是葉威廉，來自台灣。」

「叫我安妮好了！」

她眞的是個美女，有張可以當化妝品模特兒的臉，只是她並沒有「消費」很多化妝品，甚至沒有用眼影和口紅，雙頰是自然的粉紅。高度大約一六五公分，在西方人體型中，算是不高不矮的討好，如果是在伸展台上則另當別論；可是，她是個主婦，所以平凡和自然就是最美麗的資源。葉先生有些迷情，後悔自己爲何不刮刮鬍子，頭不梳理梳理。

「小傑告訴我昨天的事了，我替我的先生向你道歉。」

「那沒什麼，我早就忘了。」

當兩個大人開始聊天，小傑就吵著要釣魚。於是葉先生就將釣桿交給他，同時要他注意浮標，一有動靜，就表示有魚兒來吃餌。小傑立刻專心在他的新樂趣上，兩個大人就不再受干擾了。

「你一定是個好父親。」

「我將來會是個好父親。」葉先生將對方的語態改成未來式。

「我希望我和你一樣，擁有單身的自由。」

「恐怕是違心之論吧！妳有個那麼可愛的孩子。」葉先生想到口出不遜的華樂先生，還有流傳在克布藍士街的謠言，不禁替安妮擔心起來。

安妮的眼眶紅了一下，但立刻被控制住，她說：「小傑是我活下去的理由，我們不談這些。

葉先生，你來自台灣，聽說是一個很富裕的小島，會不會是個商人？」

「不是！」

「我看也不像。」講到這裡，她彷彿自認為說錯話，很不好意思地笑起來。

葉先生實在很想讚美她那和陽光爭輝的燦爛笑容，可是保守的東方習性，使他的話變成：「聽說令尊是個有名的科學家。」

「你說的一點都不錯，我爸爸是極為出色的藥理學家，他寫了很多書，也研究出許多藥品，如果你也對那個領域有一些概念的話，相信對他不會陌生。」

「他是……」

「大衛赫斯教授。」

「天哪！我翻譯過他的文章，他的〈藥物止痛原理〉，還有數不清的專業文獻。說來不好意思，靠他的知識，我賺了不少稿費。不過，請妳放心，台灣已經開始實施著作權法，說不定令尊在不久的將來，會接到一張為數可觀的支票。」

「如果我父親重視那個的話，早就是個億萬富翁了。」安妮忽然住口，對葉先生擠擠眼睛，說：「我最好快點離開，否則你的女友可要不高興了。」

「妳說什麼？」葉先生有點不解，不過依然會意地順著安妮的眼光看過去，只見到一個身材苗條的東方女孩正迅速地離開。

「她不是你的女友嗎？她本來要走過來，看見我們又轉頭離開。」

葉先生不知不覺地以法文否認，因為安妮實在太有「巴黎」的味道了。沒想到安妮也會說法文，於是兩人就聊起歐洲的藝術，葉先生興高采烈地說出在「雨果故居」的奇遇，也就是詩固曼夫人，和那九幅穿牆走壁的畫的故事。

當湖面和西天都被晚霞染紅時，安妮和小傑才向葉先生說再見。葉先生的內心有些依戀，不過想到明天下午將被邀請去喝咖啡，興奮之情就在眼角眉梢躍動。收拾好釣桿，以及空無一物的魚簍，葉先生輕快地回到愛達米羅夫婦的「白屋」。

走到門口的葉先生再次回首，對街華樂家籠在薄薄的霞光之中，原本漆著紫金條紋的窗簷和門簷變成了暗橘色，而窗口也亮起柔和的燈光。這個時候，聖約瑟夫天主教堂響起了鐘聲，悠悠揚揚的，使葉先生感到有些罪惡感。他開啓了門，走進客廳，當門完全關上之前，他發現那個東方女孩在按華樂家的門鈴。

她有一頭長及腰際的頭髮，又直又黑，葉先生可以想像女孩子甩頭髮的模樣。穿著牛仔裝，上衣釘著亮片和流蘇，肩上掛著一個大包包，看起來滿有分量。

安妮走出來，隔著門欄和她說話。

誠如葉先生的想像，東方女孩講話時，不斷地甩頭髮，或是用手去撥撩。彷彿那是她身體中最易感的部分，不時時刻刻的去照顧，它們就會立刻死亡。

東方女孩拿出幾份資料出來，安妮斜著頭看了一下，就請她進屋子。當安妮關上門，葉先生感覺那薄薄的霞光竟換成濃濃的霧，一種神祕離奇的秋霧。聖約瑟夫天主教堂的尖塔微微閃著光，在葉先生寂寞的眼中，宛如夢中的浮雕。

準備晚餐之前，葉先生隨意放了片ＣＤ，然後扭開音響。沒想到流瀉出來的音樂是孟德爾頌的鋼琴曲代表作「無言歌」，其中的「春之歌」是葉先生最喜愛的。想到午後的湖畔，安妮的一顰一笑就像優美的旋律，充滿了「白屋」。

有人說，天氣就像女人的心情，說變就變。昨天還是暖暖的秋，葉先生在隔日醒來之後，卻感到涼意襲人。到了接近中午時，出現了太陽，蕭颯的氣氛才略爲收斂。

葉先生從皮箱抽出那件深草綠色的棉質長褲，以及奶油色的水洗絲襯衫。前者是J雜誌社主編劉宜雯到歐洲旅遊時，在免稅商店特地爲他挑的，腰圍似乎大了些，不過用力束上那條皮爾卡登皮帶，再恰好不過了。至於後者呢，是好友陳警官到杭州時買回來送他的禮物。望著望著，不覺想起他們，也想起自己還沒回覆劉宜雯的來信；至於陳警官，則還沒接到他的回信。

想好了「赴宴」的服裝之後，再下去就是傷腦筋要買什麼樣的「伴手」，總不能「空手道」，或是只帶「兩串蕉」吧！想了一上午，想不出所以然，只好決定到昆德菲尼老先生的雜貨鋪去逛逛。在葉先生的印象中，那個張著紅白帆布的小店，彷彿存放了任何你想要的東西。

從克布藍士街的這一端走到那一端，需要花費十五分鐘。靜悄悄地，除了一輛老福特，吱呀吱呀地馳過去，就是檻鳥的吵鬧聲了。胡桃樹的葉子似乎有些褪色，但仍然保有原來的綠意；不像另外的行道樹，經不起秋風一吹，早就橙黃起來。

走進雜貨鋪，推動的門震動了風鈴，響起了悅耳的叮噹聲。於是老先生慢慢地從另一扇門走出來，看見葉先生，老花眼鏡之後的藍眼睛就笑開了。

「需要我幫忙嗎？葉先生。」

「嗯！我需要一些比較精緻的東西，要花一些腦筋和時間。我想還是自己慢慢選吧！」

「很少有年輕男孩能夠像你一樣，了解優閒的樂趣。現代人總是來去匆匆，不知忙些什麼，而且什麼都是現成的、即時的……唉！他們總是無法嚐出一鍋用慢火燉出來的雞湯的味道。」

「別這樣子嘛！老傢伙。」葉先生在心中暗笑，同時也責備自己說話不算數。幾天他造訪昆德菲尼老先生的雜貨舖，不知怎地扯上了一份中國食譜，葉先生隨口就說哪天要請老先生嚐嚐他的香菇燉雞，而且是道道地地的台灣風味。沒想到遇到安妮母子之後，很多事都給忘了，老先生就拐彎抹角地暗示。事到如今，葉先生只能裝傻，待來日再彌補。

葉先生挑起一個半新不舊的「戰車模型」後，再去選送給安妮的禮物時，昆德菲尼老先生又說話了。

「葉先生，你什麼時候要去拜訪華樂家呢？」

「哦？你怎麼能夠未卜先知呢？」

看到葉先生誇張的驚訝表情，昆德菲尼老先生得意地笑了，垂在脖子的肉如火雞般顫抖著。

「難道你有水晶球嗎？難道你是來自印地安的巫師，或是被什麼妖怪附體的靈媒？」

「你買了一份送給小男孩的禮物，在克布藍士街，除了華樂家的小傑外，似乎沒有人適合接受。另外，你似乎又在選些女人喜歡的小玩意，所以我做了以上的猜測。」

「你眞是柯南道爾筆下的夏洛克．福爾摩斯。」

「我比較喜歡阿佳莎，克莉絲蒂所創造的白羅探長。」

「總之，你是兩者的混合體，具有雙方的優點。」

「你眞是一個討人喜歡的年輕人，但是，不要說我沒有警告過你。安妮是個好女人，邀請你去她家作客是盡好鄰居的情誼；然而，對於華樂先生而言，他可能會別有意義。所以，凡事一定要謹慎。」

「他們的婚姻那麼糟嗎？」

「比你想像的有過之而無不及。」昆德菲尼老先生扶了扶老花眼鏡，以類似唸莎翁十四行詩的腔調說：「名門之女不顧父母的反對和窮小子私奔，經過多年，窮小子無法實踐當年許下的諾言，那種鬱悶的心情是枚爆炸力驚人的魚雷，正筆直地射向婚姻的航空母艦。」

「我總認爲美國人是合則來，不合則去。」

「不要被好萊塢的那一套蒙住眼睛，大多數美國人還是處心積慮地維護婚姻的神聖。沒有小傑的話，安妮可能就會掉頭離去。不過，說來也離奇……」

「怎麼說？」

「其實華樂一家以前似乎還好，和鄰居保持相當的距離。不知道爲什麼最近忽然有些失控，好像故意鬧給大家看笑話。我搞不懂他們那些年輕人心裡在想甚麼。」

葉先生不喜歡評論是非，看看時間不早，就挑好的三件雕刻做最後的選擇，最後選定印歐人的手工品——一隻木雕的貓，神氣地擺著坐姿，眼睛是兩粒合成的藍寶石。

走出雜貨鋪時，遠處忽然傳來刺耳的警笛。葉先生有種不祥的預感，抬頭望向聖約瑟夫天主教堂的尖塔，彷彿出現一道閃電。

走回白屋時，小湖邊擠了一堆人，而且也有警察。葉先生擠過去看，昨天他坐著釣魚的地方，正躺著一具濕淋淋的屍體。

依舊是一身牛仔打扮，還有那又黑又直的長髮，她不是那位拜訪華樂家的東方女孩嗎？葉先生有些吃驚，恰好身邊有個人，名叫喬治的製模工人，曾經來到愛達米羅夫婦的白屋，並且和葉先生談過話。

「喬治，到底是怎麼回事？」

「有個東方女孩溺死在這裡，被人發現，然後警察就過來了。」

「失足溺水，或是自殺？」

「恐怕沒有那麼單純。女孩的頸部有勒痕，據法醫表示，是被人強按入湖中而死的。」

「她是當地人嗎？」

「外來的，有人看見她昨天早上才來圖雅格小鎮，從灰狗巴士跳下來的。」

正在談話的時候，有個長得像影星尼可拉斯凱吉的警察走到兩人之間，很衝地說：「喬治，這傢伙是誰？」

喬治傻了一下，摸摸頭答道：「葉威廉先生，是愛達米羅先生的客人。」

「哼！少騙我，他們夫妻倆不是去度假了嗎？」

「我是他們的朋友，在他們度假的時候，幫忙看房子。」

「嗯！認識那個女孩嗎？」

葉先生搖搖頭。

「昨天看過她嗎？」

葉先生本來想說出來，可是……或許是對方的傲慢態度惹火了他，或許是不願讓安妮扯上麻煩，就沉默不語。

喬治在一邊看不下去。替葉先生辯解：「總不能因爲兩個人都是東方人，就把嫌疑犯的矛頭指向他。我敢打賭，葉先生和那個東方女孩壓根是牛馬不相及。」

正鬧的不可開交，有個大塊頭警察跑過來，說：「亞特達組長，我們發現了一把手槍！」

「Good，我馬上過去。」長得像影星尼可拉斯凱吉的警察應了一聲之後，對葉先生說：「我會再找你談。」

葉先生木然地望著那具屍體，安妮的笑容在心中靜靜浮起，只是那個笑容似乎被淚水浸潤著，呈現一種說不出來的哀愁。

剛走入白屋，尚未將裝禮物的紙盒放好，電話就響起。葉先生心想，一定是安妮打來的。接聽之後，果然沒錯。

「葉先生，我恐怕要說失禮了。」

「我了解，安妮。」

「你了解什麼呢？」

「取消午後的……」

「哦！不。我的意思是說，昨晚出了一點事，今天早晨讓我忙得團團轉，所以恐怕要怠慢你了。」

「千萬不要這樣客氣。」葉先生想問發生什麼事，可是開不了口。

「那麼，一小時後見面囉！」

「See you later」葉先生掛上電話，走向自己的房間，緊閉的窗戶使空氣有些悶，蕾絲窗簾沉默地垂著，鏤空的花紋被天色襯托出一種優閒的微藍。

拉開窗簾，葉先生作了一個深呼吸，然後觀賞窗外的風景。綠色的院子再過去就是飄浮著細細漣漪的湖。不論葉先生採取什麼角度，皆無法看到人群、警車，以及東方女孩溺死的地方。

除非女孩被殺時發出尖叫聲，否則昨晚都在此處的葉先生是無法聽到的！葉先生想到自己和安妮在談話時，那名東方女孩曾經東張西望地想要探索什麼，被發現之後，就迅速離開；之後又去按華樂家的門鈴，被安妮邀請入屋。然而第二天，湖面卻浮起了一具女屍。

葉先生意興闌珊地望望擱在床上的那套外出服，然後懶洋洋地拿起禮物，離開了房間。他的腳步正踩在客廳的地毯時，門鈴響了。

原來是亞特達組長，胸前的警徽閃閃發光。

「你要出門嗎？」他看了看葉先生手中的禮物。

「是的！」

「很遠嗎？」

「就在對面。」

「鄰居的友好訪問！是華樂先生邀請你呢？還是華樂太太？」

「可說是華樂太太和她的公子邀請我的！」

「她的公子？可見你對他們的生活有深入的了解。」

「我不以爲然。」

「介意我與你一同去嗎？」

「我不是主人，不知道會不會讓你進屋子裡，雖然你是警察。至於在克布藍士街走路，你不需要徵求我的同意。」

葉先生拉上門，做了個「請」的手勢，兩人就一前一後地向華樂家走去。

開門迎接的安妮對於葉先生和亞特達組長的連快來訪，似乎沒有表現多大的訝異，只是淡淡地說：「看來我們的下午茶要改變些味道。」

亞特達組長乾笑一聲說：「是不是要多加些糖呢？」

葉先生將禮物交給安妮，問：「小傑呢？」

「我送他到培遜太太家去。」接過禮物的安妮看了亞特達組長一眼，略顯疲倦的對我說：「我等一下再打開它，好嗎？」

「當然，希望妳和小傑會喜歡。」

「我們的桌子就在右邊的院子，可以看到湖邊和松林。」

「幸好我們把屍體移開，否則……」亞特達組長意味深長的說。

「你說什麼？亞特達組長。」

「有個東方女孩溺死在湖中，早上浮起來。我就是爲這件事而來……安妮……妳怎麼了？」

「沒什麼，只是有點頭暈。」安妮擠出一些笑容，說：「你說的東方女孩，該不是多麗吧？」

「妳認識她？安妮。」亞特達組長的眼神驟然銳利起來。

「葉先生，對不起。我……」安妮柔軟地坐在一張高背木椅上，小腿優美地並在一起，在秋陽下流動著白瓷般的光澤。

「沒關係，我不在乎什麼下午茶。妳最好還是和亞特達組長談談，說不定可早點破案。」說完之後，葉先生也在離兩人較遠的地方，找了張椅子坐下來。

「安妮，我重申一遍，這只是參考而已，不做筆錄，只要說出一些我不太明瞭的關鍵就可以了，所以放輕鬆，不要太逼迫自己。」

葉先生冷眼旁觀，猜想這位仁兄是否也對男性同胞如此溫柔。然而再看一眼美麗的安妮，原來的想法便做了適度的修改，美女本來就該有某種特權吧！所以亞特達組長對自己的態度就可歸類爲多數種族歧視吧！正想再想下去時，安妮說話了。

「昨天下午，我和小傑到湖邊散步，遇見葉先生。他正在釣魚，我們談了些有趣的話題，發現多麗在往我們這邊張望。」

亞特達組長的眼光彷彿機關槍似地掃過來，葉先生會意，解釋著說：「這個小鎮有多少個東方女孩，我並不知道，萬一我多嘴說錯，不是把你偵察的方向弄擰了嗎？」

亞特達組長沒有再說什麼，示意安妮再說下去。

「後來，多麗來按門鈴。經過她自我介紹，我就很高興地請她進來。首先，我要說明，多麗是我父親的實驗室助理。在我結婚前，我們可以算是朋友吧。後來就失去了連絡，沒想到她會突然來找我。」

葉先生懷疑安妮的說辭，離別多年的朋友會認不出來？還需要拿出什麼文件來證明嗎？不過也很難講，所謂的人事皆非，尤其是女人的變化。葉先生摒除己見，專心地聆聽。

「她來找妳是爲了什麼？」

「今年的夏天，我回新澤西探望家父家母，知道多麗在秋田大藥廠任職，就打電話和她連絡，並邀請她來我家玩。沒想到過了幾個月，她突然來訪，更沒想到她……」安妮用手掩住嘴，把臉歪向一邊。

葉先生看到她不停地眨眼睛，不知道是阻止眼淚流出來，還是想把淚水擠出來。不過，她的側面實在很美，潤滑的額頭和美好的鼻骨之間更如一塊毫無瑕疵的白玉。

「能不能談談多麗的背景？」

「她是個日本人，紐約大學畢業之後，就到新澤西找機會，因爲大部分有名的製藥廠都聚集在那邊。碰了幾次壁，才到家父主持的藥理實驗所當一名助理。一年之後，由於經費縮短就被裁員，但是家父看不過去，就用自己的錢聘用她做一些私人的實驗。」

「她既然來找妳，怎麼半夜又跑出去呢？」

「我不知道，她睡在客房。」

「可不可以說說昨晚的事？」

安妮撥了撥瀏海，顯得很疲倦地說：「我們談了些往事，也談了些近幾年的事，然後我就留她和小傑在客廳，自己到廚房準備晚餐。因爲多麗的關係，我刻意做了些米飯，可是蒸得一團糟，幸好有些調味肉醬，另外還弄一盤洋芋沙拉……唉，總之，那是個非常差勁的待客之道。別說多麗，連我都食不下嚥，只有小傑胃口出奇的好。將小傑弄上床，我們也就邊看電視，邊聊天……」

「這次華樂先生出差幾天？」

「一個星期，六天後才會回來。」安妮有些不想談亞特達組長插進來的問題，像轉定時器的將原來的主題歸位。她說：「多麗結束了我父親的私人研究工作之後，就回日本去，並且在秋田大藥廠工作，直到半年前才又到美國來。」

「她來美國幹嘛？」

「秋田大藥廠買下了葛士禮大藥廠，多麗負責新藥申請，以她的英文能力和多年來的美國生活經驗，才能夠和食品藥物檢驗局的人打交道。」

「妳們聊完天之後，就……」

「我安排她在客房睡覺，然後我就上樓。」

「整個晚上都沒異樣？」

安妮搖搖頭，又說：「早上，我送小傑去培遜太太家，然後到超級市場購物。回來時，曾看到湖邊有人群，可是我並不在意。直到你告訴我，多麗死了。」

「妳要不要確認一下？」

「為什麼？」安妮有些許的警戒之色出現。

「沒什麼，例行公事。不過別擔心，反正警方會處理一切。」亞特達組長看了葉先生一眼，不再是凌厲，不過依然是冷漠和輕視。

他站了起來，說：「我也該走了，今天的收穫很豐富。」

葉先生和安妮也站起來，送亞特達警長到門口。

屋子裡只剩下兩個人，從窗口斜照進來的陽光把他們的影子拖得長長的，顯得很疏離。原來的浪漫情懷早已消失殆盡，早就流光，所以葉先生變得很沉默。

「你有些不高興。」安妮領著葉先生走向院子。

「沒有啊！我只是在思索那個女孩的死亡。」

「我原本以爲自己會很傷心，但是不知怎麼搞的，只是有點難過而已。時間是個很奇怪的催化劑，把友情反應成如此平淡無奇。」兩人在撐著遮陽傘的桌畔，相對坐下。

「她千里迢迢地來找妳，卻……」

「多麗並非特意來找我，只是路過而已。」安妮替葉先生倒茶，並且遞過一盤淋著糖漿的蛋黃布丁。

「多麗被發現的地方有一把手槍。」

「眞的嗎？」安妮看起來並不在意，又說：「是兇手留下來的嗎？」

「我想不是。」

「爲什麼？」

「只是想想而已。」葉先生看見小傑和一位黑皮膚的胖女人從街上走過來，他的小手像風中的旗子似地招搖。

「我去開門。」

葉先生看著安妮的背影，不禁暗地嘆口氣。

「台灣叔叔！」小傑很紳士地走過來，同時伸出手。

「好棒喔！小傑。我眞愛聽你叫我台灣叔叔。」葉先生輕輕握住那隻柔軟的小手。

「我想我可以吃片蛋糕吧！」

「大概可以吧！」葉先生望見安妮一個人走過來，就說：「不過，我建議你最好還是問你的媽咪。」

「問什麼呢？」安妮微笑問道。

「沒什麼！」小傑搶著答，說「我要再寫一首詩，送給台灣叔叔。」

「再寫一首？難道你已經寫一首給台灣叔叔？」安妮顯得很困惑，說：「奇怪，我從來就不知道你會寫詩。」

「是外公教我的耶！」

「原來如此！那麼你就快去寫吧！」

望著小傑蹦蹦跳跳地離去，葉先生和安妮不禁相視而笑，話題也就漸漸豐富起來。

「談談令尊吧！我對他實在是又敬佩、又好奇。」

「可以啊！那麼我就講一件他發現『穆可爾素』的經過吧！」

「年輕時，父親曾參加某個學術研究機構的實驗。當他操作消化激素的藥理實驗時，發現有些天竺鼠的心臟跳動得特別有力；奇怪的是，同樣的控制組和對照組中亦有一些差別。他覺得有些困惑，但是實驗項目並不涉及循環系統，所以也就不刻意留心，免得考慮因素過多，而造而過度的複雜性，偏離了研究的主題。」

「可是過了幾天，同樣的情形又發生，這次倒是引起他的注意。經過仔細的記錄和追蹤，他發現只有一箱天竺鼠具有這種特殊現象。他調查這箱天竺鼠的來源，發現並沒有血統關係，表示這種現象並非遺傳因子所造成的。」

葉先生聽得正出神時，電話鈴聲響起，但是安妮並沒有往「聲源」望去；直到第三聲時，她才說了聲抱歉。可是當她欲離座時，電話就不再出聲。安妮做了個「拿它沒辦法」的手勢，繼續剛才沒說完的故事。

「於是他嚴密地觀察這箱天竺鼠的生存環境，發現它們所喝的水非常混濁，和別的飼養箱所喝的清水完全不一樣。父親拿起水罐一看，原來是丟棄不用的化學品容器。他拿起標籤，查看化學辭典，竟是一種很毒的苯化物。」

「父親說他正想去告那動物室管理員一狀時，忽然靈光一閃，立刻轉回實驗室，取了些同樣的苯化物，稀釋成各種不同的濃度，滴在青蛙的離體心臟上，可是瞬間心臟就停止跳動。」

「怎麼了?葉先生。」安妮睜大眼睛問：「是不是我的話題太枯燥?」

「沒這回事!」葉先生隨口搪塞，可是心中卻有另一種想法，只因爲思緒太混亂，所以表露出呆滯的神情。幸好小傑跑出來，不但解除了他的外在窘態，也解除了他心中的疑團。

「台灣叔叔，這是我的詩。」

葉先生接過來，清楚地唸出來。

媽媽，假如我死去，妳會不會想念我？

看到天上的星星，就想到我明亮的眼睛。

看到樹上的蘋果，就想到我紅通通的臉。
媽媽，假如因為我死去，
妳就悲傷地流眼淚，像金魚一樣地眼淚。
那麼我就不要死，永遠陪在妳的身邊。

葉先生唸完時，發現安妮並沒有想像中的淚盈眼眶，或是像一般外國女人，感動地「Darling」、「Baby」或「My Dear」亂叫，而是定定地看著屋內。轉過頭去，葉先生看到丹尼・華樂正狠狠地盯著這邊。

丹尼走過來，故意不看兩個大人，裝模作樣地對他的兒子打招呼：「午安，小傑。」

小傑害怕地抬頭望著他的父親，小聲地應著：「午安。」

丹尼很粗魯地面對安妮，說：「看在老天爺的份上，妳究竟對他灌輸些什麼，他竟然怕起我來。」

「丹尼，看在我們自己的份上，不要這樣子，我沒有講任何話給小傑聽。」

丹尼雙腳沒有移動，頭部往前傾，一副要揍人的模樣地說：「妳是什麼意思，『看在我們自己的份上』？妳想教訓我嗎？」

「不，不過假如你要被教訓的話，我倒想試試。」葉先生不得不開口。

「我也一樣。」他的眼光移向葉先生，說：「又是那個台灣佬？小傑的玩伴或是妳的玩伴？」他揮舞著雙拳，彷彿要把周遭的陽光擊碎。

「我不認爲那是一種對紳士的稱呼。」

丹尼猥褻地做了個手勢，繼續地說：「那麼請妳指出其中的不同。」

安妮氣得臉都變色了，說：「你眞是令人難以忍受，丹尼。我不再想節外生枝了。」

「如果妳不想節外生枝，爲什麼要離開我？」

「你知道爲什麼！」她虛弱地說：「求你不要在外人面前提她，好嗎？」

「好，我們不要談她。」他忽然轉向小男孩，說：「小傑，我們走吧！到露塔市去看奶奶。」

小男孩夾在兩個大人之間，緊握著拳頭，眼光瞪著自己的腳尖，怯怯地說：「我不想去露塔市，我可以不要去嗎？」

「你必須去。」安妮說。

小男孩稍稍移動一些，說：「但是我想留在這裡，我要和台灣叔叔在一起玩。」他緊抓住葉先生的皮帶，低著頭站著，小小的臉蛋藏在大人的陰影之間。

丹尼拉著小傑，說：「離開他！」

「不！」

「他是不是你媽咪的男朋友？是不是？」

「不是！」

「你這個愛說謊的小鬼。」丹尼抛開雪茄，伸手去打小傑的臉，葉先生趕緊把小傑抱在懷裡，不讓丹尼傷害到他，丹尼氣得渾身發抖。

安妮說：「丹尼，你爲什麼不順著孩子的心意？你明明知道你是怎麼『對』他的。」

「我倒想要問問妳怎樣『對』他？我來這裡帶他出去玩玩，我媽媽想好好看看他。好了，這下子可好了。」他的聲音因怒火而高揚，「我不但闖進了一幕家庭醜劇裡，小傑也找到了他的第二個爸爸。」

「你太不講理了。」葉先生終於忍不住了，「小傑和我只是鄰居，才認識不久的新鄰居。」

「那麼把他放下來，他是我的兒子。」

葉先生把小傑放下來。

「並且把你的髒手移開。」丹尼又重複了他說過的話。

葉先生眞想過去給他一拳，可是這樣子對小孩沒好處，而且對小傑的媽媽也不好看。他以平靜的語調說：「需不需要去衛生機構檢驗，看看誰的手比較髒？」

「我當然有權利把我的兒子帶走。」他的箭頭指向安妮。

小傑問葉先生，聲調十分惹人同情，他說：「我是不是應該和他走呢？」

「他是你爸爸，不是嗎？你很幸運，有個這樣的父親帶你到處玩。」葉先生忍不住地冷嘲熱諷。

「是的！」安妮也插嘴說：「現在就跟他去吧！小傑，如果我不在的話，你和你爸爸會相處得更好；而且假如你不去的話，奶奶會很傷心。」

小傑只好低著頭走向他父親，並將他的手交給他，兩人向屋子裡頭走去。

安妮哀愁地說：「我替我的先生向您道歉。」

「妳不需要這樣做，他對我而言，根本毫無意義。」

「對我而言也是一樣，雖然那是個禍根，他激進得令人害怕，以前他不是常常這個樣子的。」

「他不能夠常常這個樣子，否則活不到今天。」葉先生的本意是製造個輕鬆話題，沒想到弄巧成拙，只好隨便再說幾句交際辭令，然後準備告辭。

「我再去煮一壺茶。」她的眼光充滿了懇求，可是……

「謝了，我想那不是個好主意，妳先生隨時會折回來。」

外頭的大門開了又關，然後傳來一陣引擎的發動聲。

「華樂太太，他常常有這種暴力行爲嗎？」葉先生問。

「也不能這樣說。」但是她的語調充滿了不確定。

「我想我們以後再談吧！」葉先生堅持己見，並且獨自走開。

此時，原本發動的引擎聲停下來，外頭的大門再次被打開，丹尼走進來。

「別讓我打擾你們。」

「沒什麼好打擾。」安妮說：「小傑在哪裡？」

「在車子裡，和他父親在一起，待會兒就沒事了。」他講話的口氣，彷彿自己是一個多麼偉大的父親。

「妳忘了將小傑的玩具給我，他說妳都打包好了。」

「是，當然！」她看也不看他一眼，自顧自地匆匆跑進臥室。出來時手上提著一個藍色的尼龍袋，是某家航空公司送的，她說：「替我向你的母親致意。」

他應了一聲，兩個人的聲音都冷冷的。他們就像一對不願再相見的夫妻。

葉先生想阻止安妮的丈夫帶走小傑，但是他又不能這樣做，畢竟在法律上是站不住腳的。

當丹尼轉回街上時，葉先生兩步併成一步地跑到前廊，一輛新型的黑色福特停在路旁，敞開的車篷，前座坐著一個金髮女孩，穿著無袖的洋裝。左手圍著小傑，而小傑卻緊緊地抱住自己。

丹尼鑽進前座，發動了引擎，急急忙忙地揚塵而去。

葉先生沒看清楚少女的面貌，從遠處望過去，只見到她完全裸露的肩膀、豐滿的胸部，以及一頭飛揚的金髮；可是那漸漸縮小的背影，卻有某種程度的熟悉。安妮沒有跟過來，於是他就越過寧靜的克布藍士街，回到白屋。

到底是怎麼一回事？葉先生倒在床上，思索著華樂家的事故，以及發生在湖畔的謀殺案，兩者之間是否存在什麼交集呢？但願是零，否則安妮和小傑都會受到傷害。不只是他們母子倆，丹尼看起來心地也很善良，只是彷彿受到了什麼打擊，所以個性才受到嚴重的扭曲。

葉先生的手伸入口袋中，發現有一張紙，原來是小傑寫的詩。再讀一遍，葉先生不禁感到有些心酸，也為小傑的未來擔心起來。可是，當他把紙翻過來時，宛如一道光閃入他的心靈深處。

他將小傑送給他的第一首詩再找出來，他發現顯然用的都是同樣的紙張，背後寫滿了醫學名詞、化學符號，以及各種生化反應的方程式。

這兩張紙分別寫著page 7 of 12和page 8 of 12，也就說小傑在十二頁的某實驗報告中，抽出了第七頁和第八頁，以它們的背面寫了詩，同時送給他。

這是什麼樣的實驗報告呢？

葉先生注意到紙的右下方，印著大衛赫斯教授的名字、頭銜以及他私人實驗室的地址和電話。從這份實驗報告看來，葉先生再次回味安妮告訴他的故事——原來那種苿化物和天竺鼠飼料——高單位的植物性蛋白質、多量的維生素和礦物質，在胃酸作用下，也就是在酸鹼值約等於2的酸性反應下，再加上消化道中各種酵素的催化作用，就會產生一種使心肌機能加強的效果。

這麼重要的實驗報告，怎麼會在小傑的手中呢？

懷著心事的葉先生打開冰箱，拿出雞翅膀，先用微波爐解凍之後，再放入太白粉拌勻，丟入油鍋炸黃。炸好的雞翅以鹽、味素、胡椒粉的混合配料，沾著吃。另外，葉先生又調了一杯紅酒蘇打，其比例是紅葡萄酒二十五毫升，雪碧汽水七十五毫升。甜點則是兩片消化餅，中間夾著一層厚厚的草莓醬。

最後，他還放了一首法雅（Manuel De Falla）的作品，《愛情魔術師》的第九首曲子，一代鋼琴巨匠魯賓斯坦於美國電影《卡內基大廳》演奏此曲，又名〈火祭之舞〉。葉先生認為那跳躍的音符可以代表克布藍士街在午後所發生的事件。

妳的影子，像湖上的輕霧，
徘徊……徘徊……徘徊……

葉先生在音樂中唸著自己的詩，破碎的靈感是來自小傑。忽然間……他迅速地找出電話簿，挑出培遜太太的電話號碼。

「哈囉！我可以和培遜太太說話嗎？」

「當然！我就是。」

「我是葉威廉，愛達米羅先生的客人。」

「我知道。今天下午你在華樂家喝下午茶。」

「一點都沒看錯。有件事想問妳，小傑在妳家的時候，是不是曾經寫詩？或是寫詩送給妳？」

「喔！那個甜蜜的小天使有寫詩送給我。我記得很清楚……」

「那妳是否記得那首詩的背後有什麼文字嗎？」

「是有些字，可是……我想我要看看才知道。」

「希望不會太麻煩妳。」

「不會，只要花幾分鐘。」培遜太太將話筒放下，沒有讓葉先生等很久，就拿起話筒說：「看起來是份什麼文件似的寫著——有關的學術文獻及委託各大學、學術機構所做的動物實驗、毒性實驗、定性定量分析，加速及安定實驗，各種統計報表及委託美國醫學中心所做的臨床實驗報告，都將交給日本秋田大藥廠……」

葉先生聽完之後，就感謝培遜太太的幫忙。在掛上電話之前，他突然問道：「安妮在圖雅格小鎮，誰是她的閨中密友？」

「素絲赫特。」

「我想她不是個大塊頭的美國少女吧！」

「嗯！她是個苗條的可人兒。下午的時候，她和丹尼以及小傑一起駕車到鎮外去，這是昆德菲尼傳出來的話。不過，我並不相信，人一老的話，眼睛就會花。」

「謝謝妳，培遜太太。」葉先生掛上電話，此時的音樂已換成布拉姆斯的匈牙利舞曲門第五號降F調，是艾登和塔密爾的雙鋼琴演奏。

葉先生不理會那優美的旋律，只是浸潤在自己的推理之中——大衛赫斯教授將「穆可爾素」交給秋田大藥廠，可是……可能被小傑抽走了。

教授並不知情，以爲是丹尼偷走，他一直就不喜歡這個女婿。丹尼極力否認，赫斯教授無法可施之際，告訴了秋田大藥廠。於是，他們派出了多麗，來擔任「要債」的任務。

但是，多麗爲什麼會死於非命呢？

葉先生在另一種自由奔放的節奏中任思緒飛翔，當他想起這是匈牙利舞曲第六號降D調時，睡意已經完全覆蓋了他。

葉先生醒來的時候，是第二天的午前十點鐘。揉著惺忪的雙眼，就到廚房去準備鳥食。沒想到所餘不多，於是記下務必要去拜訪昆德菲尼老先生。

他走出昆德菲尼老先生的店鋪，邁步走向街心，在附近的報攤買了份週末版的亞士汀時報，夾在腋下，回到白屋。這個時候，檻鳥們已經在享受牠們的大餐。

葉先生整個早上都在看報，連分類廣告都不放過，那一格格小小的篇幅，比正版新聞告訴你更多的消息。最重要的當然是有關那個東方女孩的死亡事件。

然後他沖了個冷水澡，再走進前房，在書桌邊看看支票簿的收支是否平衡。電話費和水電費都付清了，並沒有給愛達米羅夫婦帶來不方便，他感到一切都在支配和控制之中。當葉先生正準備清理客廳時，聽到有女人的腳步聲，逐漸走近門廊。

「葉先生嗎？我是華樂太太。」

葉先生開了門。安妮把滿頭金髮往上梳，穿了件時下流行的彩色短裙，露出白色的網襪。她抹了水藍色的眼影和朱紅色的唇膏，但是她看起來卻像是緊張而且受盡創傷。

「如果你忙，我不會打擾你。」

「不忙不忙，請進。」

她踏進來時，像雷達似地把屋裡的擺設一件又一件地巡視一番。葉先生感到有些後悔，為什麼不早些整理。

兩人分別在窗口和標本櫃旁坐下，光線的分配不均，使氣氛有些對比的味道。

黑暗中的安妮說：「我想你看了今天的報紙，希望你不會相信那些連篇鬼話。」

亮處中的葉先生說：「雖然記者總愛捕風捉影，可是如果沒有什麼風吹草動的話，也不會……我的意思是他們有些職業的敏感。妳的客人忽然死了，又是明顯的他殺，你們總該……總該有些責任吧！」

她咬了咬下唇，潔白的牙齒沾了點紅印。

「我不認為丹尼會把小傑照顧得很好，我實在不該讓他把小傑帶走。」

「那妳為什麼要讓他帶走？」葉先生有些跟不上她的轉換話題。

「我不能夠剝奪丹尼探望他兒子的權利，何況孩子也需要父親的陪伴。」

「以目前情況看來，丹尼是不適合的。」葉先生吞了吞口水，很直接地說：「尤其是他涉嫌殺人。」

「他沒有殺人！」安妮搖了搖頭，幾撮金髮隨著飄動起來，更增加無限的魅力。

葉先生不想增加她的負擔，便閉上了嘴。

「關於那把手槍，丹尼會有很好的解釋。」

「只怕他不會回來了。」話一出口，葉先生滿心後悔。

她將手放在額頭，覆住了雙眼。葉先生忽然感到內心有種無法形容的痛。

到廚房裡，取了隻杯子，先用水清洗一下，然後倒了杯水給安妮。當她喝水時，喉嚨微微起伏，她那雙裹在白色網襪中舞蹈家般修長的玉腿，在昏暗的角落裡，彷彿更修長了。

葉先生稍微轉向她，問：「妳婆婆的電話號碼是多少？」

接過電話號碼的葉先生，先按了區域代號，然後再按幾個數字。電話鈴聲在另一端急促地響了約九、十聲。

當他想放棄時，有人輕輕地拿起話筒，傳來女人的聲音：「請問找那位？」

「請問是華樂太太嗎？」

「是的，我就是。」她的聲音堅定而有禮貌。

「請等一下，丹尼的太太想和妳講話。」

葉先生將話筒交給安妮，她就站在原先的位置。葉先生獨自走進臥室，把門拉上，拿起床邊的分機。

只聽到那個老婦人說：「我根本沒看見丹尼，他很清楚星期六是我和朋友聚會的日子，而且我才剛剛從飯店趕回來。」

「妳想他會去妳那兒嗎？」

「也許等一下會來吧！安妮。」

「但是他說一大早就去妳那兒，他答應要帶小傑去看妳。」

「假設他是這樣做。」老婦人的聲音慢慢轉化成警戒和嚴厲。「我不明白妳爲什麼如此介意……」

「他們已經離開數小時了。」安妮說：「而且我……」

葉先生知道安妮要提報紙上的事，心弦不覺繃起來。

「我知道妳和丹尼的婚姻情況，但是我不想介入，希望妳能了解。我要說再見了，安妮。」

葉先生聽到她掛了電話，也就把聽筒放下來。當他走進客廳時，發現安妮緊鎖著眉尖，話筒還揑在她的掌中，好像本來是活生生，如今卻死在她的手中。

「丹尼對我說謊，他和那個女的回家去了。」

「妳和丹尼正式決裂了嗎？」

「我想是的，但是我不甘心。」

「誰是那個金髮女郎？」

安妮將揑在掌中的話筒，用力地摔出去，整個房間響起了回音。

她說：「別提了。」

「爲什麼？」

「沒有爲什麼，只是不想提到她。」

「難道她傷害了妳？就像那首老歌〈悲劇電影〉。」
「你……」安妮的臉因激動而紅潤起來。
「我是個局外人，爲什麼妳要把我扯進來？或許在整個事件中，妳希望我扮演一個有利於妳的見證人。可是，妳不覺得太冒險了嗎？警方會採信一個外籍過客嗎？何況，妳不是請我喝下午茶，要不然就是過來和我聊天，在這美好的秋之晨。」
「你使我太失望了。」
「是不是因爲我沒有掉入妳所設計的迷宮裡？我猜想當你知道愛達米羅夫婦要遠遊時，妳就提出請友人來克布藍士街的白屋客居的計畫。」
「對不起，我沒有那麼心思縝密。不過，是否可以談談你的看法？」
「其實，我和那些記者沒兩樣，只是捕風捉影而已。」
「請說！」安妮的口氣充滿了法官似的命令口氣，但眼神卻流露出撒嬌，就像小女孩向父親要糖果。
「第一個疑點，小傑主動向我親近，他的父親向我示威。對我而言，未免太戲劇化了吧！或許是我『過分』多疑。另外，我曾經向妳提起小傑寫詩之事，妳露出困惑的表情，我覺得似乎不太像一個母親……」
「那麼我應該如何反應呢？」
「應該是驕傲而歡喜，有了那麼一個天才兒童。但是妳似乎要淡化著個部分，讓我不由得聯想是不是還有甚麼要引起我的注意。嗯……原來是背面的玄機。」葉先生話鋒一轉，又說：「當然啦，從昆德菲尼老先生聽來的閒言閒語，更讓我的推理增加信心。再接下來的疑點都是瑣瑣雜雜的，不值得一提再提。但最重要的是，妳故意讓我看見多麗。第一次在湖畔，第二次在你家門口。第二次，妳的刻意太明顯了。或許她不是多麗，金髮和黑髮是明顯的特徵，也是變戲法的主要工具。」

安妮閉起雙眼，吐了長長的一口氣。

「是不是丹尼偷了『穆可爾素』的實驗報告，而那份報告，大衛赫斯教授正好要出售給秋田大藥廠。妳爲了掩護丹尼，保留了複印稿，將原稿給小傑，當做一般便條紙似地來寫詩，然後散發給不同的人。我想大衛赫斯教授不會怪罪他的寶貝外孫的。這時候，丹尼再偷偷把那份實驗報告賣給另一個藥廠。」

「看來，我低估了你的能力。」

「於是，多麗出現了。」葉先生得到肯定之後，更相信自己的推想，繼續說：「她的任務是要回那份實驗報告。據我猜想，她的拜訪應該是前一天才對；而我所看見的東方女孩是妳的好朋友，素絲赫特小姐。爲的是引誘我當一個笨蛋目擊人。妳沒想到亞特達組長的無禮和種族歧視引起我的不滿和刻意不合作，讓整個事件變的複雜。」

「多麗是該死的，因爲她和你一樣聰明。」

「是不是小傑也寫一首詩送給她，而她識破你們夫妻所編的謊言？但是，令我不明白，難道你們因爲這樣就殺死她嗎？安妮，或許是因爲妳的自尊吧！爲了在妳的父親面前維持丹尼的尊嚴，也就是婚姻的完整性。以那份實驗報告的價値而言，你們可以遠走高飛，一輩子不愁吃、不愁穿。」

葉先生的眼光從安妮移向窗外，正好幾片葉子飄下來。

「至於，妳爲什麼要留下來，我想，或許是想轉移警方的注意力，使我從目擊者再升級成嫌疑犯吧！」

「不！」說以乎是全身的細胞所聚成的力量，再吐出一個單聲，安妮沮喪地說：「我沒有那個意思……」

「難道妳不擔心丹尼背叛妳嗎？」

「如果我沒有信任，就不會代夫受罪了。我留下來的唯一目的就是替丹尼掩飾，讓他能帶著小傑到另一個天堂。如果素絲能夠好好對待小傑的話，我不在乎她成爲華樂太太。」

「那……妳什麼時候去自首呢？」

「我爲什麼要去自首，我的雙手沒有一絲血腥，多麗又不是我殺的。但是，我會讓警方懷疑，隨著時間的過去，這宗命案就會慢慢地淡化。相信我，美國是個相當尊重人權的國家，因爲我只是個連嫌疑犯都談不上的見證人。更何況，輿論會同情一個弱女子的，如果當我已經有資格當嫌疑犯的時候。想想我爲我的家庭所付出的一切，你會去跟你討厭的亞特達組長說明這一切嗎？他會相信你，還是相信我呢？就算他認爲丹尼殺死多麗，我會有罪嗎？你只不過是一個講求理論的聰明人，千萬不要在現實的人生顯露你的無能。」

當安妮離去時，葉先生看著她的身影在克布藍士街上，彷彿是一抹隨時會散去的霧。雖然還沒到午後，可是整條街已經充滿了夕陽西下的落寞了。

Case3

流向心靈深處的河

這是葉先生在特古西加帕市的第一個週日黃昏，精通七國語言的他已經查出這個宏都拉斯的首都，語源來自印地安文中的「銀山」。

四月的天空，煙霧濛濛，或許有人在燒森林。葉先生深深嘆氣，那就是宏都拉斯的農業型態，用燒森林的方式，清理出土地來做果園。

葉先生在中央公園散步，擁擠的遊客邊走邊吃著炭烤的牛肉串，小孩們拿著棉花糖或撕開的馬鈴薯炸片包，歡樂的氣氛使他產生了淡淡的鄉愁。

園內有座騎馬的銅像，紀念的是一八二〇年代到一八三〇年代，中美洲聯盟的英雄——法蘭斯哥．莫瑞山。葉先生專心地讀著以西班牙文書寫的詩句，回想著多年前看過的一部以「蚊子海岸」為片名的電影。

「咦？您不是威廉．葉先生嗎？」一口濃濃的奧地利德語把葉先生的視線吸過去。來人是位溫雅的白種人，有著一雙看起來很溫暖的眼睛，疏稀的金髮貼在頭皮上，顯然是深受愛護而刻意修整。深藍色的西裝裡頭是件格子呢襯衫，每個格子分別被朱紅、灰藍、丹黃、草青、珍珠白的線條框起來，彷佛是一場廣宣做得很浩大的藝術展覽，內容卻是貧乏而千篇一律。

「啊！您就是梅葉爾先生。」葉先生緊緊握住對方的手，在這樣一個美好的週日黃昏，公園裡的絲棉木和栗樹在晚風裡，和遠方的松樹林打著旗語。

那些旗語彷彿在喚起葉先生的回憶——有著淡淡哀愁的維也納之戀。七年前，他二十四歲，由台灣長老會推薦到奧地利，和神學博士鮑爾教授做一些有關十七世紀奧匈帝國時代的宗教研究，因而在列支敦斯登伯爵夫人的別墅裡，認識了莎林娜。

「啊！自從在薩爾斯堡不告而別之後，我就不曾再見到她，不知道她這幾年來的生活如何……」葉先生的眼眶有點濕潤，爲了不願太失態，他展顏笑著說：「梅葉爾老太太好嗎？我這輩子永遠都忘不了她做的裸麥麵包。」

「家母在三年前過世了，因此我們梅葉爾家族也就散了，年輕的一代都各奔前程。唉！斯拉夫族的人原來就流著浪跡天涯的血液，雖然建築在黑森林之間的大木屋是那麼地和平溫馨。」

「決定離開阿爾巴奇鎮，的確需要很大的勇氣。」葉先生想起了冬令營，想起了那間掛著紅莓果與冬青、玻璃窗跳躍著火光的小酒店，想起了……他搖搖頭，有些鼻酸地說：「那……你怎麼會來這裡求發展呢？自從尼加拉瓜由桑定政府執政之後，愈來愈傾向馬克斯主義，而薩爾瓦多和瓜地馬拉的境內也動盪不定。那些政治風暴隨時會影響到這個堪稱平靜的小國，難道你不知道嗎？」

「我並沒有計劃長久住在這裡，只要厄爾強水壩的修護計劃告一段落，我就會離開。至於到哪裡去，目前還沒有決定。或許我會取支飛鏢往旋轉的地球儀射，射中哪裡就去哪裡。」

「你提到厄爾凱強水壩，是不是那個中美洲最高的水力發電廠？」

「不錯，可供全國所需電力的三分之一。」梅葉爾眺望著松樹林之後的朦朧遠山，說：「建立水壩的時候，曾經挖掘出許多古代印地安人的手工製品，考古學家認爲是馬雅族的遺物。」

「眞令人嘆惜，不是嗎？」

「那又有什麼辦法。對了！葉先生，你怎麼也來中美洲？」

「我是跟隨一個商業團體來到這裡考察，做些市場分析。星期天是各人自由活動，我偏愛不同種族的人文風俗，就一個人到處走走。」

「你住哪裡？」

「蘇拉飯店，就在聖米格爾大教堂的後方。」

「什麼時候離開特古西加帕市？」

「星期二的下午就準備打道回府。」

「明天晚上我帶你去一個地方，享受典型的中美洲家庭生活。」

葉先生見他頻頻看錶，顯然是急於離開。於是點頭答應，然後目送他的背影，漸漸消失在暮色裡。一種蒼茫的感覺驀然湧上來，彷彿又來到維也納大學附近，就在那個小小的鬱金香花圃中的露天咖啡店裡，瞥見了孤單的莎林娜。

在小攤子邊，喝了杯很苦很苦的土製咖啡之後，葉先生就往面向聖米格爾大教堂的出口走去。此時天色全暗了，三盞一組的圓燈在公園的各個角落亮起來，人們悠閒地聊天，幾個小孩在紅磚地上打滾玩耍，而幾個膚色很深的年輕人正隨著「黏巴達」的音樂大跳特跳。

華人在這裡是稀有動物，所以葉先生的走動自然會引起他們的注目。雖然他精通西班牙文，可是對於紛紛拋過來的嘰嘰喳喳，也是「聽攏莫」啦。因爲濃重的口音，又加上不知所云的俚語。不過葉先生瞭解他們沒有惡意，所以只是一路微笑地走過。

由於時間尚早，葉先生便往飯店的另一個方向的鬧區走去。不知道在慶祝什麼，只見人山人海之中飄揚著宏都拉斯國旗——旗上的五顆星代表著中美洲聯邦的五個國家，也是一個遙遠渺茫的五個共和之夢。

葉先生在一家擺飾和裝潢非常高級的珠寶店櫥窗，瞥見了梅葉爾。他正把一圈亮晶晶的項鍊掛在一名女子的頸間。從女子的面孔看來可能是米基托族，在鏡前搔首弄姿時，她那圓滾滾的眼睛狂野而熱情，在那堆珍珠、瑪瑙和寶石之間，透放出攝人心魂的光彩。

彷彿看了不該看的東西，葉先生快步走開。

計程車將葉先生帶進特古西加帕市的南端，那裡是個植滿玫瑰和天竺葵的社區。司機告訴他，爲了解決人口問題，已故的美國甘迺迪總統曾經批准了拉丁美洲計劃，如今這個機構繼續存在，同時擴展了工作範圍，各種類型的社區就是他們的傑作。

司機將車子停在一棟漆著藍白兩色的小木屋前，並告訴葉先生，目的地已經到了。葉先生一跨出車門，就看見兩個男人站在門口，其中一個是梅葉爾，正做著「歡迎光臨」的手勢。

葉先生發現地上都是嬌黃的落花，原來小木屋前種了好幾株相思木，在紫青的天空下，顯示出迷人的姿影。梅葉爾穿著輕鬆的T衫和牛仔褲，過來和葉先生擁抱一下，然後接走禮物，那是一瓶從機場的免稅商店購來的黑牌Johnny Walker。

站在後面的男人看起來彷彿是義大利人，十分英俊，穿著白襯衫、白西裝褲，頸上繫了條紅領巾。雖然是華麗的外表，舉止之間也儘量表現出高等人的風範，可是對待葉先生卻十分傲慢和無禮。葉先生不想和他計較，於是裝著不懂西班牙文，只用德文和梅葉爾交談。

「請你原諒賴摩斯，他還年輕不懂事。」梅葉爾打著圓場，賴摩斯就是那位「紳士」的大名。

「難道你沒告訴他我要來嗎？」葉先生有些不安。

「沒有，連女主人都不知道。」

「天哪！虧你還是來自奧地利，這下可把我害慘了。」

「千萬不要把自己想像成一個不受歡迎的不速之客。」梅葉爾請葉先生坐在靠近小几的沙發，角落的電視畫面出現一個瘦臉的男人，正在用心地「讀報」新聞。賴摩斯過去把聲量轉大，然後向廚房走去。

葉先生試圖不把眼前所見的放在心上。他問梅葉爾：「女主人是你的朋友嗎？」

「比朋友多一些深度，直接地說是沒有名分的夫妻。我知道台灣人比較保守，可是也不至於把你嚇到吧？」

「對不起，我……」葉先生慌亂中，忘記了德文中最重要的陰性和陽性的用法，因而舌頭打結。

「我瞭解。當我離開奧地利時，順便也把故鄉的婚姻結束。多年來，我永不休止地尋找生命的春天，直到半年前，我遇見了寇蒂絲……」

寇蒂絲！那不是臨近加勒比海的一個美麗港灣的名字嗎？而另外還有「金錢」的意思。海港加上金錢。寇蒂絲究竟是位什麼樣的女人，竟能讓這名愛情塵封多年的男人，如此的神魂顛倒。

不容葉先生胡思亂想，梅葉爾興致昂然地打開話匣子，說：「我能夠認識寇蒂絲，要歸功於賴摩斯。賴摩斯在德拉屠宰公司工作，負責運送冷凍牛肉給水壩工程的伙食團。由於能說一口相當不錯的英文，所以和外國技師很熟。雖然謠傳他是個拉皮條的，不過我們仍然滿喜歡和他來往，因爲他的幫忙，我的獨身生活才有了樂趣。」

電視的畫面換了一些農業紀錄片，由聯合水果公司提供。賴摩斯咬著香菸走出來，梅葉爾討好地將德語改成英語，說：「你看那些小巧的香蕉，土語叫做Chiguita Banana，好吃極了。」

賴摩斯吐了一口煙，說：「寇蒂絲知道你的喜好，特別做了個香蕉餅。葉先生來自台灣，聽說台灣也產香蕉？」

「不錯，有大有小，種類很多。」

「香蕉使美國和宏都拉斯建立了親密的關係。由於大量的需求，我們的農業部也注重品種改良，如今已能利用較少的土地，生產更多的香蕉。你看電視所顯示出來的數據，六千八百公頃左右的蕉園，年產量已經可以達到四億多公斤。」

葉先生看得懂，但是卻不說出來。賴摩斯又點燃一根香菸，屋內的空氣開始惡化。梅葉爾忽然歡呼一聲，原來是「女主人」現身了。她正是葉先生昨晚在珠寶店所見的那名女子，匆匆一瞥比不上近距離的凝視。不過，青春的容顏多多少少有著美神的眷顧。

寇蒂絲不會說英文，眉目之間又透露出對東南亞民族的鄙夷，所以對葉先生也就愛理不理。餐桌上自然形成兩黨對立，這就苦了我們的主席——梅葉爾先生。

晚餐除了方才賴摩斯所提到的香蕉餅之外，有淋著糖漿的牛肉，還有一大盤金黃燦爛的玉蜀黍。其中最合葉先生胃口的是以椰子汁調上佐料所做出的花椰菜湯。

梅葉爾用德語向葉先生吐露心聲，說：「其實我也明白寇蒂絲不是個什麼好出身的女人，否則也不會和我這樣的老外同居。只是我很感激她對我的好，不管眞心或是假意，總之，她讓我很快樂，彌補了我前一次婚姻所造成的傷痕。所以，我用她的名字買下了這棟房子，做爲對我們愛情的紀念。」

「我很感動，可是……」葉先生的眼光往那對打情罵俏的男女望去，暗示著梅葉爾。梅葉爾露出縱容的微笑，說：「這是他們的民族性，何況他們是親戚，不會亂來。」

既然對方都不介意，葉先生也沒有什麼好說的，只好默默地喝湯，耳際卻響起了散播病菌般的談話……

「寇蒂絲，我最近手頭很緊，能不能再替我弄些錢？」

「你這個黑心鬼，叫你不要賭，偏要賭。」

「請妳不要露出兇惡的表情，他們正在注意，尤其是那個滿肚子壞水的台灣佬。」

葉先生驚恐地望著梅葉爾，他卻毫不知覺地在喝酒。一杯又一杯，臉像蒸熟的龍蝦般通紅起來。那對男女似乎也警覺到氣氛正在一點點地冷肅，於是正經起來。寇蒂絲目標轉向梅葉爾，而賴摩斯則和葉先生大談中美洲的政治危機。

「目前的政治就像地理形態一樣。」

「什麼意思？」

賴摩斯又點燃一根菸，事不關己地說：「尼加拉瓜有考斯奎納火山，薩爾瓦多有康加瓜火山，我們宏都拉斯有聖米格爾火山。你該懂我的意思！」

葉先生點頭，心想：「梅葉爾不也是生活在火山和火山之間。」

「我醉了！我醉了！」梅葉爾突然嚷叫起來，把其他的人都嚇了一跳。

葉先生趕緊站起來，說：「你既然醉了，就快去休息。時候也不早，我該向大家說聲晚安。」

「親愛的威廉，不要急著回飯店。多和摩斯聊一聊，說不定再過幾分鐘我就會醒過來。我希望你在我睡熟了之後再走，好不好？」

「好！那你快去休息。」

望著寇蒂絲扶著梅葉爾離開餐廳，賴摩斯搖身一變，成為男主人，客氣地請葉先生到客廳。葉先生在原先的沙發坐下來，賴摩斯卻選擇在角落，旁邊的馬尾藻被燈光投射在木壁上，形成一幕猙獰的圖案。

「我一直想去美國。」賴摩斯突然冒出一句。

「你說什麼？」葉先生微微一愣，臉從電視螢幕上轉向他。

「我想去美國，那裡是冒險的天堂。難道你不想去嗎？」

「一點也不，我不喜歡美國。」

「你是個偽君子，世界上沒有一個地方比得上美國，沒有人不喜歡美國，除非他是白癡。」

葉先生不想辯解，雙手投降地說：「算我是白癡。」

「你們兩個不要扯著喉嚨講話，好嗎？」寇蒂絲再度出現，兩手插著腰，方才綰的髻有些亂，髮絲在臉的兩側飄來飄去，使人想到冶豔的妖精。

「梅葉爾睡著了嗎？」賴摩斯問。

「他是個很難入眠的人，可能只是合上眼而已。」

「我想告辭了。」葉先生欠起身來。

寇蒂絲沒什麼表情地說：「剛才梅葉爾交代我，為你叫了輛計程車，再過一小時就會來。」

「眞不好意思，但是我……」

「隨你，腳長在你的身上。」寇蒂絲賭氣似地說，然後用力地坐下來，把沙發弄出很大的聲響。

賴摩斯用西班牙語問她，說：「他知道了什麼嗎？」

「沒有，只是擔心那個台灣佬的安全。」

「有這個台灣佬在這裡礙手礙腳，要不要把計劃改變？」

寇蒂絲斜眼睨了一下葉先生，彷彿有所顧忌，只是搖了搖頭。葉先生把這一切看在眼裡，決定要耗下去，瞧瞧他們到底耍些什麼花樣。

三十分鐘過去了。

葉先生想要去方便一下，忽然聽到梅葉爾痛苦的呻吟。寇蒂絲第一個衝進去，另外兩個人也跟進。

「我的心臟病發作了，快把藥拿給我吃。」

葉先生冷眼旁觀，寇蒂絲從床頭櫃取出一只玻璃瓶，而賴摩斯也插手幫忙地端來杯清水。梅葉爾雙手撫住胸口，痛苦地扭動身體。

當寇蒂絲倒出一粒藥丸，欲放入葉梅爾的口中時，葉先生不知道想到什麼，假裝頭暈地撞了寇蒂絲的手臂。於是本來要放入葉梅爾口中的藥丸，便失手落在地上。

「你這個搗蛋鬼！」寇蒂絲氣得跳腳。

「等一下再罵，救人要緊。」賴摩斯督促她再取一粒，兩個人都表現出眞情流露，使葉先生有點信心動搖。

梅葉爾雙眼睜開，虛弱地笑著說：「謝謝你們，我好多了。」說完，用手捂住自己的嘴巴，喉結上下地起伏。

「那是什麼神丹妙藥，藥效如此神速？」葉先生內心猜疑，不過還是爲梅葉爾能逃過一劫而高興。

梅葉爾伸手握住葉先生的手，有氣無力地說：「不久前我就發生了類似的狀況，醫生開了處方，寇蒂絲替我買了成藥……啊！」

「你怎麼了？」葉先生感覺到對方的手溫急速地冰冷。

「你要替我做主，殺了那對狗男女……」

「梅葉爾，你冷靜一下，我去叫救護車。」

「不要，我快死了！」梅葉爾痛苦地掙札，經過幾陣強烈抽搐之後，他終於平靜下來。

「他不必要再忍受人間的疾苦了！」葉先生用極爲流利而優美的西班牙語，對著面如土色的一雙男女發布消息。

「不可能呀！怎麼會這樣！」寇蒂絲衝到床邊，本來想要抱住梅葉爾，但是看到那張流血的面孔，嚇得又是尖叫連連。

「我們最好不要動他，他是中毒死亡，必須等待警方來處理。」葉先生目光銳利地逼視著賴摩斯，說：「死者在生前曾經指控你和寇蒂絲謀殺，你承認嗎？」

「他指控我和寇蒂絲謀殺，你沒聽錯吧！」賴摩斯的臉刷地白下來，激動地說：「我明白他為什麼要誣賴我們。我知道我們有對不起他的地方，可是今晚，我們準備向他告白，求他原諒，沒想到……」

「那就是你所謂的計劃？」

「不然你以為是什麼？」賴摩斯有些明白，恨恨地說：「想不到你懂西班牙文。」

「你最好在警察來到之前，把話說清楚。」

「唉！」賴摩斯嘆了一口氣，無奈地說：「其實我和寇蒂絲是對情侶，我們想要去美國，可是多年來都無法如願。我因為工作的關係，有機會接觸到外國人，也藉著介紹女人而賺些佣金。當我遇見梅葉爾時……」

講到這裡，他遷怒似地對寇蒂絲吼了一聲：「事到如今，妳還哭個什麼勁？」然後沉吟一下，再說：「他告訴我，他不喜歡那種上班女郎，他希望在宏都拉斯的一年半載中，找個良家婦女同居。」

「梅葉爾是個好人，出手又大方，於是我說服寇蒂絲去……」賴摩斯有些難以啟齒地說。

「反正這是一種商業行為，梅葉爾獲得他所需要的快樂，我們則取得應該的酬勞，反正時間最多才一年而已。」

葉先生是經過大場面的人，所以也不感到奇怪，只是隨口問道：「難道梅葉爾不清楚你和寇蒂絲的關係嗎？」

他聳一聳肩膀，說：「我們才初相逢，你就瞧出端倪，何況梅葉爾已和我們相處半年多。只是大家心照不宣，不願扯破臉皮。」

葉先生想到梅葉爾曾對他說過的話，更能體會賴摩斯的語意。賴摩斯悲哀地說：「我們一直都相安無事，直到一個月前，他收到了一封來自故鄉的信，整個人就變了。我們不知道爲什麼，只是預感到他發生了什麼可怕的事。」

「可怕的事？」

「寇蒂絲跟我抱怨很多次，梅葉爾不但脾氣變得陰晴不定，有時候還會對她大吼大叫，她實在快要忍受不了。最重要的一點，他對於錢包愈看愈緊了。」

「所以，你們準備和他攤牌。」

「這也是沒有辦法的事情。既然他已經對寇蒂絲厭倦了，我們又何必強求？我雖然是個吃軟飯的人，可是也不至於賤到讓自己的愛人如此受難而無動於衷。」

葉先生望望跪在床邊低泣的女人，說：「寇蒂絲小姐，妳是不是可以將那封使梅葉爾性格改變的信，拿過來給我瞧瞧？」

女人的哭泣有時令人厭惡，有時令人愛憐，而淚眼模糊的寇蒂絲眞是別有一番楚楚可憐的風韻。她項間的珠鍊更如同從臉龐滑下來的眼淚，閃耀著無言的哀愁。

葉先生對賴摩斯問道：「你說梅葉爾小器，他昨晚不是才買珠寶送給她嗎？」

他冷哼一聲，說：「我對珠寶略有涉獵，知道那是人工合成的寶石。這已經不是第一次，所以更加強我們要離開他的決心。」

葉先生正要開口，寇蒂絲遞來一封縐縐的信，是用德文書寫，筆跡很清晰細緻，顯然是出自女人的手。葉先生讀完之後，再看看簽名，心中已經有了輪廓。

「信上到底寫些什麼？」賴摩斯熱切地追問。

葉先生想起一則有關所羅門王智慧的故事，便彎腰拾起那粒落在床底下的藥丸，對賴摩斯說：「如果你敢吞下這粒藥丸，我就相信你無罪。」

賴摩斯的臉脹紅起來，口吃地說：「這太荒謬了。」

「不錯，這是個荒謬的建議，不過卻是最有效的證明法。」葉先生把手往前一伸，藥丸像似毒蛇的眼睛。

「你太沒知識了，藥丸怎麼可以亂吃？」

「懦夫！既然沒有做，有什麼好害怕的！」寇蒂絲破口大罵，劈手將藥丸奪去，硬生生地吞下去。

葉先生欽佩地凝視那位勇敢的女子，眼光盯住她的喉嚨不放。三人就這麼站著，過了十分鐘，寇蒂絲挑釁地望著葉先生，彷彿一枚蓄勢待發的火箭。

「好吧！我相信你們無罪。該去報警了吧？賴摩斯。」

「報警是早晚的事。葉先生，你可不可以打開天窗說亮話。」

「沒問題！」葉先生揚了揚手中的信紙，說：「就從這封信開始說起……」

梅葉爾看見信封上寄信人的地址，便迫不及待地打開。先看最後的署名，心孔湧出了難以形容的溫暖。然而，當他從頭逐字讀下去時，那股暖流就化成了寒流。原來是他前妻寄來的求援信，他們的獨生子得了癌症，需要他的經濟援助。想起他離開巴爾奇小鎮時，沒有留下一毛錢。多年來他所賺的錢，都花在自己的享樂上面，不覺痛恨起自己的不負責任。

第一個闖入他腦海的念頭，是立刻離開宏都拉斯。可是另一個念頭卻告訴他，縱然他飛回故鄉，又能帶什麼去給那個可憐的孩子？殘缺的愛對他而言是空幻而無意義，唯一需要的是龐大的醫藥費。

梅葉爾的手指頭在計算機上，按過來按過去，可是就沒辦法在數字後頭，再多按出幾個零。他先將現金匯過去，然後開始設法將買給寇蒂絲的房子要回來，但是困難重重，更何況這也違背了他個人的良心。

於是他想出了另一個法子。

他買了巨額保險，受益人是他的兒子。

想要讓他的兒子拿到保險金，就必須讓自己死。但千萬不能讓保險公司發現是自殺身亡，而是透過另外一隻手。那隻手的最佳主人不是寇蒂絲，就是賴摩斯，因爲他們有著令外人一眼便可洞悉的動機。

梅葉爾寫完劇本之後，就開始自導自演，角色是個古怪的心病患者。他卓越的編導和演技，帶動了不知劇情的男女配角——賴摩斯和寇蒂絲走上了悲劇的舞台。

觀眾在哪裡呢？一幕精彩絕倫的戲劇需要掌聲的肯定。然而觀眾在哪裡呢？梅葉爾尋覓著他心目中理想的觀眾人選——那個人不是隔岸觀火的冷漠分子，也不會那種只會看熱鬧的門外漢，而是懂品味，且能夠隨劇中人的遭遇而喜怒哀樂的人。

上帝聽到他的禱告，從千里之外的台灣，差遣了葉先生這位聰明絕頂、感情豐富的年輕人。梅葉爾要他坐進了包廂，雖然戲已上演，不過葉先生絕對可以follow up，只要他不錯過最扣人心弦的高潮。不過，梅葉爾高估了葉先生的感情，低估了他的聰明。葉先生進入木屋之後，就開始推理三個人的關係，同時想像夜空之下，將會有什麼樣的驚奇。到梅葉爾「痛苦」的呻吟聲響起時，葉先生的思緒都遙控著，直到他多事地想要解救梅葉爾。

他以爲寇蒂絲從玻璃瓶倒出來的「第一粒」藥丸是毒藥，雖然葉先生覺得她不可能如此大膽，可是誰又能料到下一步棋是如何走法。爲了證明這一點，事後葉先生拿那一粒藥丸來做試金石，結果意外地證明女人比男人更執著於愛情，而表現出來的勇氣也令葉先生嘆爲觀止。

葉先生認爲想要謀財害命的他們，不可能把玻璃瓶的藥丸全換成毒藥。所以當寇蒂絲再隨意倒出一粒時，他就沒有再阻止。

葉先生是個翻譯家，博覽群書，對醫學方面的知識也時有研究，所以能夠發現梅葉爾的第一個破綻。不過，葉先生也有敗筆之處——他沒有及時發現梅葉爾再次地吞嚥毒藥。

陣陣喇叭聲，打斷了葉先生的陳說，也把聽得入神的賴摩斯和寇蒂絲帶回現實。葉先生看看手錶，笑著說：「梅葉爾所安排的落幕時刻，一分不差，我也該走了。」

賴摩斯哀求地說：「沒有你作證，警方會相信我們嗎？」

葉先生拍拍他的肩膀，安慰地說：「不要擔心，如果我的猜測沒錯的話，也就是說，梅葉爾眞的投了巨額的保險，那麼保險公司的人絕不會輕易放過。有他們做後盾，你們又眞的是清白，法律必然會還給你們公道。」

在他們的目送下，葉先生踏過黃色的落花，進入計程車裡。夜色宛如加勒比海的美麗波濤，柔柔地拍襲在安靜的街道，葉先生望著即將告別的特古西加帕市，心中卻遙想著另一個城市，因爲那裡住著他的初戀情人。

Case4

陌生的指紋

陳警官進入葉氏翻譯社時，葉先生正在忙。

「忙什麼？」也不等葉先生的回答，就進入廚房，翻箱倒櫃地「覓食」。帶著雲紋的天光從半開的窗戶流進來，投影在他弓起的背，就像一頭健壯的年輕的布氏恐龍。

布氏恐龍緩緩地靠近葉先生，左手端著混合鮮奶油的咖啡，右手握著核桃餅，臉上現出因某種慾望得到充分滿足而呈現出來的幸福之光。

葉先生的筆不停地在稿紙上滑動，偶爾停下來，翻翻案頭上的俄文字典。陳警官的兩手空下來之後，才拿起葉先生已經譯好的稿子來看。

「揭開古拉格群島的神祕面紗。」陳警官無聲地唸著，「目前，許多祕密檔案均已公開，曾經是蘇聯最大集中營的古拉格群島，由史達林和祕密警察組織所建立的人間地獄，將在戈巴契夫就任掌權以後，逐漸地凸顯在世人的目光……」

陳警官一面讀著稿子，同時也看著那些慘不忍睹的資料照片——KGB情報局的部分卷宗。貼著標示號碼的屍骸，每個人雙手貼在背部，頭顱一道彈痕。有囚犯們建造的馬加丹劇場，中央的「紀念牆」正作著血和淚的見證，不因歲月而褪去淒涼的氣氛。

葉先生譯完最後一個字後，筆往桌上一丟，發起呆來。陳警官雙手放在他的肩上，輕輕地按摩，望著那充滿悲憐和哀痛的表情，從書架的玻璃反映出來。

「咦？怎麼有空來。」葉先生彷彿才發現陳警官進來似地發問。

「很久沒見面，找個空檔來和你聊聊。」陳警官看葉先生已經從古拉格群島的夢魘甦醒過來之後，就放下雙手，恢復他本來吊兒郎當的態度。

「天氣漸漸涼了，犯罪的比率應該漸漸地下降。」

「不錯，以殺人傷害或強姦猥褻等有關風俗的犯罪是有明顯的下降，但是以財物爲動機的竊盜、強盜，正慢慢上升。」

「那是季節氣候所引起的犯罪誘因，另外，人口密度和社會環境也是不容忽視。」葉先生是個翻譯家，精通七國語文，並且喜愛研究人性，對犯罪偵察學有深入的探討。

「那是所謂犯罪的外部原因，也就是外部的自然環境和人文環境的影響而促成犯罪，係屬犯罪的一般原因。然而個別原因，也就是所謂的內部原因，就是罪犯的家庭狀況和學校教育及職業環境等不良因素的影響。」

陳警官是葉先生的好朋友，因爲處理「凌雲材料研究所」邱博士的案子而結識，是個很俊俏的青年。

葉先生說：「你的解釋使我想起近代犯罪學始祖龍勃羅梭（Cesare Lomb Roso）以人類學和生理學觀點，認爲犯罪和遺傳有極密切的關係，就是所謂的天生犯人。」

「我覺得這個理論似乎有點……你總不能否認有出淤泥而不染的人格吧！」

「不知道你是否還記得多年前的一部片子，中譯名爲《九尾貓》，描寫有個青年被鑑定具有『犯罪染色體』。本來非常誠實正直，勤勉努力的他，爲了掩飾而連續殺人。我覺得很悲哀，這也是爲什麼我從不去算命的原因。」

「嗯！這倒令我想起了一宗案子。」陳警官找了張椅子「躺」下來，兩條腿伸得長長的。

葉先生則兩腳跨坐，雙臂托住椅背，熱烈地望著他的好友。

「一個星期前，有個女人被殺，兇手就是一個値得玩味的犯罪問題核心。他的父親是個天天酗酒的賭徒，母親是個妓女。國中時，因爲好勇鬥狠而被開除，時常更換工作，有妨害風化、恐嚇等前科。」

「死者是何許人物？」

「她是個女祕書，長得很漂亮，做事能幹精明，只是風評不好，就是說和老闆有肌膚之親等傳言。總之，電視劇老是演那種故事，所以大家一聽到女祕書三個字，往往就會聯想到老闆的情婦。」

「兩個人怎麼會有交集呢？」葉先生不知不覺地用了個數學名詞，因爲他彷彿看到陳警官的雙腿愈伸愈長，幾乎就要把對面的牆壁穿出兩個洞。

「他們是同事。」陳警官扼要地說明，然後又說：「兇手叫做蘇保權，死者叫做許月珍。當我們接到報案時，趕到現場，許月珍已經氣絕身亡。經法醫檢驗，乃爲鈍器傷及頭骨而死。因爲現場留有一枚明顯的血指紋，所以立刻判定兇手就是蘇保權。」

「那……蘇保權呢？」

「畏罪潛逃。」陳警官嘆了一口氣，說：「據研判結果，蘇保權殺死許月珍之後，就逃逸離去。說也奇怪，除了那枚血指紋之外，沒有任何線索證明蘇保權是兇手。譬如說，許月珍死在臥室，從臥室到門口，甚至從門口到馬路都沒有蘇保權的足跡。」

「你的意思是……」

「反正目前最重要的是找到蘇保權，很多事就可以找到合理的解釋。」

「如果是移花接木的話，蘇保權的生命……」

葉先生的話還沒講完，陳警官的手機響了起來。接通之後，他的臉色逐漸冷凝起來。通話完畢之後，他對葉先生說：「蘇保權已經沒有生命了。」

葉先生用眼神要求說明。

「剛才局裡的弟兄說，他們在虎頭山的樹林子裡，發現蘇保權的屍體，氰酸鉀中毒，從腐爛程度看來，大約死了六、七天，可能是殺死許月珍之後，畏罪自殺。」

葉先生的眼神有不以爲然的霧狀體，似乎在學習赫丘里．白羅動用那些小小的灰色腦細胞。

「我先回去了，再見。」

葉先生沒有應聲，望著他那頎長好看的腿，一步一步地走遠。然後轉過身，正坐在書桌，把譯稿重新拿起來看——我在紅場漫步時，嚮導偷偷地指著克里姆林宮正面的一個窗戶，說：「那是史達林同志工作的地方。」

翻不了幾頁，葉先生用力地放下稿紙，走入臥室，披上一件淡青色的夾克。彷彿是個要去採訪重要事件的新聞記者，匆匆地奪門而出。

葉先生將車子停在路邊，然後望望對面的「漢繪紡織廠」。水泥大門之後是列半新不舊的三層樓房，幾根高大的煙囪，在布滿秋雲的天空下，看起來有些蒼涼。右邊的空地是座大倉庫，此時正有輛卡車緩緩地駛出來。

五分鐘後，葉先生坐在會客室裡。

再十分鐘後，有個西裝筆挺，約三十出頭的男士走進來。他遞出名片——總務課長陶成創，葉先生也遞出名片，他的身分是J雜誌的專屬作家。

陶成創微微皺起了眉頭，說：「你不是記者？」

葉先生以輕鬆的口氣答道：「我們的雜誌社不大，所以分工也不很細。如果不是我們雜誌社主編和許祕書認識，我也不太想來採訪。」

「那你要採訪什麼？」他強調地說：「許祕書已經不在敝公司服務了。」

「她被一個叫蘇保權的混混打死，那個混混也在你們公司上班，對不對？」葉先生望望那位目瞪口呆的總務課長，又說：「他死了！」

「誰死了」

「蘇保權死了！不信你看看今天的晚報。」葉先生注意到對方的表情，試探地說：「難道你不以為然？」

陶成創似乎不想談論有關命案的事，又問：「你要採訪什麼？」

「最近貴公司推出的針織網眼水洗絲，市面反應很好。我們想做一系列的報導，包括絲的演進、生產地的分布、物理化學性質，以及製造過程。」

「聽起來似乎很專業，和以往的採訪不太一樣。我不知道許祕書怎麼會答應，這類事情應該由公關部門處理才對。」

葉先生忽然問了一句，說：「蘇保權這個人怎麼樣？」

陶成創愣了一下，隨口就說：「很好啦！」

「很好是什麼意思？」

陶成創有些狼狽地說：「蘇保權這個人，以前是個混混，可是他來漢繪紡織工作半年多，表現一直很好，沒想到又冒出這種驚天動地的事端。眞令人痛心。他是我的親戚……對不起，我有些語無倫次。」

「沒關係，慢慢說。」

他立刻露出警惕的神色，說：「你是誰？」

葉先生不動聲色地說：「我採訪的目的未達成，只好和你聊些別的！嗯！聽說許祕書的風評不好！」

「你們雜誌社的主編告訴你的？私人的事，不予置評，何況人都已經死了。」

葉先生從陶成創的表情和口氣分析，心中就有些想法。他小心翼翼地問：「你爲什麼認爲蘇保權不會殺許祕書？」

「嘿！我可沒有這樣認爲。我只是認爲蘇保權一直表現很好，然而……可見他還是狗改不了吃屎。」

「那他爲什麼要殺許祕書？」

「你問我，那我去問誰？」陶成創覺得很不耐煩似地說：「沒事的話，你可以走了。」

葉先生摸摸鼻子地離開漢繪紡織廠。

美麗的晚霞儀態萬千地走上臺北的天空，但是街頭的車潮卻拼出一張擁擠的抽象畫。很不幸地，葉先生是其中的一片。他想到廢鐵處理工廠，將滿坑滿谷的棄車壓縮成小小的立方體。然而在極限的壓縮之下，是否會反彈出不可收拾的爆發力。

進入和陳警官約好見面的餐廳，還早了一刻鐘。不過，陳警官已經坐在裡面，柔和的燈光把他的面容修飾得更英俊。

「怎麼樣？」葉先生拉開椅子坐下。

「今天胃口不好，來份簡餐就好！」

「我是指蘇保權呀！」

「喔！他死了。」

「我知道，警方有什麼發現。」

「他的右掌被某種鈍器弄碎，連拇指都不見了。」

「什麼？」葉先生正要問下去，餐廳的少爺過來問要吃些什麼。

當陳警官點了海陸大餐時，葉先生說：「你不是沒有胃口嗎？」

「沒有胃口，才要點些會引起食慾的料理呀！」

「但這可不是簡餐。」

「你必須唸唸愛因斯坦的相對論。和滿漢全席比起來，這的確是份簡餐。」

葉先生只好使出殺手鐧，說：「你請客，好嗎？」

「爲什麼？按照慣例，你向我打聽命案，是你要請客。破案的話，則是我請客。」

「凡事都有例外，因爲我今天阮囊羞澀。」

「好吧！那就來份商業快餐。」

「兩份！附餐是冰咖啡。」葉先生向少爺豎起兩根手指頭，轉頭看陳警官的滿臉委屈，有些不忍，於是說：「飯後我們可以叫一些好的糕點。」

「哼！這還差不多。」

葉先生偷偷做了個鬼臉，輕聲地說：「我今天去漢繪紡織廠跑了一趟，雖然沒什麼收穫，卻得知蘇保權已經浪子回頭。」

「從蘇保權涉嫌殺死許月珍，初步認定是情殺的成分最低。因爲許月珍的異性交往關係頗爲混亂。除了較明顯的是漢繪紡織廠的研發部經理馬利凡之外，還有一些泡沫般隨時發生，又隨時消失的情人。」

陳警官不停地望著廚房的方向，顯然他的肚子很餓。

「有沒有任何跡象證明兩人有關係？」

「目前沒人能肯定；而且蘇保權除了年輕力壯之外，沒有一點能夠讓許月珍看上眼的地方。但是，爲什麼他的指紋會出現在許月珍的死亡現場。」

「嫁禍！」葉先生肯定地一語道出，然後又說：「眞正的兇手偷取蘇保權的指紋，再布置成畏罪自殺的謎劇。從蘇保權的右掌被擊碎，右拇指不見就可說明一切。」

陳警官的興致似乎已經壓倒了對食物的慾望。

「眞正的兇手選擇蘇保權做爲代罪羔羊，主要是他有不良的前科。至於爲什麼要殺害許月珍，誠如你們所說，請殺的成分最濃。所以我的心中已經有一個輪廓，雖然有些模糊。」

兩份快餐被冷落了。

葉先生繼續說：「既然被害的死者和兇嫌都是漢繪紡織的員工，這是唯一的關聯。因爲除了這個以外，沒有人能說出他們有任何關係。爲了簡化，假設兩人沒關係，那麼誰要殺死許月珍，請列出有動機的人來，再從名單上篩選和蘇保權有關聯的人。」

「目前我所知道的是馬利凡，漢繪紡織廠的研發部經理，據說他和許月珍有不清白的關係。我們約談他的時候，他極力否認，但是說詞卻漏洞百出，這也是我們懷疑他的地方。」

「那他和蘇保權的關係是……」

「比一般同事還親一點，也就是在一個月前，蘇保權從染色工調到他的實驗室做助理。按照調查報告，蘇保權在案發的當天曾在馬利凡的實驗室做實驗，直到下班時間都沒離去，我們問守衛，他們沒有注意，下班卡也沒記錄。實驗室最後一個離去的人是馬利凡，他表示沒注意到蘇保權什麼時候離開。」

「我覺得很不可思議，尤其是研發部，裡面有多少公司的新產品資料，怎麼可能隨便讓人逗留，而沒有人注意。我想我們明天再去一趟漢繪紡織廠，重點就放在研發部的實驗室。」

「說不定可以解開那枚血指紋之謎。」陳警官講到這裡，開始去動他的晚餐，表情很露骨的不滿，然而卻是秋風掃落葉般地吃得乾乾淨淨。

葉先生嘆一口氣。

陳警官睜大那雙專門征服女人芳心的眼睛，無辜地說：「不要這樣好嗎？我不會讓你花很多錢。」

葉先生知道他誤會了，說：「我只是想到現代的犯罪手法眞是日益狡詐。還記得阿根廷的羅哈絲之案嗎？」

「怎麼不記得？每一個唸過犯罪偵察學的警官學校學生都知道。那個案子使佛司蒂克的指紋鑑識系統讓世人刮目相看，使阿根廷成爲世界上第一個採用指紋爲犯罪證據的國家。」

「是呀！」葉先生再嘆一口氣，說：「他的『指紋學』在西元一八九四年問世，卻因爲當時的官僚作風和大環境的無知，佛司蒂克的資料不但完全被破壞，本人也被放逐。每當我唸到那一段文章時，就想到屈原。」

「英雄總是寂寞，智者難免孤獨。不過，在西元一九〇〇年，倫敦警察廳廳長亨利爵士將他的學說發揚光大。所以指紋在犯罪偵察中扮演非常重要的角色，因爲六十四億人之中，僅有一個相同。」

「然而鬼怪精靈的犯罪者因此也會利用指紋來迷糊辦案人員的眼光……」

陳警官等葉先生講完之後，悠悠地說：「我們總不能月指紋來當餐後甜點吧！」

葉先生設法迷糊陳警官的伎倆，終於宣告失敗。

穿著白色實驗衣的馬利凡，渾身上下透發出科學家的知性。英挺的身架，得體的談吐充分表現出成熟男性的氣質，算不上俊美的五官也因微笑而得人緣。但是根據葉先生的觀察，他淡茶色的眼白和微微往下垂的頰肌，可能是個好色之徒。

陳警官和馬利凡談話之際，葉先生則在實驗室走來走去。他看見有一臺拉扯切割機，那是測驗布料強度的儀器，年代似乎很久，卻裝了新的零件，包括刀片。當葉先生抬起頭來，正接觸到馬利凡投來兩道冷冽的目光。

葉先生走過去對馬利凡說：「我看你的實驗室中，不論儀器或試藥都很齊全，這引起我的興趣，想做個有趣的實驗。」

「什麼實驗？」

「給我一些聯苯胺和雙氧水。」

馬利凡的神色混合著迷惑和警戒，不過還是照著葉先生的話，配好各種溶液。當他看見葉先生將那些溶液滴在那台拉扯切割機的枱面，而呈現出青藍色時，面色大變。

葉先生笑嘻嘻地說：「這種檢驗血紅素的方法並非特異性，果汁或碘鹽類也會出現同樣的反應。所以我想陳警官會通知刑事鑑定技術人員來做更準確的血型檢驗，現在的免疫學非常發達，說不定更能確認出是誰的血跡。」

「事到如今，我招認我殺死許月珍和蘇保權。」馬利凡整個人彷彿萎縮下去，連聲音都是抖抖瑟瑟，陳警官拉把椅子，讓他坐下。窗外的陽光偷偷地爬進來⋯⋯。

「許月珍從三個月前開始逼我跟她結婚。可是我不能離婚，於是她就三天一小吵，五天一大吵，弄得我筋疲力竭。一個月前，他更變本加厲，所以我就動了殺她的念頭。可是都沒有機會下手。那一天蘇保權留下來做實驗時，看見他不小心切掉大拇指，靈感一來，假裝帶他去看醫生。我讓他躺在後座，所以守衛並沒發現。車子開往市區時，我託詞買止痛機，藉機用預先藏好的氯仿將他弄成昏迷狀況。」

「氯仿？」陳警官再問一次。

「我時時想找機會殺死許月珍，所以車裡備有讓人失去知覺的氯仿，還有氰酸鉀。我將車子開往許月珍的寓所，因為我有鑰匙，所以能夠進出自如。再到貯藏室拿了一把鐵槌，將熟睡中的她敲死，然後以蘇保權掉落的拇指，蓋章似地印在讓人一眼就看得到的地方。」

「然後你用氰酸鉀毒死了蘇保權，再棄屍於虎頭山的樹林裡。」陳警官替他做了結語。

當葉先生隨著陳警官和馬利凡走出漢繪紡織廠的大門時，心中暗暗盤算今晚要到哪裡去打牙祭；絕對不要簡單的餐點，因為他確定他的胃口將奇佳無比，而且不需要任何話題來當飯後甜點，他將以沉默是金來對待當主人的陳警官。

Case5 四加一的晚餐

葉威廉

施耐庵《水滸傳・序》云：「人生三十未娶，不應再娶。」何況我已三十有五，所以對於終身大事的欲望似乎越來越淡薄。直到六天前，突然無緣無故地生了場病，孤零零地躺在床上，望著窗外的朝雲來、暮靄去，感覺到人生之路實在需要一個伴。恰好阿姑打電話來，說要請我吃飯，我聽出她的弦外之音，於是不假思索地答應了。我忽然又後悔起來，只好硬著頭皮赴約。我的阿姑是在十五年前，全家移民到巴西，後來姑丈不幸逝世，剩下她一個堅強地把小孩撫養長大，然後和一個日本華僑結婚。這次回國，主要是回來度假，然後順便觀察台灣市場，看看有沒有什麼生意可做，我到達餐廳時，小姐自然還沒來，只有阿姑和她的先生——千田善吉。

千田善吉

我的本名叫徐善吉。二十年前在台灣，因爲發生了件我不願意回想的事情，偷渡回日本，費盡九牛二虎之力改變身分，然後再輾轉巴西去。認識了素娥，一方面同情她的遭遇，一方面佩服她的堅強。然後就向她求婚，共同建立了幸福美滿的家庭。憑良心說，我實在很不願意再踏上這塊土地，要的話，至少也要再晚幾天。可是，實在是拗不過素娥的要求，只好懷著不安的心回國。所幸……我看看手錶，只剩四小時三十七分二十八秒，就……。

素娥

麗濃這丫頭實在是太不像話了，距離約定的時間足足超過半個小時才姍姍來遲。幸好威廉很懂事，不過我想恐怕凶多吉少。唉！管他的，讓他們去吧，我發現善吉一直悶悶不樂，不只是今晚，而是從開始準備回國的那一刻。爲什麼呢？我曾百般試探，卻不得其門而入，難道他……他有什麼不可告人的祕密嗎？記得他向我求婚時，我被突如其來的喜樂沖昏了頭，也沒有深入瞭解他的過去就一口答應。如今……難道他……他在台灣或日本有了妻室。早知如此，我就不該勉強他回來。看他表情，眞教我心痛，尤其是他頻頻看錶，一副坐立不安的樣子。看情形，我必須設法提早結束這場無聊的飯局。

麗濃

哼！早在七點鐘之前，我就站在餐廳前街的小巷口，當我看見那和素娥阿姨說話的男人，我的心就涼了半截。什麼懂七國語言，自己開翻譯社，成熟穩重，然後又是待人誠懇，頗有經濟基礎，可是看到他那蒼老的樣子，我敢打賭至少四十歲以上，還戴著學生錶，鐵定是個小氣鬼。算了，還是回辦公室，把老總交代的報表做完吧！可是……這家餐廳看起來似乎不錯，反正還沒吃飯，不如進去解決民生問題，然後再找個藉口溜走，如果日後素娥阿姨罵我的話，我就跟她嘻皮笑臉。只是令人擔心的是，萬一那個男的對我一見鍾情，糾纏不清，我該怎麼辦呢？管他的！以後再說。

陳皓

咦？葉先生怎麼也在這家餐廳。當我告訴同伴，那位葉先生是個多麼了不起的名偵探時，他就迫不及待想要過去和他認識。我認爲再等一等，因爲葉先生和一對打扮很高尚，看起來像是夫妻男女同桌，似乎在討論什麼重要的事。如果冒冒失失過去，說不定有所妨礙。沒想到——我眞是料事如神，更沒想到——一向抱持獨身主義的葉先生竟然會接受「相親」的安排，只是那個女孩子似乎太「外向」了一點，和葉先生不怎麼「速配」。但是，天曉得，說不定兩人立刻來電。看來，我就靜靜坐在一邊看好戲吧！咦？那個男人看來有點面善，好像在那裡見過。等一下，找個機會過去和他們認識認識吧。

葉威廉

女主角終於出現了，從她那「輕視」的眼神看來，我是被三振出局了。也好！否則又要多花一番功夫，看來我這輩子是注定形單影隻走天涯。爲了保持風度，我也應該表現出適度的殷勤。阿姑應該也嗅出些許的氣味吧！所以懶洋洋地不太愛搭理我們。不！她的眼神銳利，全身似乎處在警戒的狀況，看不見的觸鬚迅速地在空中探索。我們的女主角對於食物的興趣，顯然比我個人強烈多了。我只好……阿姑彷彿發現千田善吉不尋常的沉默。他不知道在等待什麼，或是害怕什麼，難道在餐廳裡，存在著什麼嗎？沒想到居然看到陳警官就坐在不遠處，而他的眼光也向這邊望過來。

千田善吉

每次我接觸到眼前這位葉先生的眼光時，那不願意回想的往事就像剝洋蔥似地被揭開一層。我無法想像當核心暴露在腦膜上時，將會有什麼瘋狂的舉止。三小時四十五分零九秒……我眞羨慕那個女孩子，能夠無憂無慮地大吃大喝。還有……素娥似乎也看透我的異常，天哪！她那充滿疑問和不信任視線，眞令我心痛。我隱瞞了她七年，難道……不！爲了愛，我要繼續隱瞞下去。我想一切都會沒事的，必須給自己信心，上蒼絕不會毀滅我這個早已回頭的罪人。可是，爲什麼除了葉先生和素娥之外，我還感覺到另一雙眼睛呢？是誰？是誰？啊！原來是……。

素娥

我很高興有個陌生人加入這張餐桌，否則眞的不知如何處理這既沉悶又緊張的場面。尤其是威廉和善吉間，彷彿在比內功，而善吉明顯地處於劣勢，但是我卻一點都幫不上忙。這個姓陳的年輕人看起來很明朗健談，必定能帶來輕鬆的話題。但願如此，否則再五分鐘，我就和善吉先自行離開，連理由都不必說。

麗濃

哦！想不到出現了一位超水準的帥哥，所幸我已經吃飽了，可以擺出淑女的風範。該死，我的碟子上放了一堆小山似的雞骨頭，還有……杯子上沾滿了口紅印子。哦！不，這些還不算該死，最該死的是那位帥哥竟然連正眼都不看我一眼。不過，我想帥哥都有些自戀，凡事慢慢來，絕不會逃過我的魅力追緝令。

陳皓

葉先生並沒有把我的「警察身分」介紹出來，但是我的直覺告訴我——千田善吉正是「做賊心虛」這句成語的最佳寫照。最近不是有個偷挖銀行金庫的竊賊，因走路時的形跡可疑，被警察盤詰露出馬腳。只因爲時間場合不對，又礙於對方是葉先生的長輩，所以只能旁敲側擊。說不定他是個通緝犯，可是長年在外，會不會是國際毒梟，似乎又不太像。我想只好……。

葉威廉

陳警官打了個招呼就匆匆離開，可能有甚麼急事吧。阿姑用極爲不滿的口氣問我，他到底是什麼人物，我只能坦誠地說——他是警察。不說還好，說了之後，我看見姑丈整個人不斷地發抖，然後不顧一切地往外衝，阿姑當然也緊隨在後。原本是今晚的女主角，也等不了謝幕就匆匆離去，留下倒楣的我必須負擔這一頓昂貴的餐費，還有——滿天疑雲。

葉先生與陳警官的對話

葉先生：「難道就此罷手嗎？」

陳警官：「刑法之所以要設立時效制度，主要是隨著歲月的改變，人事皆非，犯罪既然被淡忘，執行的必要性也要逐漸降低。而且時間一久，犯罪的證據難以蒐集完整，也增加了執行的困難度。」

葉先生：「我姑丈到底是犯了什麼罪？」

陳警官：「他在二十年前的今天，因一時氣憤，殺死了紅杏出牆的妻子。後來畏罪逃亡，沒想到今晚卻被我遇見。」

葉先生：「距離明天還有一多小時，你改變心意的話還來得及。」

陳警官：「不，我絕對不會改變心意。因爲從嚴究辦，非但無法使千田善吉改過自新，反而毀了一個幸福美滿的家庭，這不是法律的目的。何況你又不是沒看見他剛才那副膽顫心驚的模樣。想想二十年來，所受的精神折磨也足以讓他抵銷所犯的罪過了。」

當兩人正熱烈地談話時，沒有注意到電視新聞報導——有個名叫千田善吉的的日本華僑匆忙過街時，不幸被駛過的汽車撞傷，經他的妻子送醫急救，依然無法挽回一條寶貴的性命……。

Case6

卡拉OK復仇事件

＊

一縷燈光從紙罩中慢吞吞的繞射出來，太柔和了，所以他並沒有感覺到瞳孔的刺激。女孩的身體黯淡成一抹影子，外圍的曲線卻明燦起來，宛如一張用紅外線鏡頭處理過的照片，還保留著流光的軌跡。他伸出顫抖的手，愛撫著黑暗中那些發亮的表面，是一蕊掙扎的燭花，從深埋的慾念中開始燃燒，迅速地順著他的神經蔓延，然後在他的心口猛烈的爆炸。

狹小的單人床容不下兩個人，於是他只好睡在沙發，不良的睡姿使他噩夢連連。女孩的臉龐飄在濕冷的夜空，兩隻眼睛逐漸分離，彷彿兩粒噴射光焰的慧星，個別飛竄到南極和北極。這是一團經過洗滌的夢，單調而恐怖，卻極富科幻的詭異。然而，接下來的夢，內容是古典的荒誕，而且豔的如沾滿血腥的玫瑰，搖曳在慘慘的陰風裡——女孩是敦煌壁畫上的飛天魔女，赤裸的肉體呈現美妙的抽搐。一截拇指般粗長的鰻魚從她的女性器官裡鑽出來。最嚇人的是，它的前端竟然長著一張與他無異的面孔。

天旋地轉中，彷彿是被火葬的屍體，他的上半身不由自主的縮豎起來。他吐了一口大氣，屋子裡依然幽黑，只有各個窗口，懸浮著汙濁的乳光。床上的女孩，靜靜的躺著，仍舊保持著昨晚的睡姿。他唯恐再睡下去的話，會耽誤了正事，於是摸黑起來，唏唏嗦嗦的穿上外衣。

就這麼一轉眼的功夫，屋裡就清清的亮起來了。他想他必須走了，因爲還要回飯店提行李。女孩睡的很沉，實在不忍心吵醒她，欲默默的一走了之，卻又存著許許多多的難捨和留戀。於是，他在那淋著晨光熹微的唇瓣上，印下他的離情之吻。

沒有心頭的酸楚，沒有蜜汁般的回憶，也沒有天涯重逢的期盼，替代的是拒困在峽谷中，被迎頭滾來的落石所擊斃的恐懼。他的觸感是寒冷的，因爲死神已經在她的肉體，敷上一層冰霜。這到底是怎麼一回事呢？

就在他驚慌失措的時刻，整個屋子突然像扭開電燈似的大放光明起來。窗外飛舞的光絲，晶瑩的宛如聖誕樹上的小燈泡。他不加思索的推開門，狠狠的踩著窄梯，往漫天的金色陽光中，拼命奔去，好像有個不知名的鬼如影隨形而來。

這件事情，我不曾向任何人提起，因爲至今我還是在迷惑，我是不是曾經認識過一位名字叫做阿悠的排灣族女孩，她有雙非常大的眼睛，是山水文化村的歌舞女郎。雖然講的是金錢和肉體的交易，可是不能否認她施予給我的熱情和溫柔——那個看起來很善良的男子，既憂傷又自責地告白。

「你相信那個男人的說詞嗎？」

「我也不知道。」

問話的人是葉先生，答話的人是陳警官，兩個人正在「葉氏翻譯社」

「哦！不是這樣。」陳警官有些不好意思地說：「我的意思是說——我不知道布丁是這樣做的。」

「原來如此。」葉先生露出瞭解的微笑，說：「請你把那些蛋、鮮奶、豬油和香草片打一打。用力攪拌之後，倒入模型，蒸個幾十分鐘，就可享受一份香噴噴、軟綿綿的布丁，至於巧克力醬或是草莓醬就隨你裁決囉。」

當葉先生將蒸籠放在瓦斯爐，將火勢調到不大不小之後，就要求陳警官詳細地說明事情發生的經過。

他的名字叫做李賢，今年三十二歲，服務於信邦電子公司，不過他不是技術人員，是管理部門的總務課長。結婚三年，因爲家庭計劃，所以還沒有小孩。一星期前，公司舉辦旅遊，經過全體員工的表決，選擇了山水文化村爲二天一夜的旅遊地點。

位於N縣的山水文化村，佔地八十餘頃，不但有類似迪斯尼樂園的遊樂區設計，最主要還是融入台灣的民俗文化，譬如有河洛村、山地村和客家村。依山傍水，風景十分清新脫俗，很受中外人士的喜愛。

李賢原本想攜伴，然而太太無法請假，基於本身是總務課長之故，所以就一個人參加。根據抽籤決定，採購課的助理小遙是他的室友，坐遊覽車時也安排在一起。小遙雖然不到三十歲，或許是經常和客戶談生意，沾了油腔滑調，給初相見的人不會有好印象，但是心地還是蠻善良的。

到了山水文化村，李賢顧不得欣賞百人迎賓舞，就先去確認吃住問題是否無誤。他們選擇的是座落在山地村的神木飯店，只見處處擺飾著充滿原始情趣的木雕和石雕，還有色彩豔麗的皮革和織布。由於經費的限制，無法吃精緻的山地食物，但是李賢還是爭取到兩、三項。

事情辦的差不多，他就到處走走，在湖邊站著看少女們在湖心的草亭中表演山地歌舞，還有巫婆乘船出來祭祀。這個時候，小遙和幾個男女同事有說有笑地走過來，看了幾分鐘之後，就吵吵嚷嚷地離開，李賢本來也想跟著走，然而剎那之間，他被一雙美麗的大眼睛吸引住了。

李賢被一雙美麗的大眼睛吸引住了，而陳警官被陣陣香氣飄得心神無法集中，尤其是葉先生打開蒸籠，將布丁端出來時，他老兄已經無法把持。

「後來呢？」

「這樣就可以吃了嗎？」

「不行。」

「可是，好像也有熱布丁的吃法。」

「眞拿你沒辦法。」葉先生加強語氣地說：「務必記住要一嘴兩用。」

「遵命！我會一面吃，一面把案情交代清楚。」陳警官接過布丁，又說：「請不要用不信任的眼光看我嘛！畢竟後者才是我今天來拜訪你的目的呀！」

女孩子叫阿悠，自稱是排灣族，方才在湖心的草亭表演歌舞，表演完畢，換上便服。他看見李賢就露出甜美的微笑，然後快步地走過來。

「先生，你好。」

李賢有些不知所措，但是基於禮貌，依然含笑回禮。在他的眼中，對方只是個高中生年齡的少女，然而包在緊身牛仔褲的雙腿是那麼的修長，似乎可以想像到豐盈多汁的肉質，就像是剝皮之後的荔枝。

「你不認識我了嗎？」

李賢抓抓頭皮，就是想不起來她是誰。不過利用回憶，他又將女孩再看一遍。眉毛雖然略顯稀疏，但是形狀姣好，更顯出雙眼的神采有神。鼻子扁扁的，看起來很俏皮。嘴巴小巧玲瓏，微微地露出潔白的門牙。拭去了濃豔的舞台妝，卻拭不去隱隱約約的風塵味，這是常常跑特種營業的李賢的觀看感。有了這種想法，他的言詞和態度就輕佻起來。

「我當然認識妳。」

「那你說我是誰？」

「妳是張惠妹。」

「你……。」她做了個「跌倒」的姿勢，也就是電視上諧星常做的動作，然後嬌笑地說：「我哪有那麼漂亮。」

「我看妳比她漂亮幾十倍、幾百倍。」

「不要聲東擊西了。反正，我知道你不記得我就是了。我的名字叫阿悠，半年前在『夜夜狂歡ＫＴＶ』做小妹，你不是常常去那裡嗎？」

「阿悠？」李賢似乎有些印象，不過仍然是雲滿樓、霧滿樓。

「你最愛唱台語老歌，像南都夜曲、媽媽歌星和心所愛的人。」她學他的唱腔唱了幾句，又說：「你的歌聲很像費玉清。」

李賢立刻跟進，也做了個「跌倒」的姿勢，然後誇張地說：「我唱的比他好多了。」

「不見笑。」

「妳會說台語，眞是不簡單。對了！妳是阿美族的嗎？」

她搖搖頭，眨著眼睛，說：「我是排灣族。」

「妳既然在『夜夜狂歡KTV』做過，那認不認識我的其他同事？」

「我也不知道，要看了才會認出來，就像你一直站在這裡，我也是一面唱歌、一面跳舞，想了很久才想起來。」阿悠看了看手錶，說：「我要回辦公室。」

「回辦公室？」

「我主要的工作是業務助理，歌舞表演是客串。這裡的人手不足，所以每個女孩子都要十八般武藝，樣樣皆精。你相不相信？我有時候也要去倉庫幫忙搬貨和堆貨。」

「我可以打電話給妳嗎？」

正要準備轉身離去的阿悠，白了他一眼，說：「幹嘛這麼麻煩，我就住在那邊的女生宿舍，二樓3A。」

「什麼時候比較方便？」

「月上柳梢頭，人約黃昏後。」哇！小妮子竟然會背唐詩。

李賢望著那青春小鳥似的背影，不自覺地吞了吞口水。此時，漸寒的風正從山邊的竹林，息息地吹過來。

葉先生斜斜地坐著，肘彎支靠著椅把，下顎全托在掌心之中，低眉垂目，彷彿睡著似的。直到陳警官的陳述告一段落，才換了個坐姿，並且詢問李賢是否到女生宿舍找阿悠。陳警官無法立刻回答，因為喉嚨就像尖峰時段的高速公路，被混合著唾液的布丁塞住了。於是，葉先生又回到自己的思考世界，陳警官則倒了杯茶，緩和一下食物交通，然後再繼續發表那宗發生在山水文化村的離奇命案……。

*

信邦電子公司選擇山水文化村做為旅遊地點，就是配合現代年輕人喜愛的定點渡假，也就是說到了目的地，大家就在某個範圍裡，自由自在的玩，不必聽領隊說幾點起床、幾點集合、應該注意這個、應該注意那個。所以各餐都是採用餐卷，任何時間、任何屬於山水文化村的餐廳都可以光顧。因此，李賢等於是單身旅遊，只是周遭多了很多雙熟悉的眼睛。

阿悠所說的女生宿舍，為了配合景觀，外表十分典雅古趣，尤其是繞滿了各類的爬藤。然而走進寫著「員工宿舍、閒人勿進」的大門之後，簡陋和混亂的景象就暴露出來。這裡不是學校機關，所以沒什麼特別的管理制度，自然也沒有安排門房。不過在樓梯口的旁邊，有間小小的警衛室。李賢探頭進去看看，想要打聲招呼，免得進入之後，被疑為小偷或採花賊就不妙，可是，空無一人。於是就冠冕堂皇地拾階而上。

3A是在右邊，李賢數了一數，共有十二間，每間房門都顯得破舊不堪，走廊和牆壁都因潮解和風化的交替作用，呈現龜裂斑駁，甚至還飄散一股不愉快的霉腥味。只有3A的門板上，掛了裝飾袋等小女孩的玩意兒。

李賢敲了敲門，有人應聲，於是推門而入……。

講到這裡，陳警官正好結束口腔體操。一邊讚美，一邊用舌尖去尋找躲在牙齦和齒間的殘渣，以便捲出來再品味一番。

「我有幾個疑點。」

「請說。」陳警官依依不捨地將舌頭擺正，又說：「葉先生，你的烹調技術簡直到達登峰造極，爐火純青的境界。」

「那位名叫李賢的男子，在山水文化村遇見阿悠之前，是否眞的認識她呢？」

「關於這一點，李賢表示沒有把握。因爲他很愛唱歌，所以常常往KTV跑，認識了不少在KTV裡面的公關小姐或公主什麼的。」

「可是，他第一眼不是被她那美麗的大眼睛所吸引嗎？從心理學的觀點，這是說不通的，也就是說那位排灣族姑娘有吸引人的特徵，對於你我或任何人或許不具任何意義，可是對於李賢就不同。所以，我認爲阿悠在說謊。不管她是眞的認識李賢，或是第二手得來的資料。總之，李賢不認識她，而是她主動搭訕的，至於目的何在呢？值得推敲。」

「李賢也有這方面的認知，只是想成飛來豔福，或是什麼花外流鶯，只要付些夜度資就可以了事，卻沒想到一夜風流的代價這麼大。」

「後來呢？」

「詳細的情節就用象徵手法帶過，譬如說兩隻魚在水缸裡游來游去，或是浪花沖擊在岩石上面，然後旭日東升，海面一片寧靜，只有幾隻沙鷗在碧藍的天空飛翔。」

「後來呢？」

「女的變成一具屍體，男的變成嫌疑犯。」

「警方怎麼能夠知道這宗命案？」

「有人以傳眞機報案。」

「這倒是頗具巧思。」葉先生提出另一個問題，說：「你又不屬於N縣，怎麼會插手管這件案子呢？」

「當時，我正出差到N縣派出所，開會完畢後，聽到眾人議論紛紛。雖然半信半疑，還是派了兩名警員去一探究竟。我反正沒事，就跟著去湊熱鬧。傳眞紙上寫著命案發生的地點在山水文化村的女生宿舍二樓3A室，死者是排灣族女性游廣莉，十八歲。可是當我們到了目的地，才知道被人耍了。」

「但是，你不以為然，仔細搜查了一番，發現了『李賢』這個名字，以及他的個人資料。於是，再次出擊。」

「啊！」陳警官露出笑容，說：「你又知道了，葉先生。」

「我當然知道，」葉先生做了個得意的手勢。

「能不能說明一下。」

「雖然沒有屍體，可是二樓3A室顯然有人來過。據我猜想，那棟女生宿舍已經不使用了。可是爲什麼有一些家具存在？而且用過沒多久。這是你們去一探究竟時，陪同的山水文化村管理人員感到迷惑的地方。而你可能發現了一張名片，於是打電話給名片的主人，然後他老兄就不打自招。」

「不錯，經過正如你所說。」

陳警官又開始回想……。

雖然是晚上九點鐘，可是李賢卻沒有回家的意願。自從凌晨六點半醒來，發現了阿悠……，之後，連續下來的十四個半小時，無時無刻地忍受精神上的折磨。

且說，他慌慌張張地跑回飯店，櫃檯的男孩正趴著睡覺，進入房間之前，也沒碰到任何人。開門關門，躡手躡腳地靠近床鋪時，才發現室友小遙根本不在。李賢鬆了一口氣，就坐在床上發呆。

腦波盪漾中，他彷彿看見阿悠被他翻身擁抱時，無力低垂的頭顱，散亂的髮絲間，露出帶青灰色的面孔，紫黑色的嘴唇，掛著一痕咖啡色的血跡。原本美麗的大眼睛緊緊地閉著，彷彿藏著驚天動地的祕密。李賢感到後悔，正打算打電話報警時，小遙正好進來。

「李課長，你好早就起床。」

「我認床，所以一夜沒睡好。」李賢有些驚訝自己脫口編出謊言的能力，又說：「你跑到那裡去了？」

「我和生產課的詩詩去夜遊。」小遙把衣服脫光，進入浴室，立刻響起了水珠飛濺的聲音。幾分鐘之後，小遙圍著浴巾出來，雙手拿著毛巾揉擦著頭髮，看著李賢一副失魂落魄的模樣，就說：不是每個人都像你那麼潔身自愛，我和詩詩只是逢場作戲，不會認眞的！回到工廠，她回到她男朋友身邊，我回到我未婚妻懷裡，這是一場春夢了無痕。對了！李課長，我跟你說老實話，你可不要到處亂講。萬一有個風吹草動，你可要保證我的清白，說我整晚乖乖地待在這裡，一步都沒有離開。」

李賢聽了，心中一動，這不是得來全不費功夫的不在場證明嗎？是……他也懶得想太多，到時候再說，反正船到橋頭自然直。也就是這想法讓他左右爲難地挨到回台北。大家陸陸續續下車，再奔回溫暖的窩，只有他還在流滿霓紅燈倒影的街頭徘徊。

不能不回家，終究要面對殘酷的現實。

果然不出所料，當他進入家門，妻子焦急的臉映入他的眼膜，同時告訴他，有位陳警官打了好幾次電話。李賢疲倦地點頭，表示知道了。當他換好家居服時，電話響起來，他看了妻子一眼。縱然心裡有千百個不願意，還是默默退回臥室。然後，他拿起了話筒。

「請問找誰？」

「李賢先生。」

「有什麼事？」

「你是李先生嗎？」

「是的，我是。」

「我這裡是N縣XX派出所，敝姓陳。今天下午，有人報案，山水文化村女生宿舍二樓3A室發生命案。現場遺留一張您的名片，不知是否能提出說明。」

李賢有些疑惑，爲什麼現場會有一張他的明片，但是知道逃不過了，就坦陳事件的經過。並且暗中祈求上蒼能夠讓對方相信，他說的每句話。

*

「你相信他的話嗎？陳警官。」

「沒有理由不相信，可是屍體呢？沒有屍體，他說的話就變成小說的情節。」

「那位報案的人，是否有再提供任何消息？」

「沒有。」陳警官嘆了一口氣。

「報案的人曾指出死者的姓名，好像是姓游。」

「游廣莉。」

「和小悠有沒有關聯呢？會不會是小游才對。」

「李賢說，他沒有問小悠的眞實姓名，至於小悠是不是游廣莉，他不很清楚。」陳警官想到什麼似的，加強語氣地說：「依據山水文化村的人事資料，沒有小悠這個女孩。」

「李賢不是親眼看到小悠在表演歌舞嗎？」

「表演歌舞的女孩都是濃妝豔抹，看起來彷彿都是一個樣子印出來的。小悠自稱在表演，事實是否如此，也不得而知。何況表演歌舞的女孩會因遊客的多寡而決定是否加演，不可能立刻卸妝離去。最重要的一點，裡面的女孩一致表示，歌舞表演完畢之後，沒有人離開後台。」

「你下一步的動作是什麼？」

「我也不知道，所以來請教你。」

葉先生想一想，說：「我建議你去『夜夜狂歡ＫＴＶ』，調查那個名叫阿悠的排灣族姑娘，但願她是游廣莉，也不一定是游廣莉。」

「我馬上就去。」

「等一下。」

「還有什麼錦囊妙計嗎？」

「離去之前，麻煩你把碗盤清理乾淨。」

陳警官果然不負葉先生所「令」，不但碗盤清理乾淨，順便將廚房打掃打掃然後打包好兩大袋「垃圾」。一袋是要丟進環保「袋」，另一袋則是丟進自己的胃「袋」。此時，葉先生換好外出服在客廳，翹著二郎腿等他的好朋友。

「夜夜狂歡ＫＴＶ」和一般的ＫＴＶ沒兩樣，爲了問話方便，陳警官表明身分，並且開門見山地發問。葉先生一反以前對「參與探案」的狂熱，自顧自地翻著「點歌簿」，並且一口氣地在「點歌機」輸入十來首歌。

「是的，以前有位女孩子叫小游……本名叫游廣莉，是不是排灣族，我不太確定，但是……肯定是山地姑娘，因爲她的輪廓很深、很鮮明，而且講話有腔調……她人不錯，做事很勤快，也很受客人的歡迎……。」

「江差戀……。」當前奏響起，葉先生便隨著螢幕下方的變色字，柔情萬千地唱起來。這首日本老歌早年被翻譯成台語歌曲「戀歌」，是葉先生的「試唱」歌曲之一，也就是說唱了這些歌曲之後，如果感覺還不錯，嗯……那就可以抓著麥克風不放，否則最好讓賢，因爲「嗓子」忘了帶，放在家裡。

陳警官對於眼前這位資深公關的合作，感到十分滿意，又問道：「她在這裡，有沒有什麼感情上的問題？」

「你也看得出來，我們這家KTV，客人大部分是上班族，比較不會鬧事或吃小姐豆腐，也因爲沒有戒心，所以難免會發生一些小戀愛或什麼的，我們也管不著。至於小游嘛！記得和一位男孩子走得很近，好像是在信邦電子上班，油裡油氣，後來怎麼樣，我也不清楚。這裡的女孩流動率很大，如果你要他的地址，或許我找得到，你請等一下。」

公關走後，葉先生就停止唱歌，說：「如果我沒有猜錯，游廣莉已經不在人世間，而且不是死在山水文化村女生宿舍二樓3A室，死因嘛！可能是自殺。」

「那李賢所見的那具屍體呢？」

「僞造的屍體，身分是游廣莉的妹妹。」葉先生的心神有些不寧，因爲螢幕出現他的拿手歌曲——鄧麗君的〈空巷〉。實在很想唱，但是陳警官不讓他得逞，逼迫他講下去。

「我的想法是，那位名叫游廣莉的排灣族女孩一定是被某個花花公子玩弄，想不開而自殺或是遭受打擊而無法過正常人的生活。她的妹妹想要報仇，就想出一條計策。普通人的做法是跑去男方家大吵大鬧，可是萬一男方家有錢有勢，說不定被反咬一口而自取其辱。這個聰明的女孩子首先的想法是以色誘人，拍下照片或是類似仙人跳的手法，然後破壞那個男孩子即將來臨的婚姻。可是，左思右想，這方法風險太大，萬一賠了夫人又折兵呢？因爲同樣是女孩子，知道女孩子的弱點，花花公子流淚懺悔的話，他的未婚妻必然會原諒他，說不定經過這番寒徹骨，愛情的梅花開的愈美愈芬芳，還聯手對付這個外來的敵人。不信的話，看看美國總統柯林頓的緋聞，他的太太如何處理，就可以瞭然在胸。」

講到這裡，公關小姐拿來游廣莉的地址和電話。陳警官表示有問題再找她，同時感謝她的幫忙。葉先生看他們在說話，就拿起麥克風，但是立刻被一隻強有力的手奪走。

「另外，想想和那種男孩子上床，也是件蠻噁心的事。」看著螢幕上的男歡女愛，耳畔迴盪的是自己熟悉又喜愛的旋律。葉先生打起精神來，把抽象的推理過程化諸成寫實的談話：「她採用了間接的方式，選擇李賢做餌。至於爲什麼，考考你的觀察力。」

陳警官想了一想，說：「他長的不是很英俊，可是也不難看。」

「外表倒在其次，主要是李賢有美滿的婚姻和相當不錯的社會地位。忠厚老實，又有些膽小，這是一般當總務小主管的特色。不多談人是非了。總之，她引誘李賢，然後詐死，然後估計有件命案會發生。」葉先生笑一笑，接著又說：「如果詐死的詭計被看穿，頂多當成一幕鬧劇，雖然阿悠的內心再次破裂傷痛一次。」

「事實上，她成功了。」

「不錯，李賢嚇地抱頭鼠竄。在這段期間，阿悠在等待李賢報案。可惜他沒有，於是她以傳眞報案，既然死亡地點和死者的名字都有了，警察不會坐視不管。荒棄的女生宿舍中，突兀地出現一間綺麗的香閨，有張當日遊客所遺留的名片，既神祕又離奇，最重要的一點是具有明顯的線索可供追查。你怎麼不心動呢？陳警官。」

「你的意思，我也是餌？」

「豈止是你，本人也是呀！」

「怎麼說呢？」

「等我說明到某一個段落，你自然就會明白。」

「那……請你加快說話的速度。」

「講到這裡，都是我自顧自的說法，難道你不覺得嗎？」

「你要我怎麼辦？」

「打電話到游廣莉的家，求證一下嘛！」

「是的！葉先生。」

陳警官離去後，葉先生興高采烈地連續唱了三首歌。

「完全正確。」陳警官進來之後，劈頭就是這麼一句話。

「游廣莉在這裡當公主時，認識一位叫小遙的年輕人，在信邦電子公司擔任採購助理。兩人很快就相愛，沒想到男的忽然提出分手。游廣莉心灰意冷，辭職回老家，更沒想到自己已經有身孕。由於她年幼無知，等到五、六個月才知道是怎麼一回事。在父母的脅迫下，走上墮胎一途。最慘的是，他們沒有找正牌的醫生，或許正牌的醫生不敢也不願意做。結果，游廣莉就這麼斷送了性命。」

「這是家醜，誰會告訴你這麼多？」

「她的妹妹，我想就是那個阿悠吧！」

「一定是你表明身分，並且得到她的信任。」葉先生酸溜溜地說：「我知道你的外型很受小姐的喜愛，沒想到聲音也如此的具有魅力。」

「不要妄自菲薄，葉先生。我是借用你的推理能力，才讓那個小丫頭心服口服。最後，她要求我們……。」

「到這裡，你明白為什麼我們兩人都是她的餌了吧！」

「她要我們不斷向李賢施壓，不惜逼出小遙和詩詩的戀情，甚至還要把游廣莉慘死之事都要抖出來。」

「你眞的要這樣做嗎？」

「為什麼不，我最痛恨這種不負責任的花花公子。」陳警官說：「那個女孩子問我如何識破她是詐死，以及種種。」

「她不是向李賢誇耀自己不但能歌善舞，又是業務助理，又會當倉庫工人，聽起來彷彿是個演員，那麼詐死只不過是她出色的演技之一種而已。」

「眞厲害！」

「當然不只是那些。」葉先生問道：「你如何讓那薄情郎身敗名裂，事業、愛情一無所有呢？」

「這你就不用操心，山人自有妙計。」

望著陳警官得意洋洋的神態，葉先生不再多言，拿起麥克風，陶陶然地唱起來。

拍遍小橋欄干　掩不住失落的迷亂
點亮小樓燈火　驅不散這一片微寒
心中殷殷期盼　都化作了冷雨秋煙
夢裡頻頻呼喚　不知你可曾聽見[1]

1 本文篇尾的歌詞選用《潘越雲精選輯（一）》（滾石唱片，1986年1月發行）中之第五首歌〈好久不見〉，作詞者沈立和作者是文友，在此向他致敬。

Case7

左手與右手的戰爭

黯淡的客廳，從氣窗透進一線清冷的月光，斜斜地在琴鍵上撩撥，就像是一雙音樂家的手。一疊整齊的琴譜邊是一瓶優雅高貴的百合花，沾著水珠的花瓣，似乎還遺留著山谷間的清新氣息。

坐在鋼琴旁邊的絲菱發現宜雯正注視著百合花、略帶唏噓地說：「那是媽媽最喜愛的花。記得虎弟還沒唸小學，我們住在阿公家裡時，假如媽媽插了一、兩枝百合花時，就會挨阿嬤的罵。她說百合花是送葬花，除了家裡有死人外，沒有人會插百合花的。」

宜雯望著絲菱抽出手帕，抹去眼角的淚痕，打岔地說：「虎弟還沒唸小學，那是好久以前的事了嘛！」

「當時的我不瞭解阿嬤爲什麼不喜歡媽媽和我，卻又那麼喜歡爸爸和虎弟。我還以爲她不喜歡女生，可是她自己也是女生呀！何況她也很喜歡秀姨，一直在爸爸面前誇她好女德，惹得媽媽總是躲在八腳眠床裡，眼淚簌簌地流。」

「秀姨？是不是那個圓圓胖胖的秀姨？」當宜雯說出此話時，不禁也沉入回憶的湖底——她和絲菱是小學同學，也是鄰居，所以對於絲菱的家庭背景瞭解頗深。宜雯記得絲菱的母親生下了絲菱之後，就無法再生育，只好容許丈夫納妾。那個妾就是秀姨，一個嫻靜而有福相的女人，而且不到一年就給廖家生下了一隻好可愛的「小老虎」，從此奠定了她不可動搖的地位。

「秀姨雖然對我很好，可是我卻忘不了媽媽是因她而死。其實我並不想介入上一代的糾紛，無奈那悲慘的情景卻歷歷在目。雖然廖家只剩下虎弟和我，可是那黑濁的陰影片刻不離地罩在我們之間。雖然……唉！講了這麼多雖然和可是，卻仍然無法一吐心中的鬱悶。」

宜雯想開口，然而卻沒有合適的措詞。再次望著那瓶彷彿是含淚的百合花，不覺有些後悔這次的造訪。

話且從上個星期六說起，宜雯從J雜誌社出來，由於眼睛一時無法適應室外的光線，正考慮要取出太陽眼鏡時，突然聽到有人在喚她的名字。

她茫茫地望過去，只見到一條淡薄荷色的人影，在黃金雨般的日光下，飄飄而來。宜雯不及細看帽簷下的容顏，就被那件高雅的絲質洋裝吸引住注意力。宜雯知道那是出自被形容爲「像香奈兒一樣瞭解女人曲線」的Donna Karen的設計。身穿地攤貨的她，不覺興起了淡淡的敵意……

「宜雯，沒想到會在這裡遇見妳。」

「妳是……」宜雯被這熱情的笑臉不斷地沖擊，卻想不出自己的人生是否曾有這個女人參與，或許只是匆匆擦身而過的一面緣，或是台北的天空曾經蔚藍的時候……宜雯終於想起來，以超過對方的Double action，狂喜地喊道：「廖絲菱、廖絲菱，妳是廖絲菱……」

「妳終於想起來了，眞好。」廖絲菱拉住她的手，往日同窗的情誼剎那間泉湧出來，走在混亂的台北街頭，胸臆充塞著青青校樹的感懷。

「……媽媽去世後，我再也忍受不了家裡的氣氛，就出國投靠遠嫁日本的姑媽……哦，不是離家出走，我沒那個本事。阿嬤看我個性太倔強，覺得被姑媽管管也好，何況在她心目中，日本女孩子是一等一的溫柔，說不定還有潛移默化的作用。」

「那妳這次回來，是想找個台灣男人嫁，還是別有所圖？」宜雯笑著說，同時側過臉去看看絲菱——崇尚自然美的日本化粧術，果然不凡。剛才遠看時，以爲是張素淨的面龐，如今近看，而且是以同樣女人的眼睛，才發現臉上堆著厚厚的粉，改變了唇形的口紅，眉毛甚至是一根一根畫上去的。

「我已經結婚了。這次回國是爲了虎弟，妳還記得嗎？」

「怎麼會不記得？虎弟他含著銀湯匙生下來的情況，還是當年的一樁大事。妳阿嬤又是辦桌，又是請戲班，比迎媽祖還愼重其事。」宜雯吞了吞口水，不勝緬懷地說：「從此再也吃不到那麼甘美的芋泥丸和綠豆酥了。」

絲菱有些感傷地說：「因此我媽媽才會想不開而走了絕路。不談這些了，我們找個地方坐坐，重溫一下童年的時光。」

「好啊！我們先去永和吃豆漿，然後……」

之後又有許多提議，最後是絲菱邀請宜雯來到她的「故居」。雖然有很多地方已修建得面目全非，不過依稀可見舊時所留下的足跡。那些以紙門隔開的和室，寬廣的通鋪上，曾經是她們一群小女孩子用被單當做新娘服，扮家家酒的地方……

「所以，一等到所有的事情處理完，我就要回日本去。」

「妳說什麼？」沉思中的宜雯一時沒有聽清楚對方的話語。等弄清楚之後，才知道絲菱的父親和秀姨，在兩個月前因車禍而雙雙去世。於是她隨口便說：「那妳準備把這棟房子賣了？現在的地價……」

「這是虎弟的房子。」絲菱正色地糾正。

「哦！」宜雯感到有些訕訕然，便說：「虎弟當時負責開車，卻只受了點傷，眞是不幸中的大幸。」講了這句話，宜雯又覺得似乎很不得體，偷偷看一眼絲菱，不由得伸了伸舌頭。

「根據我父親的遺囑，財產的三分之一歸秀姨，另外三分之二又分成三等份，我和虎弟各得一份，另一份捐給慈善機構。如今秀姨也死了，她的那一份自然全給了虎弟，而兩個人巨額保險金的受益人也是虎弟。如果是平常，我沒話說，可是他們是因爲坐在他駕駛的車中而喪生，他的過失卻使他得到最大的利益。」絲菱愈說愈激動，忽然直著雙眼，對宜雯逼問：「妳是個標準的推理小說迷。妳說……他是不是有謀殺的可能，犯罪的動機如此的強烈。幾乎可以不用手，就把茶杯移動。」

宜雯感到啼笑皆非，順勢看了看手錶，正想起身告辭時，門外響起了尖銳的摩托車煞車聲。然後是年輕男女的談笑聲，彷彿春天裡的蒲公英，愉快地隨風飄進來。

絲菱臉色微變，高聲叫道：「邱嬸，少爺回來了！」

「是！」隨著應聲，一個駝背女人輕快地出現在她們的眼前，正是方才忙著準備點心和茶水的女佣。

「邱嬸，今晚我要和少爺談一些事，不許任何閒雜人介入，妳請和少爺在一起的那個不三不四的女人回去吧！就說是我下的逐客令，少爺不敢不聽。」

駝背的影子像是巨靈的龜殼，徐緩地爬出門口……幾分鐘後，一名頭綁著布條的年輕人，怒容滿面地衝進來。可是當他的眼睛看到百合花旁的絲菱時，很顯然的氣燄消了許多。

「你到很逍遙，是不是？」絲菱看也不看來人，冷哼著說。

「阿姊，妳不要這樣子，好嗎？爸爸和媽媽都已經過世了，難道妳要我整天愁眉苦臉，待在家裡嗎？」

「你很會辯。不過，我想問你一句話，公司方面要怎麼處理？」

「我不知道。妳要是有興趣的話，就接過去管好了。」

「你……」絲菱氣得講不出話來，而虎弟依然吊兒郎當地咬著牙籤，一副「妳能拿我怎樣」的模樣。看在宜雯的眼中，心裡不禁想起他小時候的可愛模樣——害羞而不愛和生人講話，常常呆呆地一個人吸吮著大拇指。還記得他寫功課時，最愛咬鉛筆了，常被秀姨罵，卻始終不改其習。如果說時間會改變一個人的絕大部分，至少一些小習慣也會被潛意識保留下來吧！

「妳不是……宜雯姊嗎？」虎弟趁著絲菱閉嘴之際，嘻皮笑臉地對宜雯說：「好久不見了，宜雯姊。妳還是像以前一樣那麼美麗迷人。」

被他一逗，宜雯笑了，很想打他一下，說：「說還是像以前那麼美麗迷人？眞是貧嘴。你多久以前看過我，唸小學？還是唸國中？」

「宜雯姊是我夢中的初戀情人，就在我十三歲的時候……」也許女人就是喜歡聽這種假假眞眞的甜言蜜語，連號稱智慧女強人的宜雯也不例外。或許因爲這緣故，宜雯覺得絲菱似乎過分嚴厲了些。

絲菱厲聲阻止他繼續說下去。「好！不談公司的事，我們來談談璦春，關於璦春，你有什麼打算呢？」宜雯發現絲菱講出這句話時，邱嬸的臉色立刻黯淡下來，轉身折回原來的地方。不過，露出的影子顯示她在門後偷聽。

「阿姊，妳眞的要我立刻娶璦春嗎？」

「你是什麼意思？」

「我的意思是——」虎弟搔搔頭皮，嘴上的牙籤有一下沒一下的抖動，眼睛斜斜地睨著他的姊姊，說：「妳是說給邱嬸聽的吧！」

「混蛋！你把人家女兒的肚子弄大了，還說這種風涼話。我眞爲廖家感到羞恥，怎麼會出個像你這樣的人。」

「好啦！好啦！我依妳就是，明天立刻娶她入門。」

絲菱霍地站起來，衣角掀起的風使白色的花瓣顫抖了。她走過來，挽住宜雯的手臂，恨恨地說：「走吧！我送妳回家，順便去狂歡一夜，反正這個家我待不下去了。」

當宜雯感覺到自己宛如被龍捲風捲走時，耳邊卻聽到虎弟在說風涼話——我倒可以利用這安靜的夜，不受干擾地把《巴斯克維爾的獵犬》，一口氣讀完……

＊

《巴斯克維爾的獵犬》？難道虎弟也是福爾摩斯迷嗎？這個疑問從虎弟的口傳入宜雯的耳

後，彷彿就變成了一個游絲般的線索，在葉氏翻譯社的窗口飄浮。

「眞沒想到……」宜雯還沒說完，又添上一聲嘆息。

坐在旁邊的陳警官，做出安慰的表情說：「幸好兇手已認罪，死者也可瞑目了。」

宜雯滿臉疑惑地說：「可是我總覺得事情並沒有那麼簡單。」

「那麼宜雯，妳就穩住自己的情緒，清晰而冷靜地說出妳的觀點，說不定我們可以發現出什麼死角。」站在兩人面前的是「葉氏翻譯社」的主人，他穿著唐裝，顯出幾分高雅與飄逸。

「是呀！妳有什麼疑惑呢？」陳警官猛敲邊鼓，年輕英俊的面龐流露些許的稚氣，是個討人喜歡的大男孩，難怪宜雯曾經深深地爲他痴迷。

宜雯摸摸頭髮，輕輕地說：「表哥，你能不能把昨晚的情形，再敘說一遍？」

陳警官歪歪頭，然後模仿老外，舉起雙手，說：「No problem，Let me say ……嗯！You know ……yesterday我接到一通telephone，有個女人說她殺死人，首先我以爲是個玩笑電話。可是對方的口氣十分激動，內容也很眞實，使我不由得認眞起來。」

講到這裡，他的表情開始認眞起來，繼續說：「我們趕到現場時，發現死者躺在自己的床上，明顯的是中毒而死。置毒的新鮮屋牛奶則放在小几上，經過化驗是含有氰酸鉀。兇手是邱嬸，是廖家多年的女佣，行兇動機乃因死者對她的女兒始亂終棄，所以懷恨在心。」

陳警官講到一個段落，宜雯開始爲死者辯解：「虎弟曾說要和邱嫂的女兒結婚。」

「據死者的姊姊表示，那只是死者的玩笑話。」

「另外一個疑點，虎弟是因爲喝了有毒的牛奶而死，據我所知，常人似乎不會接受打開的牛奶……」

「凡事總有特例，邱嫂既想謀殺虎弟，就有膽量冒險。何況她是女佣，很可能有替主人撕開牛奶盒的習慣。」

「你說虎弟死在床上，而新鮮屋牛奶放在小几，這又產生另一個疑問。假設死者躺在床上喝牛奶，牛奶盒怎麼可能會完整地又放回小几，而沒有濺灑滿地呢？」

「妳講的都是屬於統計學上的常態分析，難道他不可能先含一口，再放回小几，然後慢慢地吞下去嗎？何況當時他正在看小說。」

「看小說？是不是福爾摩斯的《巴斯克維爾的獵犬》？」

陳警官驚訝望著宜雯，看起來似乎有些誇張。

宜雯便將昨晚到廖家的情形，詳詳細細地說給兩人聽，包括廖家姊弟的口角。

「照妳這樣說，廖絲菱也有殺人的動機。問題是邱嫂已經認罪，爲什麼會這樣呢？」陳警官的眼光瞄向葉先生，後者正默默地想著心事。於是他甩甩頭，又說：「廖絲菱昨晚要妳陪她去喝酒，再去KTV唱歌，直到午夜時分，而命案已經發生了。她有不在場證明，會不會授意邱嫂而……我的意思是廖絲菱欲謀害弟弟，奪取大筆財產，又怕東窗事發，不但要吃上官司，而且拿不到半毛錢。於是授意邱嫂，講好事成之後，給予巨款，同時讓她女兒腹中的孩子生下來，因爲那畢竟是廖家唯一的香火。」

「表哥，什麼時候變得如此心思縝密，我眞服了你。」

「這叫做士別三日，刮目相看。不，挖耳對聽。」

「虎弟死之前，正在看推理小說，你有沒有查看到底看到第幾頁？」

「接近尾聲，也就是福爾摩斯和華生醫師回到見克街的寓所。廖虎弟眞是個推理小說迷，上面寫了許多眉批，還指出不完美的破綻。」

「眉批是用鉛筆寫的吧？」

「不錯，筆跡工整。警方將它列入可疑物品，請專家鑑定是否暗藏玄機，還有那枝黃色的2B鉛筆……」

一直悶不吭聲的葉先生，突然開口問宜雯：「妳和廖小姐什麼時候離開廖家？」宜雯回答是晚上九點多，葉先生再問陳警官：「邱嫂何時報案？」陳警官回答是十二點零五分。

「那枝黃色的2B鉛筆是緊緊握在死者手中，還是落在枕邊或地上呢？」

被葉先生法官似的逼問，陳警官不禁啞然。結果還是結結巴巴地說：「落在地上……」

葉先生微笑地說：「陳皓，你那個小朋友可以復活了吧！」

陳警官學著孫悟空搔耳抓腮，難爲情地說：「我在哪裡溜出語病，還請您多多指教。」

宜雯也以疑問加欽佩的眼神望著葉先生，背後的窗口浮現出初夏溫柔的景色。

葉先生說：「且不論你是一個多麼差勁的說謊著，也不提起這宗驚天動地的命案，竟然被封鎖得滴水不漏。最主要的是那枝黃色的2B鉛筆。如果廖虎弟從九點多開始讀那本《巴斯克維爾的獵犬》，到十二點多爲止。其實也不需要那麼長的時間，一枝2B的鉛筆，竟然還能在書本上留下筆跡工整的眉批，這不可能吧？2B的筆心是軟的，寫沒幾個字就要削一削，才能保持尖銳。而你又沒提到小刀、鉛筆屑等物件。」

陳警官想要開口，卻被葉先生阻止。他說：「你沒料到我會有此一問，就期期艾艾了。你既然是負責現場，怎麼可能還要經過大腦再回答呢？也許你已經發現你剛剛所說的矛盾，所以不敢說鉛筆握在死者的手中，而改稱落在地上。」

陳警官大笑，原本爲著虎弟縣死而紅著眼眶的宜雯則恨恨地瞪了他一眼，說：「想不到你會聯合虎弟來騙我。不過，這到底是怎麼一回事呢？」

「請聽我細說……」陳警官裝模作樣地說。「我和廖虎弟早就認識，不過並非透過宜雯的關係。而是他常到非法營業的夜店鬼混，有時候會捲入一些小是非中，成爲局裡的常客。不久前，他突然打個電話給我，要求見面，同時表示有事相求……

「他告訴我，有人想毒殺他——因爲車禍後，在醫院裡做了些檢驗，發現血液中的酸鹼值有些異樣。經過進一步的分析，可能體內含有某種類似植物鹼的毒素。虎弟是個推理小說迷，非但不驚慌，反而感到刺激和興奮。同時推想到他在駕駛時，曾經感到一陣暈眩，所以糊里糊塗地把車子開到山谷下去，造成了天倫悲劇。」

宜雯想起虎弟那種玩世不恭的模樣，不由得說：「難道他沒有嗑藥的惡習嗎？」

「我不清楚，而且那種類似植物鹼並不存在目前的毒品之中。據稱：可能是來自天然的植物。虎弟認爲是邱嫂下的毒，至於是出自自我意志或是他人唆使，還不確定，如果是後者的話，又是誰呢？他想把兇手揪出來，希望我能助他一臂之力。」

「你卻編了個故事來欺騙我們。」宜雯明顯的表示心中的不悅。

「每一本偉大的小說前，都有個引人入勝的前奏曲。譬如紅樓夢的女媧娘娘補天而留下一塊石頭，絳洙仙草爲了報答神瑛使者的灌溉而引出還淚之說，還有——」陳警官正想繼續賣弄他剛從廣播聽來的知識。

葉先生笑著打斷陳警官的「文學論談」，說：「他如何判斷是邱嫂下毒？」

「毒性是日積月累，問題必定是出在日常飲食。不是邱嫂，難道是虎弟的母親不成。」

「既然如此，那廖家夫婦兩人呢？是不是也有中毒的現象？」

「爲了虎弟，雖然廖家夫婦已死，我們要求醫院提供當時的檢驗報告。所有的數據，沒有相關的中毒現象。」

「可能是重傷昏迷時，注射大量的點滴，以及其他的藥品而影響檢驗的結果。」葉先生先用右手去折左掌的骨節，然後再反過來，清脆的聲音好像是爆開的板栗。他說：「有什麼深仇大恨會做出這種滅門血案，邱嫂眞的有這種動機嗎？」

「據我的調查，除了虎弟和她的女兒有感情糾紛之外，兩家多年來也僅止於僱主關係。至於邱嫂的爲人，凡事不與人爭，是個十分單純的女人。就拿女兒那件醜聞來說，她也只是怪自己的女兒不好。所以，我認爲她絕非兇手。再度聲明，我的判斷絕不偏私。」

「照你的說法，又加上廖家夫婦並沒有中毒的現象，那麼照說虎弟不應該懷疑邱嫂。」宜雯說。「一個推理小說迷竟犯了推理世界的大忌……」

「爲何不，數學上也有假設某種相反的定義成立，一路證明下去，直到和定理相違，再反過來證明那個定義是對的。就像我們逐步在洗脫邱嫂的罪嫌。」

「你講的是沒有生命的數學，我說的是有血有肉的人性。怎麼可以把人的尊嚴，如籃球似地玩弄在指尖。就是有太多像你這樣的警察，才會有所謂的屈打成招，而造成太多的冤獄。」

「妳……」陳警官的臉脹紅起來，雖然依舊是俊俏的五官，可是看起來有些惱羞成怒。

葉先生趕緊打圓場地說：「廖虎弟應該沒有嗑藥的習慣，可是血液卻有中毒現象。而這種植物鹼的毒物，一般而言均有強烈的氣味，加入的量必須很少，否則很容易被發現。廖虎弟除了在家中正常用餐，外面並沒有固定的飯館，而共同用膳的人也不固定，所以難怪他會懷疑邱嫂下毒。」他這席話是對宜雯說的，然後又轉向陳警官，說：「但是旁敲側擊得來的犯罪心理和動機，加上廖家夫婦並無直接中毒的現象，邱嫂自然被排除在兇嫌的陰影外。我們的焦距必須調到虎弟的周遭……唉！」

陳警官沒好氣地答道：「當廖虎弟告訴我這件怪事，由於所涉入的因素太複雜，我們皆不知道從哪裡著手，就像是李清照的詩——剪不斷，理還亂……」

「李後主的詞——剪不斷，理還亂，別有一番滋味在心頭。」劉宜雯不留情面地糾正他的錯誤。

「拜託，給點面子嘛！劉小姐。」陳警官的兩道濃眉已經皺成一道，中央地帶還出現深深的紋路。

葉先生和宜雯相識一笑，聽陳警官繼續說下去：「我認爲冤家宜解不宜結，也許虎弟自己亂吃了什麼東西也說不定，所以事情過去就算了，以後小心就是。虎弟起初不甘心，可是日子一天一天過去，非把答案找出來的決心也就淡化了。」

「沒辦法淡化，因爲他又中毒了。」葉先生愼重地說。

「不錯。今天中午，廖虎弟騎摩托車出門，未到巷口時，突然產生一陣目眩，就像發生車禍之前的情況。幸好不嚴重，附近又沒什麼來車。他立刻打電話我……。當我趕過去時，他已經昏倒在地。我立刻將他送到附近一家頗具規模的醫院。由於他已經事先告訴過我，在急救之前，我把詳情告訴醫生。檢驗的結果和前一回中毒症狀完全相符，也因爲我主動提供資料，醫生的診斷和治療措施就很迅速。不到一個小時，虎弟就恢復了元氣。」

比較葉先生的平靜，宜雯很激動。

「他上次中毒時，除了紙上談兵般地追查兇手外，還定期地到醫院做追踪檢查。就在昨天下午，醫生宣布他體內的毒物完全排除，便歡天喜地的帶了個名叫『小玄』的女孩，到海邊瘋了一個下午，他特別聲明他們帶的都是包裝完整的食品和飲料……」

也許是陳警官一口氣無法直述下去，談到那個名叫「小玄」的女孩時，面部微微透露出心中的綺思。

心細的宜雯當然不肯放過，追問：「誰是小玄？」

「小玄是虎弟的朋友的馬子。虎弟的朋友在虎弟發生車禍的前一天因飆車而摔斷腿，現在還躺在醫院裡。」

葉先生感到心胸的深處，隱隱傳出一陣聲響。他說：「兩個朋友前後發生車禍，是否有什麼關聯性呢？」

「我沒想太多，或許可以去找他談談。」陳警官又說：「廖虎弟回家時，就如宜雯當場所見的，和他姊姊吵了嘴。最後是一個人躺在床上，看柯南・道爾的《巴斯克維爾的獵犬》。在那其間，他只吃了從海邊帶回來的食物和飲料。第二天醒來，連臉都沒洗，早餐也沒吃就離開家門，沒想到竟然又中毒了。」

「既然如此，那個名叫小玄的女孩也有嫌疑嘍！」講到這裡，宜雯不知道聯想到什麼，面孔驟然緋紅起來。

陳警官和葉先生相視一笑，前者解釋說：「妳一定是想到復仇者藉著熱吻，將含在口中的毒藥輸送進對方的喉嚨裡。啊！這是不可能的事情。何況虎弟雖然一副什麼都無所謂的樣子，可是我敢保證，他絕對不會做出對不起朋友的事情。那天的海邊之遊，還是經過敦仔的核准。」

葉先生點點頭，說：「敦仔就是小玄的男友，他在虎弟發生車禍的前一天，發生車禍。嗯！我該去找他談談。反正，我的稿債全清了，對不對？劉宜雯小姐。」

＊

敦仔有一頭全是小圈圈的濃髮，暗茶色泛著微黃的光澤。兩隻耳朵恰似撕開的芭蕉扇，左右各貼一半。凹眼凸鼻，輪廓十分鮮明，可能混有洋人的血統。

葉先生看著腿打上石膏的年輕人，問道：「你是敦仔嗎？」

「你是誰？」敦仔反問。放在被單外的胳膊，彷彿輕折就斷的木棒。不過在散發消毒水味的錯覺中，竟好似李小龍手中的雙節棍，虎虎生風起來。

「我姓葉，是虎弟朋友的朋友。」

「哪一個朋友？」

「陳警官。」葉先生未經他的許可，就拉把椅子，靠著床畔坐下來。小几上有個不知道是故意的，還是拉壞胚子的陶瓶，裡頭插了一束滿天星，中央則有一、二、三……七，七朵紅玫瑰。

「那個波麗士，我認識他。你找我有事？」

善於察言觀色的葉先生感覺這年輕人雖然口氣很衝，可是眼中的敵意已經一點一滴地消失了。他詳細地將來意說明，然後懇求他將出事的經過講出來，供做參考。

他眼睛細細地瞇起來，似乎在努力地壓擠回憶，然後沒有把握重點地說：「那一天……我從家裡出來……是虎弟打電話叫我出來……告訴我，他又有了麻煩。」

敦仔講到一半，感到有些爲難。葉先生才瞭解他的呑呑吐吐並非是記憶模糊，而是唯恐透露太多虎弟的隱私。於是婉轉地替他說：「你不用明說，我知道是有關璦春的事。」

「哦！你也知道。」敦仔望了望葉先生，接著便說：「璦春是個好女孩，虎弟想和她結婚，可是怕家裡的人不肯。虎弟很善良，又很講義氣，怕事情講出來，他父母會出面擺平，璦春很可能就被犧牲掉。」

「犧牲掉？」葉先生有些不解。

「有錢人家總是拿出一筆錢，還有冠冕堂皇的說詞，說服女孩子去墮胎。不知如何是好的虎弟，只好打電話向遠在日本的姊姊求救。據我所知，虎弟雖然是廖家唯一的男孩，可是也受到嚴格的管教，在他父親面前，就變成貓弟。」

聽到敦仔的比喻，葉先生不禁露出笑容。

「而他的父親最聽他姊姊的話，據說當年虎弟的父親拋棄了他姊姊的母親，然後才娶了虎弟的母親。唉！這複雜的關係一時也說不清。不過，還好這不是情節的主幹。總之，虎弟的父親對虎弟的姊姊懷有深深的歉意，所以凡事都會採納她的意見。」

玫瑰花在風口下微抖，彷彿七張塗著口紅的嘴唇，爭先恐後地說話。原先的葉先生以爲只要瞭解敦仔是否因中毒而發生車禍，至於如何中毒則要見機行事，沒想到卻引出另一些內幕。葉先生敏銳地感覺到，那是事件的指標，雖然模糊，卻依稀可辨。反正時間充裕，他就心平氣和地聽他一段一段地講下去。

「虎弟希望菱姊能夠幫助他完成心願。她表示要先見了璦春之後再談。不久，菱姊就回國了。這期間，菱姊常常和璦春在一起，有時候還住到邱嫂家。半個月之後，菱姊就回日本去了。」

葉先生問道：「虎弟的姊姊有沒有助他完成心願？」

敦仔答說：「她認爲璦春是個好女孩，相處了十幾天後，發現她絕對有資格當廖家的媳婦，只是有急事先回日本。臨走前保證說再回國時，一定盡力說服兩位老人家，再風風光光地把璦春娶進門來。沒想到，璦春突然流產了。」

「流產？」

「是的！虎弟其實也並不急於想結婚，只是因爲對璦春的責任。如今她流產，這事就不再提起。不過，兩人依然保持來往，這可以從璦春再次懷孕而得到證明，也是他打電話邀我出來談的原因。老實說，我也不知道要給他什麼意見，只是在咖啡廳裡胡扯。談了近一小時，我和小玄有約，就先告辭，沒想到摩托車跑不到一百公尺，就發生車禍。」

「當時是什麼情形？」

「我也不太清楚。因和我相撞的計程車司機，以及路人都說我好像喝醉了酒似的……我也承認，離開咖啡廳時，頭昏昏沉沉的，而雙腳像是在棉花堆中，一點也著不了力。」

葉先生的心胸深處，再次傳出隱隱地一陣聲響。他問：「你和他有沒有喝過甚麼，或是吃過甚麼……」

他奮力地搖搖頭，說：「兩人共喝了一瓶啤酒。我們並不怎麼愛喝酒，倒是抽了不少菸。你說虎弟因中毒而發生車禍，那我是不是也有此可能性呢？只怪我被送來這家破醫院，不知道有沒有做檢驗。總之，他們什麼都沒有告訴我。」

「你可以要求醫師，再做詳盡的診斷。據我看來，大約也沒什麼殘毒留在體內，畢竟過了好些時候。」葉先生站起來，握握敦仔的手，說：「謝謝你告訴我這麼多寶貴的訊息。」

「不客氣，再見。」

「再見。」臨走的葉先生看看那七朵紅玫瑰，以及貼在敦仔髮鬢間的耳朵——輕輕薄薄的兩扇，宛如風吹來就會落地，方才那種熄滅火焰山的威力，業已悄然無存。

＊

公園四周種植著歷盡滄桑歲月的古榕，以及看起來像是廟宇的幾處院落和常常的石階，使人不由得想起一首詩——如果日子堪可告慰，惟有挺立風中古榕；如果前塵不忘後事，惟有不著邊際廟宇。

葉先生面露微笑地望著眼前兩個年輕人。

靠在廖虎弟身邊的璦春很大方地說：「其實我也不是很想和他結婚，我還年輕，這世界還有許多地方沒去，許多想看的東西都還沒有看……還有無數的夢想等著我去實現。」

若沒預先的徵兆，葉先生根本就不相信眼前的少女曾經流產，而目前又已再度懷胎。她有著清秀細緻的五官，美好地擺飾在潔白的臉龐上。不論遠看近觀，總是予人一種靜物般的典雅之美。

她說：「我之所以告訴虎弟有關懷孕的事，是因爲我沒有錢去墮胎。然而出乎我的意料，他竟然向我求婚。老實說，虎弟是很不錯的男孩子，可是我也有我的顧慮。」

虎弟摟住她的肩膀，說：「她太多慮了。」

璦春看了他一眼，說：「雖然這年頭，結婚並不意味著永遠的結合。可是也不能像扮家家酒，說結就結。何況我是個女孩子，在兩性生態中是處於弱勢。而且我只是希望能徵得雙方父母的同意，這總不過分吧！」

葉先生聽了璦春的話，覺得虎弟的心智似乎不如她成熟。感嘆之餘，只能默默聽她再講下去。

「果然如我所料，虎弟不敢告訴他的父母，卻把他老姊遠從日本請回來。」講到這裡，她打開皮包，拿出一根菸來。

虎弟很驚訝地問：「妳什麼時候學會抽菸？」

璦春點了火，深深吸一口，說：「還不是你老姊。說也奇怪，一想到她，就有抽菸的衝動。」

虎弟說：「妳是什麼意思？」

煙霧濛濛之後的臉孔，看起來很哀怨。她說：「從小我就認識菱姊，而且知道她是個非常厲害的女人。聽說她回台灣，我心裡有些惶恐，也很好奇。她來找我，一起喝咖啡、聊天……我發覺她菸癮很大，而且不時地遞菸過來。起初我都拒絕了。可是到後來，我不好意思堅持，就跟著她吞雲吐霧起來。」

虎弟抗議地說：「亂講，我老姊從不抽菸。而且非常痛恨別人抽菸。」

「我不跟你爭辯。她還送我一包日本菸，包裝好漂亮。我還沒抽完，就被小玄拿走了。」

葉先生聽到小玄，就接著說：「我第一次聽到有人把別人抽剩的菸拿走。小玄是不是敦仔的女朋友？」

瑷春點了點頭，說：「那時候我懷孕，小玄認爲我不該抽菸，沒想到結果連孩子也保不住。」彷彿爲了去除不愉快的氣氛，她迅速地改口：「其實小玄也不抽菸，大概把那包菸送給敦仔了。」

葉先生想到早上在醫院，聽過敦仔說——我們不怎麼愛喝酒，倒是抽了不少菸——但面對籠罩在四周的菸味，虎弟似乎無動於衷。葉先生問道：「虎弟，你不抽菸嗎？」

他答道：「以前抽，車禍住院，又檢驗出有中毒的現象，聽從醫師的勸告，戒掉了。瑷春，妳說的那包日本菸，是不是印有櫻花和富士山的圖案？」

「沒錯，日本人設計的圖案既精緻，又具有特色，看過的人印象都很深刻。」

虎弟看看葉先生，笑著說：「如果把那包香菸擬人化，可以寫成一部流浪記。老姊把香菸送給瑷春，沒抽完卻被小玄拿去送敦仔。那天我們在咖啡廳臭蓋，敦仔抽那包菸，我不喜歡抽日本菸，就抽自己的。他離去後，卻把那包日本菸留下，我就將它佔爲己有。」

心中又有一陣聲響來自葉先生的心胸深處。

*

正想開口，只見陳警官和宜雯從門口走進來，便笑著說：「你們眞該打，約我們出來，自己卻足足遲到一個鐘頭。」

所有台北人遲到的理由——交通堵塞，他們也不例外。

紅虹般的橋架，在黃昏的風中顯得有些落寞。兩、三隻鷺鷥飛掠過去，宛如武俠劇裡吊鋼絲的白衣俠女。葉先生、宜雯、陳警官靠在關渡大橋的欄杆，眺望著迷人的淡水夕照。

河面上盪著數不清的微波，彷彿一匹亂針刺繡過的金色綢緞，從圓日沉落之處，用力拋過來。然後穿經橋底，流向燈海逐漸漲潮的台北城。

站在兩個大男人中間的宜雯發問：「你和他們兩人談了一下午的話，有沒有什麼發現？」

「香菸，那包香菸……」葉先生喃喃自語。

「你說什麼？」其餘兩人的面孔同時向左轉。

「啊！沒什麼。」葉先生收回遠望的眼光，盯著腳下方的流水，說：「有很多疑點，但只有靈感當無法凝成具體的說法。你們呢？」

宜雯說：「我以女人的立場來探討瑷春說過的話。假設她說的話都是對的，那麼廖絲菱的心意就很微妙了。因爲我知道我的老朋友的個性，她對自己的父親明言說是恨與叛逆，其實是充滿了順從的愛。那種感情和一致的思想，使她一開始就反對虎弟和璦春的婚事。」

陳警官辯道：「可是她現在不是極力促成這樁婚事嗎？」

宜雯說：「此一時，彼一時，我們暫且不要混爲一談。從小件小事可證明我的想法。廖絲菱不抽菸，爲什麼要在璦春面前裝扮成癮君子，還宣揚女人抽菸的魅力。誰都知道抽菸對人體不好，尤其是孕婦，所以廖絲菱的潛意識是想傷害璦春肚子裡的胎兒。」

陳警官突然說：「胎兒最後還是被傷害了。」

他說出這句話時，三人敏感地覺得風聲淒涼起來。嗚嗚咽咽地吹在耳畔，彷彿是迷路小孩的哭泣聲。西方的金色彩霞一片片地落下去，原本清晰的景色變得朦朧起來。融化的霞彩灌溉在淡水河的兩岸，燈火就像發亮的野菇，一朵一朵地冒出來。

葉先生說：「談到那包日本菸，我猛然想起多年前，曾經驗出日本和平牌香菸含有痲醉物質，調查結果是某些菲律賓的黑道人物將大痲加進去，再走私到東南亞，有些流到台灣。」

陳警官大驚道：「你的意思是……」

葉先生搖頭，說：「不！和平牌香菸的圖案不是櫻花和富士山。我提起這件事，只因爲許多社會版新聞會給人犯罪的參考。廖絲菱故意贈邱璦春一包含毒的菸，結果目的達成了。然而那包菸輾轉落入敦仔和虎弟的手中，才隔一天兩人就分別發生車禍。」

陳警官讚道：「非常合理的歸納和演繹。我們快去把那包菸找出來，化驗菸絲的成分，如果眞的含有相同症狀的毒物，就可對廖絲菱起訴了。」

葉先生說：「事情沒那麼簡單。事隔多時，那包菸落在何方，誰都不知道。我們假設在虎弟手裡，回國奔喪的廖絲菱不會找機會滅跡嗎？」

陳警官和宜雯同時開口，喊道：「那怎麼辦？」

葉先生笑笑地說：「反正冤家宜解不宜結，過去的就讓它過去吧！經過一陣風雨，又是個晴朗明媚的好天氣。」

宜雯嬌媚地對葉先生說：「少來了，葉先生。快把你葫蘆裡的藥，倒出來治治我們因追尋眞相而碎裂的心靈吧！」

「尚未經過臨床實驗，藥效如何則不得而知。」葉先生將身子轉過來，用背和雙肘頂靠在欄杆上。他的反應立刻引起其他兩人的骨牌反應。

聰明的宜雯說：「我知道你的疑惑。如果那包香菸是中毒的導因。那麼，廖虎弟這次的中毒又是什麼引起的，因爲自從車禍之後，他就戒菸了。」

葉先生笑著說：「慢慢來。當時我們一聽到『中毒』兩個字，就往食物方面想。沒想到會是香菸引起，更沒想到是來自一個曲折離奇的源頭。我所以說——過去的就讓它過去，乃是因爲這次的中毒，絕不是香菸引起。何況兇手摒棄了以食物下毒的方法，顯示他有超絕的想像力。第二次的演出，必定不會和第一次雷同。」

「那……」在葉先生和宜雯你一句、我一句中，陳警官顯得有些笨拙。

「所以——」葉先生拉長了聲音，意味深遠地說：「假設廖絲菱曾經設計陷害邱璦春流產，敦仔和虎弟則是遭了池魚之殃。然而第二次的中毒，必然具有非凡的意義。我們不談太遠，只是想想——只吃純淨食物，不抽菸的虎弟，如何在一刻之間中毒。」

「有人從窗縫吹入迷魂香，或是加在燃料之中……」陳警官胡亂地猜測。

「又不是在黑店過夜——」宜雯還沒說完，陳警官又插嘴說：「或是把毒物摻入油漆，然後塗抹在牆壁……」

「拜託，表哥！你多些創造力，好嗎？」

「或是裝在清香劑中，隨著空氣的飄動，而鑽入他的鼻孔之中，或是……」陳警官口若懸河，一點也不在乎宜雯的奚落。也不知是觸發了哪個「鍵」，宜雯突然靜下來，在葉先生的凝視下，變成了冰雕的人像。

當陳警官的口終於閉上，天色已完全暗下來，當葉先生的舌尖吐出一聲嘆息時，劉宜雯開口了，她說：「我不知道是不是那樣，因爲那是他小時候的習慣……如果登堂入室的調查，會不會因而打草驚蛇？我計劃這樣做，不知道你們兩個的意見如何？」

＊

趙博士是「貝斯特生化研究所」中，專攻毒物化學的專家。他常常委託葉先生翻譯一些論文。此時，他正啓動那台最新的高效率液相分析儀。站在旁邊的是葉先生，再過去就是宜雯、陳警官及虎弟一群人。

利用儀器預熱的時間，趙博士拿起實驗桌上一枝完好的鉛筆，對虎弟說：「爲了扣除一些雜因，必須安排空白組來做對照，就按照你往日的習慣來咬這枝鉛筆吧！」

葉先生憂慮地說：「趙博士，你確定上面沒有毒嗎？」

趙博士含笑地說：「你放心。我已經確定上面沒毒，爲了以防萬一，我還用生理食鹽水沖洗過，絕對沒問題。」

虎弟在眾目睽睽之下，略帶不好意思地咬著鉛筆的末端。看在宜雯眼中，不禁感慨萬千——一方面希望自己的推理成功，滿足自己的成就感。一方面又希望自己的假設不成立，那麼人間就少了一場手足相殘的悲劇。

宜雯的眼光落在實驗枱上，望著另外一枝被咬得遍體鱗傷的鉛筆。當時在陳警官天馬行空的幻想中，宜雯曾經突然想到虎弟小時候有咬鉛筆的習慣，而當晚他是在看那本《巴斯克維爾的獵犬》，是不是也……而熟悉此習慣的「某人」，因此將毒藥沾在鉛筆的末端。筆芯外頭的特殊材質，加上特殊的漆膜，使植物鹼類的毒物的風味不易被察覺。

趙博士從虎弟的手中接過鉛筆，再把另外一枝鉛筆，分別浸在盛著化學藥液的三角燒杯中。葉先生是個精通七國語文的語言學家，翻譯過無數篇文章，對於理化方面的知識自然不弱，知道趙博士正在「萃取」將要化驗的物質。

趙博士將「萃取液」做了「連續稀釋」，然後用注射筒抽了零點一毫升的樣本。對著自然光，精密地調整容量，沾在針頭的水珠，徐徐地增大起來。

葉先生看看臉色蒼白的虎弟，瞭解他內心的感受，就對劉宜雯說：「化驗的時間很長，你門去研究所的附設餐廳喝杯咖啡。有了結果，我馬上通知你們。」

宜雯接受了葉先生眼中傳出的電波，強迫地推著裹足不前的虎弟，還頻頻向陳警官叱道：

「還不快走，木頭！」

目送三人離去，葉先生才向趙博士解說事件的原委。還沒說完，儀器上方的監測器開始出現曲線，於是兩人靜靜地凝視。

當曲線開始趨向平滑時，趙博士按了幾個鍵，再按了「Print」，長長的報表就如「黃河之水天上來」似地流瀉出來。趙博士輕輕地撕下一截，然後放在實驗枱上判讀。

「奇怪？」趙博士皺眉而言。

「有什麼奇怪？」葉先生追問。

趙博士指出兩個檢體之間的曲線差異，說：「我方才要廖先生咬新鉛筆，以便做對照組。對照組的曲線通常比較單純，峰度頻數較少，表示不含實驗組該有的成分，可是從這份報告看來，正好相反。」

（會不會對照組和實驗組搞反了。）葉先生知道這樣問，會引起趙博士的不悅，而且肯定趙博士也會如此反省，所以只在心中咀嚼。

趙博士的目光越過眼鏡，疑惑地問：「你確定沒有拿錯欲要化驗的鉛筆嗎？否則怎麼會這樣？」

葉先生的信心有些動搖，說：「讓我叫他們過來吧！」

當葉先生打完手機，趙博士走過來，說：「我大約找出一些線索。對照組多出來的曲線，可能是虎弟的唾液。而實驗組的鉛筆沒有……沒有……」他沉吟了一下，說：「受到你們的影響，我好像也自認為偵探。請不要見笑，我個人猜想——假如虎弟所提供的鉛筆無誤的話，那一定是被兇手捷足先登，用水洗掉殘跡，而連應該附著在上面的唾液一同洗去，所以才會出現這種現象。」

就在趙博士愈說愈興奮之際，宜雯等三人已經悄悄站在背後。葉先生用眼角瞟了他們一眼，正欲開口，虎弟略帶蒼勁的口氣，搶先而言：「我沒有勇氣去面對現實，所以當宜雯姊要我將那枝鉛筆帶來具斯特生化研究所時，我心中便有數了。如果眞的化驗有毒，我想事件的演變就變成廖家的醜聞，這是我父母在九泉之下不願看見的。然而箭在弦上已經由不得我，於是我便自做主張地將那枝被我又咬又吸吮了一個晚上的鉛筆，清洗乾淨。」

陳警官說：「所以兇手依然躲在神祕面紗之後。」

宜雯苦笑地說：「證據沒了，兇手……」

「眾人皆心知肚明，何必再多費周章。」虎弟誠懇向眾人道謝，說：「讓大家白忙一陣，實在過意不去。從此以後，我會多加注意，保證中毒的事絕不會再發生。」

葉先生拍拍虎弟的肩膀，說：「好吧！凡事小心。你是個善良而聰明的年輕人，應該知道如何妥善處理。」

趙博士指了指報表，葉先生點點頭，表示已經知道——實驗組的曲線多了一個又尖又狹的peak，可能是沒洗乾淨的植物鹼。依據趙博士的個性，勢必追踪下去，那是科學家的本質，然而衝擊到人性，美麗的浪花就不再是單純的美麗。

宜雯找個機會，單獨地對葉先生說：「難怪廖絲菱這次要虎弟和瑷春結婚，那種急於想看到廖家的後代，已經肯定虎弟將不久於人世的企圖。」

葉先生卻說：「有這樣的弟弟，必然不會再有那樣的姊姊。多少年沉積的仇恨，多少誘人的財產，也擋不住人類純眞的本性。虎弟既然已經知道誰是……誰是怨恨的人，」葉先生似乎不願意用「兇手」這兩個字，婉轉地帶過之後，又說：「就會知道防範，並且軟化對方。」

「但願如此。」說完，文青氣質的她把圓圓的句點，拉成長長的感嘆，悠悠徘徊在漆黑的角落。

Case8 不怨桃李怨春風

今年的春節比往年冷清許多，葉先生的父母到國外旅遊，所以他一個人留在台北的葉氏翻譯社裡。雖然親朋好友都熱情邀約，他還是選擇一個人過節。遠處傳來鞭炮聲，還有好久好久才駛過一輛的車聲。喜愛烹調的他，也提不起勁來研究開發新口味。而電視節目中的古典歌劇才放了三分之一，就臨時被腰斬。總之，葉先生有種不知所措的情緒。直到陳警官來訪，同時帶來新年禮物——一宗詭異離奇的命案。

「有個名字叫絳虹的女孩被發現死在家中的溫室。溫室係由玻璃纖維所製，除了屋頂中央的天井窗戶打開之外，室內的兩扇門裡面都上鎖。頂部有樓中樓的高度，滑不溜丟，並非普通人能夠爬上去。縱然爬上去，再跳進溫室內，也是無法在外面將裡面上鎖。

葉先生聽完陳警官概略的講述之後，提出問題，說：「確定是他殺嗎？」

「確定是他殺，因爲傷口在背部。一刀斃命，力道十足，可能是男人所爲，否則就是個女大力士般的兇手。」陳警官取出幾張現場的照片給葉先生作參考，又說：「我的表妹宜雯剛好有空，隨我到現場走走，起初以爲那個女的是她的鄰居——尙品汽車零件公司的總經理夫人。結果，經過調查才知道只是面貌和和體態相似而矣，死者比較年輕。」

「死者從事何種工作？」

「獨資經營一家進口服飾店。」陳警官看了看另外一疊資料，說：「死者住在郊區的高級別墅，別墅裡附有小型的溫室，並且有專人負責整理。這女孩子並不是什麼懂得生活品味的人，所以我們認爲背後有包養她的經濟援助人。目前正在調查，我想請你幫忙解開這項密室殺人的謎團。」

葉先生揚一揚其中一張照片，說：「香豔奇情？」

陳警官苦笑著說：「絳虹，就是那個女孩子啦！在溫室裡裝置了人工太陽，死前可能正在做日光浴，所以全身一絲不掛。」

「從照片看來，凶器不在現場，而是——」

「被丟棄在別墅的後門，離溫室約五十公尺的地方。」

「凶器是把匕首，刀柄有環狀皮革，尾端帶著金屬圈。看來很精緻，好像是高級餐廳的水果刀。」葉先生很仔細地研究之後，再拿起另外一張，說：「死者生前敢在溫室裡一絲不掛地做日光浴，表示那地方隱密性很高。」

「嗯！溫室的四週都有植物，中央的地方擺著軟榻，屍體是呈趴著的姿勢，幾乎可以說是沒有掙扎就斷氣。創口和皮膚肌肉呈直角，而且具有清潔性。」在法醫學上的定義——創傷係由外界之器械的暴力作用，致使身體或功能之一部分或全部受損害，其中有發現皮膚之連續性之離斷者稱爲「創」，皮膚沒有連續性之離斷者稱爲「傷」。所以絳虹的死，依陳警官的解釋，應該是垂直性地以銳器刺入死者的背部。然後再迅速地抽離。

「原來如此，怪不得照片沒有顯示大量血跡。」

「法醫的判定是靜脈的破傷，以至於引起心藏之空氣栓塞。」

「唉！典型的間接死亡。」葉先生的心中開始有靈感，然而太模糊了。他忽然想要做點事，看看陳警官的白齒紅唇，笑著問：「你知道我想要做什麼嗎？」

「想要辦一桌滿漢全席請我。」

「你吃得下，我可做不來。不過，你眞的很會察言觀色。」

不知道是聽了葉先生的讚美，還是因爲等一下就有口福，陳警官心情愉快極了，竟然不倫不類的唸了李商隱的詩句——身無彩鳳雙飛翼，心有靈犀一點通。

葉先生搖搖頭，心想：這位陳警官長得這麼英俊，可是爲何如此好吃？令人納悶。他的身材似乎永不變形。陳警官虎視眈眈地看葉先生從冰箱取出雞蛋、火腿肉和乾蝦米。

「我能幫什麼忙呢？」

「麻煩你把這些蛋打成汁，然後火腿肉切成小丁，愈細愈好。」葉先生一面指揮，一面著手準備另一道名菜。

「我知道是我最愛吃的葉氏排骨。」

「葉氏排骨的特色是每次都不一樣。」

「這次要把番茄醬改成什麼？」

「豆瓣醬，所以吃起來有白山黑水的味道。」

「我眞服了你。」陳警官的話含糊不清，因爲口腔已充滿唾液。

葉先生接過打好的蛋汁，把火腿肉丁和蝦米攪拌在一起，並添加調味醋。另外，以油起鍋，然後把加料蛋汁倒下去，只見到嫩黃加豔紅在眼前翻舞，加上歡鑼喜鼓般的聲音在耳畔響起，然後是鼻間撲來一陣陣銷魂蝕骨的香氣。

「至於湯的話，就委曲你喝這個。」葉先生從抽屜拿出一包「康寶濃湯」。這個任務很簡單，陳警官就接手過去。

早餐和午餐之間的叫早午餐，午餐和晚餐之間的叫下午茶。可是葉先生準備的，實在不太像下午茶。稱之為下午餐或下午飯還比較恰當。不管如何，不到十五分鐘，也就是說在午後三點三十五分的時候，食物已經被一掃而空。陳警官還依依不捨地啃著排骨，津津有味地吸吮著骨髓，直到葉先生建議到死亡現場去觀察，以便證明推理，並且加強分析。

劉宜雯和「交通」這隻巨獸奮戰了約一個小時，終於筋疲力竭地到達家門。其實這裡不是她的家，而是昭昭的家，昭昭是個女作家，宜雯是個雜誌主編，兩人結緣認識是天經地義的事。只因為在三年前，昭昭心血來潮地跑去比利時唸書，不唸則已，一唸竟唸出興趣，小說也不寫了，只是偶爾被宜雯逼得沒辦法，才信手寫出幾篇歐陸遊記或人文社會的文章，冷硬酸辣，讓人無法相信她曾經是豔情小說排行榜的首席女作家。昭昭人既不在台灣，她的房子和車子就順理成章地被宜雯——名為管理，實為享用。宜雯尚不知足，逢人便說，昭昭什麼都有，就是沒有男朋友。

宜雯停好車，正欲搖上車窗時，有輛豪華轎車不快不慢地駛過去，車裡坐著每週來幫忙打掃一次的龐太太，而坐在龐太太懷裡的小小孩看起來十分面熟。宜雯正想多看一眼，只剩下隱沒在沙塵中的車尾巴。不過，宜雯已經想起那個小小孩是誰了，他就是小山山。

兩年前，中秋節的前幾天，宜雯拎著一盒港製高級月餅回家看老人家。踏入家門，就感到氣氛有些不同，只見餐桌上放著一罐嬰兒奶粉，還有奶瓶、紗布及消毒蒸籠等。錯愕之際，從母親的房中忽然傳來陣陣嬰兒的哭聲，探頭進去，只見一張比猴子還醜的小臉。而母親一反常態的歡喜，皺著眉頭，數落宜雯不應該粗聲大氣，吵醒了好不容易才睡著的小寶貝。

「小寶貝？」

「我常去洗頭髮的那家美容院老闆娘問我，要不要替人帶小孩。我想想，你們一個個都往外飛，只剩下我跟你爸爸兩個老伙仔，閒著也閒著，就說帶帶看，不行的話再讓她帶回去。沒想到這小孩挺乖的。妳爸爸也很喜歡，常常幫忙抱，也不再和我鬥嘴鼓。」

「這樣就叫小寶貝？」

「妳這個死查某囡仔，吃哪門子的醋，有本事馬上結婚生個小孩，我一定叫它超級小寶貝……」在母親的連環炮下，宜雯落荒而逃。

後來，聽說小山山被帶回去，為此宜雯的父母還抱頭痛哭。

宜雯懷著小山山的影子和一肚子的疑問進入屋子，本來想先打一通電話回家去，想想有些不妥，於是找出龐太太的電話號碼。

「請問龐太太在嗎？」

「不在。」

「我是劉宜雯，電話是……如果她回來，麻煩轉告一下。」掛上電話，劉宜雯忽然感到十分疲倦，縱然飢腸轆轆，還是提不起勁來做晚餐，只好先沖一杯三合一麥片。

窗外是郊外住宅區，可以看得到連綿的山。夕陽把每片山的右臉頰都染成暗紅色，彷彿是淋著櫻桃糖漿。有些風聲，可是人行道上的樹木卻不為所動，隨著逐漸加深的黑暗，那些山和樹猛然像是一張男人的臉，布滿了鬍渣子，摸著就會扎手心，更別說柔軟的唇瓣。劉宜雯喝完了麥片，也收回了視線，可是電話還是保持沉默。

風聲加緊，宜雯下意識地拉了拉外套的領口。

走進臥室，這裡有一扇不同方向的窗，暗澹的燈光灑進來，宜雯不想開燈，否則淺黃的燈光會立刻反攻成功。草坪上的灌木被修剪成不倫不類的動物造型，宜雯曾經看著看著，夜裡竟夢見了古代王陵前的翁仲。此時卻像活動的黑色雕像，在夜中散佈著關於星星和月亮的謠言。

電話終於響了。

「劉小姐嗎？我是龐太太。」

「龐太太，妳什麼時候過來幫忙打掃呢？」

「恐怕沒辦法，我現在幫人帶小孩誒！」

「我剛才看到妳抱個孩子，坐在豪華轎車裡。」

「就是啊！我現在替賴總的太太帶小孩。」

「誰是賴總？」

「就是新搬來的那一家，住在山岩邊的那棟白色別墅。」龐太太一談到這方面，便竭盡所能的形容她的新任老闆的財富，屋內的裝潢擺飾是如何的豪華……她又說：「眞看不出賴太太已經三十歲，那皮膚簡直比十八歲的女孩還嬌嫩。不過，這也難怪，只要妳看一眼她的化妝品，甘蔗皮也會變成幼筍絲。」

宜雯當機立斷，插嘴問道：「那小孩好可愛，叫什麼名字？」

「維維。說來也奇怪，有錢人家的小孩就是那麼貴氣！動不動就哭哭啼啼，眞是隻泣蟲。」龐太太以前在飯店做女中，所以會說些日文。泣蟲是指愛哭愛鬧、愛黏人的小孩。

宜雯有種自己的小孩被人家罵的感覺，眞想大聲辯回去。可是想想，未免太反應過度了，就說：「長得很可愛，很像媽媽吧！」

「這一點，我倒是非常同意妳的看法。雖然不是自己親生的，可是看起來還眞像。天上的月亮，水面的月亮。」龐太太可能自覺比喻不妥，於是趕緊補充說：「就是平靜又沒有風吹的時候，天上的月亮映在鏡子般的水面上。」

宜雯有些吃驚，原本以爲小山山是被親生母親抱回家去，沒想到竟然是……她又問：「妳說，那小孩不是賴太太親生的？」

龐太太似乎有點後悔自己的多嘴，可是話說出口，已經收不回去了。她放低聲音說：「劉小姐，我跟妳講好啦，可是妳千萬不要再傳出去，免得讓我不好做人。」

宜雯下意識地往窗外探了探，好像飄過的烏雲是賴太太派來的間諜。繼續聽著對方說：「大前天，我在他家打掃的時候，偶然聽到賴太太問賴先生說，領養維維的手續，到底辦得怎麼樣？」

「維維就是那個小孩？」宜雯比較習慣叫他小山山。

「嗯！當時我感到很奇怪，賴太太就只有這個小孩，難不成還要再領養一個。後來我才弄清楚，維維是賴太太從孤兒院抱回來的。」

「這……這到底是怎麼一回事？」宜雯忍不住再追問：「妳知道是哪一家孤兒院嗎？」

「好像是大同孤兒院，在台北的吳興街。不過，他們對外人都表示，孩子是自己親生的。雖然小孩和賴太太長得很像，可是和賴總卻是天南地北。」龐太太說到這裡，有些顧忌，帶著歉意的口氣說：「對不起，劉小姐，我要去做家事了，以後再聊吧！」

宜雯只好收線，低著頭再走入廚房。玫瑰花盆後的玻璃窗，只關了三分之二，風就從那兒溜了進來，把一些白紙都吹落下來。東一張西一張的隨意貼在暗紅色的地板，彷彿甜蜜的錫蘭茶中，浮著幾塊杏仁豆腐。好奇比食慾更強大。她撥電話回老家，鈴聲在遙遠的空間滴落……窗外的樹枝甩過來，又甩過去，黑色的雲痕增加了。不知何時，山坡上又出現了幾棟造型新奇的樓房。再過去一點點，有亮光的地方，一台怪手在那裡永不休止地彎曲、伸直、彎曲……有點人定勝天的嘲弄感。

「喂！喂！你是誰？再不說話，我就要掛電話。」

宜雯如夢初醒，趕緊答腔，並且表示剛剛才看到小山山。

劉媽媽驚嘆了一聲，喜孜孜地說：「啊！真是謝天謝地謝佛祖。那小山山的母親是個怎樣的人呢？」

宜雯將事情的經過，以及從龐太太那裡聽來的消息，全部告訴她。她不時發出驚呼，使母女的對話，猶如一篇充滿「！」的文章。當她提及小山山的父親是某人時，媽媽的驚嘆號又比前面的誇大了幾倍。

「宜雯，妳知道嗎？他就是老闆娘的女婿呀！」

「老闆娘？哪一個老闆娘？」宜雯不知她所指何人。

「美容院的老闆娘呀！就是那個將小山山託給我們帶的老闆娘。我說宜雯啊！這事情怎麼亂七八糟的，老闆娘將一個來歷不明的小孩，交給我帶。不到半年，她又說小孩被親生母親抱回去了。結果，妳又發現和小山山在一起的是老闆娘的女兒，而最莫明其妙的是，小山山不是她們親生的，到底是怎麼回事呀？」

「我也不知道。不過，這件事的確很離奇，我想我會查個水落石出，也許會扯出什麼販賣嬰兒的不法集團。」

「妳可不要給我闖出什麼亂子來。」

「不會啦！媽媽。如果有什麼可疑之處，我會通知表哥，他是警察，總有辦法解決的。妳還記不記得？當時美容院的老闆娘把小山山託給妳帶的時候，怎樣交代他的身世？」

「講得含含糊糊的，好像是她們美容院裡一個小姐的小孩，我問她是哪一個，她說已經到台北自立門戶。當時，我也沒想那麼多。」

「如果有機會碰到那個老闆娘，多跟她聊聊，看能不能套些小山山的身世。」

「好啦！好啦！」劉媽媽抱怨地說：「如果妳對自己的終身大事有這麼熱心的話，就不會到這把年紀還交不到男朋友。眞是……」

「謝謝媽，我要掛電話嘍！」宜雯機警地抽身而退，否則再談下去，就會千瘡百孔。

風越來越大，整個屋子就像是飛馳在曠野的驛馬車，屬於印地安的歌笛時遠時近。宜雯決定要喝一杯酒，辣辣烈烈，充滿激情幻想的酒。

第二天，陽光像隻調皮的小手，搖醒了宜雯。

宜雯看看掛鐘，八點四十五分，還早——可以再睡一下。可是昨晚的一幕逼使她無法再度合眼，於是推被而起。她是J雜誌的主編，讀過關於「早晨」的詩詞散文不計其數，然而沒有一篇能和自己的「早晨」並聯在一起。因爲她是隻晚起的鳥兒，不是匆匆忙忙趕上班，要不然就悶著頭睡過日正當中。至於今天，時光悠閒流過，照理說可以風花雪月一番，其實不然——她正準備好好扮演女偵探的角色。

打聽出賴總的公司是尙品汽車零件公司之後，劉宜雯很興奮。這自然不是透過龐太太，否則讓賴太太知道有人在調查她老闆的家務事，必然會打草驚蛇。宜雯仔細地翻查電話記事本，從密密麻麻的的阿拉伯數字中，找到了詹君的電話號碼。他是她參加生產力中心研習會時認識的朋友，一位相當積極進取的年輕人，他們很談得來，曾經喝過幾次咖啡。詹君就在尙品汽車零件公司服務，專任行銷企劃。

「詹先生嗎？我是劉宜雯，好久不見了，最近好嗎？」

「喔？是劉小姐呀！謝謝，託福。謝謝，託福。」

「我想向你打聽過消息，不知方不方便？」

「講講看，我盡力而爲。」

「聽說你們總經理最近領養了小孩，他們夫妻年紀還那麼輕，爲什麼不自己生一個呢？」

「唉！這個嘛！說來話長。我們總經理是個獨生子，他們家族又都是單傳，據公司元老們閒言閒語，賴氏家族存在著某種奇特的遺傳。賴總經理還沒結婚之前，有不少女孩子想嫁給他，可是他卻偏偏選了現在這個太太。這位總經理夫人姿色不差，但一談起家世背景，可就差太多了，聽說她母親三十歲就守寡，一個婦道人家爲了生活，難免被迫做些不名譽的營生。然而最注重門第的賴家竟不在意這些，原因無它，因爲她懷了賴家的後代，經過醫生的診斷，還是個男胎……妳等一下……」

「哦！對不起，剛剛有份公文等我簽，所以耽擱了一下。我剛剛講到哪裡？」宜雯提醒他一下，於是他又滔滔說下去：「也許是天意注定賴家無後吧！小孩生下來，未滿月就夭折。賴太太在婆婆施加的壓力之下，默許我們總經理在外眠花宿柳，並且允許母子入門——如果對方能夠產下男丁。」

「這樣更擺明是女方承認自己的錯嘛！」

「我們是局外人，不予置評。」詹君不理會宜雯的抗議，繼續說下去：「或許是賴總的問題，所以一直沒有小少爺的誕生。賴總有些心灰意冷，便聽從賴太太的建議，領養個小孩，還到南部某大廟卜卦求示。」宜雯靜靜聽著詹君繼續說下去。

「廟祝向她指示了小孩的下落，於是賴家總動員去找，終於在台北某孤兒院找到。說也奇怪，這個小孩長得就和他們親生的一模一樣。」

他們在通話之間，詹君停頓了好幾次，宜雯知道他很忙，不好意思再打擾他，只問了孤兒院的名稱後，就向他說再見了。

「大同孤兒院」位於吳興街底，靠近山邊的一端，小而破的舊房舍，在午後的陽光下，猶似一段枯木似的，但是裡面幾個活蹦亂跳的小孩，卻猶如從枯木上所長出的嫩芽。宜雯坐在會客室裡，窗戶和門口都閃爍著好奇的眼光，大膽一點的小孩索性擠到她前面來。宜雯友善地對他們笑時，他們卻又一溜煙地跑走了。

有位看起來像是原住民的中年婦人走過來，雙掌合十地對宜雯拜了一下。她知道那是佛教的禮數，所以也恭恭敬敬地回了禮，並且說明來意——自然是經過編劇。

「院長，我想請教領養孤兒的手續。」她聽了宜雯的話之後，就拿出一些表格，同時很技巧地詢問有關她的家庭、職業以及經濟狀況。

「劉小姐，妳還是單身，想要領養孤兒似乎不太方便，如果眞有心的話，可以用贊助的名義，或是選一、兩個和妳有緣的小孩，固定時間來看他們，或是象徵性地寄生活費，我想以這種方式，似乎比較妥當。」

「聽說我的鄰居賴太太就在你們這裡領養了一個好可愛的小孩，所以我也心生此意。妳知道我指的是誰吧！」

「賴太太的例子不同，她是最支持本院的好人。她領養的那個小孩，也是基於一片善心。今年一月，有個婦人說有人將小孩丟在她的店門口，基於人道立場，院方就收留了他。」

「您有婦人的資料嗎？小孩的本名是不是……？」

「對不起。」院長搖搖頭，笑一笑，說：「這小孩太嬌了，又哭又鬧，沒多久還生了場大病，弄得本院手足無措，不知如何是好。我只好打電話向賴太太求救，她二話不說，就將小孩接走，並且親自照顧。也許是緣吧，不但賴太太喜歡，連賴先生也能接納一個不是自己骨肉的小孩，所以我就建議他們，不如正式的辦理領養手續。」

「可是我聽來的話，和妳所說的有些出入，好像是什麼投胎轉世。」

「哦！劉小姐，妳誤會了，那只是我們佛家的解釋，不知怎麼會被人曲解。事情是這樣，賴太太的親生兒子不到滿月就夭折了，而她現在領養的小孩又和她長得很像，這不是輪迴嗎？」

宜雯不太懂，所以只能微笑不語，環視周遭那一雙雙無邪的眼睛，就如穿梭在海礁的熱帶魚。

「您和賴太太認識多久？」

「她還沒結婚的時候，常來本院作義工。」

「那麼您是否見過她的小孩，我是指那個親生的。」

「見過。那時候她剛生產不久，我去張婦產科看她，很強壯的一個胖小子，和賴太太極爲相似。」

宜雯有意無意地打聽張婦產科的地址。院長回答了，但是臉色出現了狐疑和警戒。

「耽誤了您許多寶貴時間，這裡是我的一點心意，給孩子們加菜。」宜雯知道必須適可而止，從口袋取出早就預備好的信封，裡面有五張千元大鈔。

「謝謝您的愛心。」

院長收下之後，開了張收據給宜雯。這時候，院長的助理牽著一個個咬著下唇、瞪著大眼睛，可愛的不得了的小女孩過來。院長要她代表全院的孤兒對宜雯說聲：「謝謝」。小女孩害羞，扭著身體不肯說。倒是後面站著看熱鬧的小孩們大合唱似的替她說了：「謝謝，大姊姊。」。讓宜雯懷著快樂的心情，離開了大同孤兒院。

進入車中的宜雯並不急著離開，剛才快樂的心情消失無蹤，一面望著大同孤兒院，一面利用她的人脈，盡量收集張婦產科的相關資料。其中有個在醫學雜誌工作的朋友，她的大學同學就在張婦產科裡當醫檢師。被對方這麼一提，宜雯很快就有了拜訪的藉口。她想起幾個月前，曾經提出專訪T大醫學院的龍炳光教授的計畫。但是因爲時間和人力，遲遲無法著手執行。如今，有了勢在必行的理由。

台北眞是個充滿活力的城市，到處都是人潮、到處都在建設，開車穿越其間，宜雯覺得自己彷彿是一顆鬆開的螺絲，從機器的上端迅速地往下滑落。飛撲而來的灰塵，在缺乏日色的半空中，宛如翻滾的霧，從從眼眶吹進來，凝聚在心靈的谷底。

「張婦產科」的招牌驟然出現，宛如一支天線，逐漸加強的電波，把宜雯的車速減弱了，於是她轉入小巷，找個適當的場所停好車，然後往張婦產科走去，心裡盤算著如何扮演一好名偵探，以便取得想要的情報。停好車，打開電腦，Google一番之後，再把任務在心中演練一遍。

大廳的裝潢豪華氣派，水藍色的長條沙發上，坐著幾名氣定神閒的婦人，有的微笑地互相耳語，有的翻著印刷精美的女性雜誌，一個大腹便便的貴婦人從長滿萬年輕的木架後面出來，雖然雙眉微蹙，卻掩不住嘴角的笑意。

宜雯先將地理環境熟悉之後，就大著膽子走入檢驗室，一名縱然不笑時看起來也像是在笑的女孩走過來，對宜雯說：「妳是J雜誌的劉宜雯主編嗎？」

「是的，要來麻煩妳了。不知道會不會造成妳的不便？」

「不會的，張醫師也是龍炳光教授的學生。他『命令』我空出時間全力配合妳。」她很興奮的說：「我聽到我同學打電話來，說你們雜誌要專訪龍炳光教授。他教我們免疫學，人相當不錯，就是愛『當』人，而且分數給得也不爽快。」

兩人談了四十分鐘，宜雯覺得時機成熟，隨口提起賴太太在這裡生產的事情。

「喔！我記得很清楚，那位賴太太……聽說小孩夭折了哦……」她看了一下正在整理報告的護士，說：「Miss陳，那個汽車零件公司的總經理太太生產時，妳是她的特別護士吧！」

「是啊！」Miss陳抱著夾報告的卷宗，走過來加入她們的談話。或許因爲是貴族醫院，病人不多，所以醫務人員都顯得很悠閒，無形之中給病人一種安定和信任的作用。

「那位賴太太運氣實在不好，好不容易懷孕生子，小孩卻因爲窒息而死亡。」

「怎麼會發生這麼可怕的事？」

「聽說是睡覺的時候，被掉下來的布娃娃悶死的。我去慰問賴太太，她簡直哭得死去活來。」

「聽說，警察也介入調查……」

宜雯想問她們幾個問題時，Miss陳開始有所警惕，假裝看看手錶，說聲抱歉，然後就迅速離開。檢驗師小姐則開始暗示地說：「謝謝妳，劉小姐，不知道你還想知道眞正有關『龍炳光教授』的甚麼。如果還有的話，你是不是可以針對這個主題來討論。其他的事情，我們不便透露太多，這是違反個資法。」

宜雯很知趣地站起來，說：「不好意思，那我就告辭了。」

像從大賣場採購出來，她抱著滿滿的謎團，奔馳在回家的路上，只見褪去紅潮的天空，出現了一輪新月。

大約一個小時之後，音響正播放著宜雯最喜愛的節目——文學的聲音。主持人正在唸一篇古典的散文，於是夜的氣更濃郁，也讓人不知不覺忘記了白天留下來的疲備和煩惱。宜雯煮了一壺咖啡，沸騰時，電鈴恰好響起。

「這麼晚了，還有誰會來呢？」宜雯一面嘀咕，一面走去開門。從門縫中，見到一位打扮時尚的婦人，她美麗的容顏宛若敷上一層銀粉，令人目眩。經過自我介紹之後，宜雯趕緊打大門。

她昂著頭走進來，眼光不閒地四處巡視，鼻子微微皺了一下，表示她聞到了咖啡的芬芳。然後，冷眼看著那壺暗黑色的液體。在離奇的夜色中，這位夜訪的女郎不但神祕，而且渾身上下散發出逼人的寒氣。

宜雯將門關妥之後，說：「賴太太，要不要來杯咖啡？」

她暫不作聲，直接走到書架前面，自作主張地抽下一本小說集。然後戲劇性轉過身來，睜大的眼睛盛滿了怒意，卻又笑吟吟地說：「我的神經衰弱，不能喝咖啡，喝一點點就徹夜難眠。而且，如果我想喝咖啡，也不會來這裡，這裡不是咖啡屋。據我所知，妳是雜誌社的主編。難道是行有餘力，另外接徵信調查的案子？這倒是滿合乎現代企管的理念——多角化經營。但是，我想看看貴社的執照是否有這項登記。」

「對不起，我不懂妳的意思。」

她雙手一撥，探過來的臉在宜雯面前猛然擴大，聲音像水銀瀉地般地噴過來。

「早上，龐太太告訴我，妳在打聽我們家的事。中午，公司裡的詹先生向我報告，妳在打聽我們家的事。下午，孤兒院的院長又對我說，妳在打聽我們家的事。我忍無可忍，正想過來質問妳，沒想到張醫師來電告訴我，一個姓劉的無聊女子，跑去和他的醫檢師及護士談話，不斷地發掘我們賴家的內幕。請問，妳有何居心？」

宜雯簡短地說：「好奇。」

「好奇？」她冷哼一聲，然後惡毒地說：「妳的好奇心需要多少錢來滿足呢？」

「還有我對小山山的關心。」

「小山山，誰是小山山？」

「就是和妳在一起的那個可愛的小男孩……」宜雯將他們家和小山山之間的關係，很快地述說一遍，她的話如同冰冷的水，一點一點地滴在賴太太的氣焰上。

當眼淚的幽光在她的眼膜一閃時，她迅速地別過身子。宜雯隨手關掉音響，以便讓她的話顯得更有威嚴。

「賴太太，反正妳今晚已經睡不著了，何妨留下來喝杯咖啡。」

她停住腳，背對著宜雯說：「難道妳的動機就這麼簡單嗎？」

「是的！就這麼簡單。」宜雯很直接地回答。

「如果是的話，我可以考慮考慮，並且告訴妳一些事情。」她緩緩轉過身，似笑非笑地說：「尙品汽車零件公司比不上鴻海、台塑或統一，大概也沒資格上貴雜誌的扒糞報導。至於妳的動機，我想妳是搖筆桿的人，必定聽過「好奇殺死一隻老貓」的諺語。想想看，維維——也就是妳口中的小山山——在我家非常幸福，這一點龐太太可以作證，所以請妳放一百個心。至於其他，希望妳不要插手，把剩餘的精力和時間投注在妳的事業上吧！也許有一天，我會在報上看見妳得到諾貝爾文學獎。」

劉宜雯一時啞口，眼睜睜望著賴太太傲然離去。

再次扭開音響，「文學的聲音」已經結束。想要喝咖啡，咖啡也冷了。宜雯感到有些沮喪，賴太太說的話一點都沒錯，拿諾貝爾文學獎是天方夜譚，可是把分內的工作精益求精，不但對得起老闆和讀者，至少捫心自問時，不會再有自責和後悔。

事情彷彿是落幕了，然而在J雜誌社吃尾牙的那一天……。

劉宜雯在心情不佳，雖然抽中了一台除濕機，但是爲了年終獎金的事和社長鬧得很不愉快。趁著同事們在卡啦OK，她和另一名編緝偷偷溜出來。那名編緝嫁了個是賭如命的丈夫，家庭情況之慘可想而知。逛了一圈，在地攤買了一隻玩具狗。就要返回吃尾牙的餐廳時，宜雯看到了賴太太，雖然髮型改變，穿著和打扮趨向新潮年輕，可是宜雯依然認得出她就是賴太太。沒想到，對方只看了她一眼，彷彿不曾見過面似地擦身而過。

「怎麼啦？」

「沒事，認錯人了。」

春節使台北城化作一具披綉花長袍的骷髏，整排整列的龐然建築，在頂部閃爍著虛無的光，然後傾流下來，彷彿是煙霧間的水瀑，又像是一片接一片映著幻像的布幕，微微拂動。經過一段長長寂靜的道路之後，有個電影街的出口，萬紫千紅地擠滿了一群人，遙遙望過去，飄浮著極樂世界的繁華。

別墅的總坪數約爲百坪，實際建坪約五十多坪，另外有車庫和溫室。溫室的門沒關，葉先生走進去，翠綠的植物中，夾雜著一些紅色和黃色的花朵，沒有留下陰森的氣氛。由於先前看過資料和照片，葉先生覺得模糊的靈感漸漸浮凸現形。他表示要到別墅裡參觀，陳警官立刻殷勤帶路。

拉開玻璃大門，裡面是圓型的客廳，牆壁掛著幾幅畫。葉先生對於室內設計和布置看也不看，直往二樓奔去。樓梯口之後是女主人的臥室，右邊是間和室，榻榻米上面放著小桌和四隻蒲團。葉先生脫下鞋，走入和室，再將另一邊的紙門拉開。外頭是鋁門窗，底下就是溫室的屋頂，彷彿就像剛才對於台北市建築的聯想——玻璃纖維製成的屋頂也是泛滿了虛無的光，彷彿一湖煙波，靜靜地等待著白雲的投懷送抱。只是中間的窗戶開了口，是跳起一尾黑鯊留下的波痕。

「怎麼樣，葉先生？」

「沒怎樣，陳警官。」

「可是……」陳警官那兩道毛色微濃的劍眉皺起來。

「免緊張，我們來玩機智問答。」

「你問我答？」

「當然。」

陳警官知道「思考機器」已經開始轉動，便躍躍欲試。

「從屍體上的傷痕判斷，兇手如何攻擊死者呢？」

陳警官以掌心向下的左手象徵正在做日光浴的絳虹，右手握拳，宛如握刀，垂直的刺下去。

「凶器上沒有留下指紋？」

陳警官搖頭。

「你會說一刀斃命，而且力道非凡。」這回，葉先生沒有徵求對方的搖頭或點頭，長江大河地說下去：「從照片上觀察，環狀皮革的刀柄沒有任何異狀，彷彿沒有人碰過。想看看，用那麼大的力氣來握著的刀柄，又不是鐵製或木製的硬質材料，怎麼不會呈現類似彈性疲乏的凹狀呢？這表示什麼呢？」

「表示沒有人去握那把刀。」

「加上你曾說過沒有任何人能夠進出溫室，所以……」

「所以那不是密室殺人。」

「不是密室殺人，又是什麼呢？」

「飛刀殺人。」

「可是現場沒有留下兇器，難道兇手是血滴子的傳人嗎？」

「或許，他是仿用十學弓的手法，在箭尾綁著繩索，射出去之後，再收回來。」

葉先生露出笑容，又問：「是不是坐在怪手上面，然後凌空移到溫室的屋頂，對著打開的窗戶，往裡面發射？」

「不需要那麼費工夫，只要用一枝桿子，綁著刀子，站在這裡就可以殺人。」陳警官擺了個釣魚的姿態。

「請你講講操作的詳細過程如何？」

「桿子的尾端，以活結綁上刀子，伸到溫室頂端的窗口。靠著窗沿輕輕一敲，活結鬆開，刀子就垂直的落下來，直到詭計得逞殺死人。然後再拉上來。」陳警官講到這裡，發現有些不合理，說：「不對，不對！當時我檢視現場，屋頂上的窗沿並沒有染上任何向跡。如果照我方才的說法，除非桿子要和地面平行的上升，刀子才不會碰到。然而，這是不可能的事，因爲桿子必須從縱的方向升起。」

葉先生故意睜大雙眼，裝著很天眞的凝視陳警官。

「給一點提示吧！」想不出來的陳警官低聲下氣的哀求。

「如果桿子是空心的呢？」

「啊！」陳警官立刻就明白了，兇手將繩索穿過刀柄上的金屬圈，打好死結。然後將繩索穿過一枝空心的桿子。桿子的長度必須相當於別墅二樓的和室窗口到溫室屋頂的窗口之間的距離，而繩索的長度則要更長，方能控制自如地殺人。兇手先將繩索拉直，讓兇刀緊緊靠著桿尾，然後小心翼翼地將桿子放置到溫室屋頂的窗口，估計在死者的背部上方。鬆開繩索，接著是一聲慘叫，兇手立刻收線，如果萬一沒有成功，準備再來個第二回合。結果是令人滿意的一刀斃命，於是兇手就拉緊繩索，然後抽回桿子。

葉先生說：「爲了增加命案的懸疑性，兇手故意將兇刀丟棄在溫室的不遠處，讓第三者誤以爲他是神出鬼沒的忍者。」

此時，清寒的西天突然湧起了瑰麗的雲霞，彷彿無數雙戴著紫金、濃黃、嫩紅等色彩手套的手，激烈地鼓掌。

時間往前挪五個小時，劉宜雯正在打電話……。

「媽，我是宜雯。」

「大小姐，妳在哪裡，家裡來了一大堆客人，還不快回來幫忙。」

「媽——」

「妳大伯父也來了，劈頭一句就是——宜雯那丫頭跑到哪裡去，是不是怕我一見面就向她要喜餅，嚇得躲起來。還有妳爸爸，聽到妳老往妳表哥家跑，就不高興，女孩子總歸是女孩子，他人雖不錯，可是有情無緣也是沒辦法。」

「媽——」

「我知道妳老是嫌我囉嗦，可是妳是我女兒，出發點也是爲妳好，女人的青春有限，縱然妳要四、五十歲才結婚，可是到時候生兒育女就發生問題。人家說不孝有三，無後爲大，妳總不能讓對方成爲不孝子吧！或許被戀愛沖昏了頭，什麼都OK，誰敢保證日子一久，什麼三年之癢、七年之癢的，人家嫌妳是不會生蛋的母雞，堂而皇地在外面養女人。這種事情沒見過，總也該聽過吧！」

「媽——」

「都是妳爸爸把妳寵壞了！唉，眞是——總之，妳馬上給我回來。還有過完年，不要再去什麼鬼雜誌社上班，薪水少不打緊，又要做牛做馬。拜託妳大伯在他的醫院裡安插個職位，輕輕鬆鬆，說不定還可以嫁個醫生。」

「是喔！蹺個二郎腿在旁邊數鈔票。」

「不要拐彎抹角地諷刺我。」

「媽，請妳聽我說。」

「妳敢打斷我的話，除非是告訴我妳要結婚，否則我不會原諒妳。」

「我要去那家妳常去做頭髮的美容院，找那位介紹妳帶小山山的老闆娘。因爲表哥接辦的一宗命案中，她是很重要的關係人，所以我必須找她談。」

「爲什麼要妳去？」

「媽媽，別這樣嘛！送佛送上天，幫人幫到底。難道妳不以擁有一個古道熱腸、熱心助人的女兒而感到光榮嗎？」

「妳還是趕快找個人嫁掉算了，免得讓我天天操心。」宜雯的耳畔傳來一陣長約一世紀之久的嘆息聲，然後又說：「『新潮派美容院』在我們家後面的第三個小巷口，老闆娘叫安大姊，個性很豪爽，只要妳說是我的女兒，燙髮可以打八折。」

「謝謝媽媽。」宜雯掛上電話，也吐了一口氣，不過長度只有二分之一世紀久。

半小時之後——貼著「新潮派」三個花體字的自動門，由於宜雯的來臨而開啓。時間尚早，所以還沒有客人。宜雯向正在打掃的小妹說明來意。她要宜雯等一下，然後往裡頭去通報。宜雯看了看店內的擺設，每面鏡子都映出一個冷肅的臉孔，於是她趕緊放鬆全身肌肉，然後刻意彌補似地做了個鬼臉。櫃枱上放著一只大金元寶。裡面種植著繫有緞帶花的發財樹。大大小小的美女海報中，最惹眼的是杏眼桃唇微啓的安潔莉娜裘莉，她的無數張劇照曾經原原本本地傳眞到宜雯的夢中，也是無數場夢中最難忘的，尤其是布萊德彼特的那個角色還替換成表哥陳警官。

「劉小姐，有事找我啊！」

「啊……是的。」

安大姐快五十歲了，然而由於保養得宜，看起來比實際年齡小了許多。她有個白滿滿的身體，也有張白滿滿的臉蛋。一頭刻意梳得很亂的頭髮，噴著銀光粉，隔著距離望去，宛如是雨後的雜草，沾滿了晶瑩的水珠。

「聽說妳是劉太太的女兒，眞是想不到，好漂亮喔。」

「謝謝妳，安大姊。」縱然是客套話，聽起來也很舒服。

「來，這邊坐。」她正要去張羅茶水，卻被宜雯一手拉住。

「不要客氣，安大姊。請妳看看這兩張照片。」

「啊！」安大姊接過來一瞧，臉色驟然刷青，並發出哀鳴。那兩張照片都是絳虹的，一張是活照，另一張是遺體的面部特寫。

「妳認識她嗎？」

「我……」安大姊的雙眸湧出了淚水，激動得講不出話來。善解人意的宜雯立刻住嘴，等待對方情緒平靜下來。沒多久，安大姊強忍住悲情，問道：「這到底是怎麼一回事？」

「她是不是妳的女兒？」

安大姊點點頭。

「她是賴總經理的太太？」

「不是。」

「不過聽人家說，妳只有一個女兒。」

淚水又湧出來，安大姊嗚咽地解釋；她原本有一對孿生的姐妹花，由於家境困苦，就把小女兒賣給姓王的寡婦做童養媳。

「王太太生活過得去，做人也很實在。我相信她會對阿玉——後來改名絳虹——很好，事實上也是如此。沒想到後來，絳虹愈長愈漂亮，個性活潑外向，並且一心想當歌星，對於王太太的家庭跟本不看在眼裡，更別提要當她家的媳婦。她不知道從哪裡打聽到身世，跑來和我相認，並且編了一大篇她被王太太虐待的謊言，要我收留她，幸好我及早知道事情的眞相。」

「就在我勸她回頭的同時，她反而怪起我來，說我爲了金錢出賣自己的女兒，並且不顧她的幸福，說得我……唉！她哪裡知道，我所受的折磨和苦楚，然而我也只能默默承受。唯一能夠彌補她的只是金錢的供應，幸好她的年紀還小，胃口不大，所以還能應付。何況這幾年來，我的美容院也打出了知名度。」

「王太太知道她的心意之後，尊重她的決定，於是在十六歲那年，絳虹就像一匹野馬，開始在台北混。當過小歌廳的歌星、酒廊小姐，還在按摩院待過。神氣的時候就不見人影，回來的時候，我就知道她遭到挫折。有時候她也會下決心，想跟我學美容，安安分分下來，可是過沒幾天又想出去闖蕩。」

安大姊看了看照片，無奈的說：「我知道她不會有什麼好歸宿，卻沒想到下場這麼淒慘。」

「她和姊姊的感情如何？」

「只要她們兩人能像陌生人一般相處就阿彌陀佛了，還談什麼感情？其實，絳虹眞正恨的人是我，然而畢竟我是她的親生阿娘，又是主要經濟來源，所以不敢太亂來。但是，她卻把怨恨全部傾瀉在她姊姊阿雲的身上。每次惡言相對，我的心就像是被鈍刀凌遲般的痛。隨著年齡的增長，她們的關係也愈來愈惡劣。」講到這裡，安大姊彷彿被蠍子咬了一口似地，沙啞著說：「妳知不知道是誰殺死絳虹？」

宜雯搖搖頭，說：「我不知道。難道妳有什麼想法嗎？」

「沒有，沒有。」安大姊極力否認，但是掩不住狂亂的神情。

「我再請教妳一個問題；絳虹住在一間大房子裡，生活又十分豪華，到底是誰在供養她？」

「我……我不清楚。」

「我只是隨便問問而已，調查這種事是很容易的。」宜雯站起來，點頭致意，然後又說：「謝謝妳，不想再打擾妳做生意的時間。我想去拜訪賴太太，也就是絳虹的姊姊——妳的大女兒。」

「妳找阿雲做什麼？」

「只是談一談而已。」宜雯以她女性的特有的敏感，拭探著問：「絳虹是不是賴總的情婦？」

安大姊用唉聲嘆氣證實了宜雯的推測。

「她是爲了報復，所以才這麼做。對不對？」

「既然前世相欠債，爲什麼又一起跑到我的腹肚裡來。眞是做孽，早知這樣，生下來就全部丟到便坑裡去。」

安大姊又開始流淚，房外卻是笑聲沸然，每個客人都帶著探聽別人隱私的表情和美容師說著悄悄話。如果她的祕密正從擴音機流出去的話，不知是個怎樣的奇景——宜雯無聊而缺德的想法就此打住。

「小山山和賴太太失去的小孩有什麼關聯呢？」

「那個可憐的小孩，我的大女兒一直認爲是絳虹害死的。」

「眞的嗎？」

「誰知道？又沒有證據，只是她一廂情願的想法。不過，她查出絳虹曾經請道士做法，要咒死她，這倒是眞的。後來又發現和自己的丈夫有不清不白的關係，她就開始了復仇的計劃。絳虹早先和一個男人同居，生了個小孩，也就是託妳媽媽帶的小山山。當時我不知道阿雲爲什麼要……唉！她要我說服絳虹把小孩送走，恰好絳虹和那個男人斷絕來往，又想到南部發展，就答應送去大同孤兒院。卻沒想到被阿雲偷偷領養回去。」

「絳虹知道這件事嗎？」

「不知道，我也不敢講出來。」

「安大姊，如果我是妳的話，應該好好和賴太太——妳的大女兒，談一談，否則……妳應該瞭解後果的。」

「我……」

「我們一起去吧！」

當宜雯開車載著安大姊來到賴太太的家門口時，也正是葉先生解開了所謂的「密室殺人」之謎。

Case9 J 雜誌主編記事簿：鐘擺效應

李明浪夫婦在一夜之間忽然不見，他們所經營的皮飾公司立刻陷入群龍無首的局面。王坤榮經理，也就是李明亮的表弟，在正式報警前，先打電話告訴陳警官。

陳警官在李明浪所居住的豪宅之前出現，已經是吃過午飯的時刻了。八月的太陽是條橫陳在天宇的蠶，吐出千萬條金絲，把這個大地包在悶悶熱熱的巨繭中。縱然他有張俊美非凡的臉，也因汗水和刺眼的光線而扭曲成可笑的模樣。

踏入玄關，還沒有和王經理握手、打招呼，陳警官就被讓他舒服到骨子裡的冷氣團團包住。客廳就像一般有錢人家的布置，華麗而沒有特色。倒是靠窗的壁架，擺滿了大大小小的皮偶。也因爲這個發現，陳警官才瞭解方才進來時，嗅到的原來是皮革的氣味。

「那些都是李董的精心傑作。」王經理隨著陳警官的眼光和走過去的步伐而簡短地做解說。

陳警官雖然對藝術沒什麼研究，但是對於那做的栩栩欲活的精巧皮偶。也不禁對創作者發出讚美。尤其幾尊瞠目怒吼的劍士，不但陽剛豪邁，更透灑出逼人的英氣。

「李董原本是學習皮雕，然而皮雕局限於平面山水或是花紋圖飾。於是他利用自己的構想，將皮革特有的延展性和縮擠性發展成各種人物的造形。」

「難得表現出那種逼眞的神韻，眞不簡單。」

「除了李董本身的藝術修養和靈性之外，還有多年的努力，才會有今天的成就。」

「你早上打電話告訴我，李董夫婦失蹤三天，難道眞的一點消息都沒有嗎？」陳警官把注意力收回，開始了他此行的目的。

「三天前，也就是星期一早上，李董並沒有到辦公室。恰好有位外國客戶來電，抱怨他所購買的一批皮偶有瑕疵。由於那筆生意是李董親自接洽，從頭到尾，我都沒touch。對方又是來勢洶洶。揚言要退貨，同時要求索賠。所以，我趕緊和李董連絡。結果，到處找不到他，甚至連李董夫人也不見踪影。」

「會不會刻意躲起來。」

「我覺得沒必要。」王經理瞭解陳警官的語意，就強調說：「李董爲人正直，做的又是乾乾淨淨的事業，既不曾得罪人，財務狀況也穩定成長。」

「健康情形如何？」

「李董看起來有些清瘦，身體倒是很健朗。倒是夫人常常喊這裡酸、那裡痛，不過也都是更年期的毛病。」

「一個事業家忽然和自己的妻子失踪三天，難道是像電影電視的情節，拋開壓力、躲到海灘去享受浪漫的藍天、白雲、情人夢。」

「我的表哥雖然是個藝術家，可是對愛情卻不浪漫。你可以看看他的作品，不是武士、文人，就是深具禪味的羅漢系列。」

「他的婚姻有沒有什麼……。」

「結婚將近二十年的夫妻，除了君子之交淡如水之外，還能怎樣？」王經理似乎是有感而發。

陳警官除了聆聽之外，還注意到樓梯的轉角處，掛著一張油畫。裡頭有四個人，看了就知道是屋主的全家福。佔最大空間，顯然是李明浪夫人。她長得端正福泰，全身上下的金銀珠寶和臉上的笑容，前呼後應，烘托成咄咄逼人的貴氣和幸福。和妻子比起來，李明浪有些仙風道骨。然而高抬的下巴，讓陳警官聯想到某些犯人的神情，就是那種「既然被你逮到，要剮要殺就任由你吧！」的神情。

「畫家是駱天香，李董的老朋友。他們正在籌辦油畫和皮偶的聯展。」

陳警官隨口問道：「他們的小孩呢？」

「都在新加坡唸書，由他們的奶奶照顧，李董夫人也常過去看看。一個十四、一個十六，資質很好，李董希望他們當醫師或律師，當藝術家太辛苦了。」

「你說李董星期一沒上班，那星期天呢？是不是確定在某地方呢？」

「據我所知，星期天的早上，李董夫婦二人還在家裡，這點秀麗可以證明。秀麗就是他們請來幫忙的……。」講到這裡，王經理發現陳警官的冰啤酒已經被飲盡，於是呼喊再來一罐。

不久，有個女孩出來，眞是人如其名，頗有幾分秀麗。猛然看到帥哥警察，非但不畏縮，反而露出微嗔微喜的表情。陳警官裝著沒看見，心中卻另有打算。

李明浪夫婦失蹤後一星期的午後，劉宜雯正打算出門。她是接受她的表哥陳警官的委託，約李家的女佣季麗到外面聊天，以便瞭解一些事因，或可供參考的資料。得知秀麗是個文青，宜雯便建議她們各自帶著喜歡的一本書，當作認識對方的信號。

突然想起的手機鈴聲及時將她的腳步扯住……。

「宜雯嗎？我是表哥。李明浪夫妻的屍體被發現在石碇的山區。如果，等一下妳和那位名叫秀麗的女孩子見面時，可要多增加詢問的材料。」

「難道是他殺嗎？」

「不錯，根據調查，李明浪夫妻是在行房時，被人用槍射死。其證據是兩人皆呈赤裸，而且性器官沾有彼此的分泌物。顯然，發現屍體的地方並非第一現場。因爲還沒有看到報告，所以我也不太清楚。」

「既然是裸殺，如何證明死者的身分？」

「因爲李明浪的自用轎車被發現在另一個山區，車內放著衣物和證件，奇怪的是李太太的衣物卻遍尋不著。」

「是很奇怪。不過，倒是可以列爲思考的線索。」劉宜雯瞄一下手機上的時間顯示，說：「我已和秀麗聊過，似乎是個愛幻想、愛說話的女孩，或許眞的可以收集到很多寶貴的參考資料。你眞的認爲是情殺嗎？」

「只是認爲而已。使用槍擊，男性兇手的可能性較大，所以請重視李太太的交友情形。」

「哼！你就是那麼偏見，難道女性就不用槍。說不定，問題是出在李明浪的那一邊。」

「不和妳辯了！總之，妳自己看著辦吧！」

劉宜雯心血來潮地換掉整體系列的眞絲套裝。穿上印著加菲貓圖案的T恤襯衫，以及斜紋布裁成的褲裙，同時將口紅擦去。同時把手中的張曉風的散文集換成當紅網路作家的小說。

然而當她來到約定的咖啡座，和秀麗面對面時，自己覺得忽然短了半截。對方穿了水綠的小禮服，鮮豔的色彩使陽光在每條纖維發生了光譜作用。蓬起來的舞裙，上方是十九吋的柳腰，下方兩隻有著美妙曲線的小腿和鏤著銀紋的黑綠色高跟鞋。

「有了青春做後盾，任何庸俗的裝扮也會激放出清嫩的妖豔。唉！那是一種年輕所放縱，還是被美麗所汙損呢？」以上是宜雯見了秀麗之後的心中感言，尤其是她注意到對方手中捧了一本書，竟然是描寫中年人外遇的《麥迪遜之橋》。

「我剛才聽到消息，李董夫妻慘遭不測。」

「啊！」秀麗驚呼一聲，看得出來是眞情流露。在宜雯的「引導」之下，紅著眼眶，侃侃地述說李董夫妻的種種好處，最後以「好心沒好報」做結語。

「妳認爲，會不會是一場情殺案件呢？」

「妳說什麼？我聽不太懂耶！」

「我的意思是會不會是李太太的男朋友，或是李董的女朋友殺死了他們。」

「會有這種事嗎？」秀麗的面龐，有著上弧的唇和下弧的眉，而另外一組的上弧加上下弧是潤澤瑩亮的眼睛，如果能夠多一顆痣的話，那就更加風情萬種，楚楚動人。

「妳和他們生活在一起，難道看不出什麼嗎？我並非什麼愛探隱私的人，只是陳警官……對，就是那個和金城武一樣酷的帥哥警察，他是我的表哥。我想，妳很願意幫他的忙，對不對？」

「他有沒有女朋友？」

想到自己也曾暗戀過「那個人」的宜雯，對於少女情懷總是詩的秀麗很能瞭解。於是談了很多花邊話題之後，好不容易才進入此回約會的眞正目的。

「李太太很愛她的先生，所以絕對不會有婚外情。」

「那李董呢？」

「其實也不太可能啦！他也很愛李太太呀！我雖然在李家只做半年，可是認識他們有十多年了，因爲我媽媽以前也在李家幫忙。嗯！大約都不可能像妳說的那樣。」

「李董和他太太最近有甚麼改變嗎？」

「據我所知，李太太變的更愛漂亮。」

宜雯正在思考下一個問題時，秀麗又說：「聽我媽媽說，李董的初戀情人不是李太太，是他的美術老師的女兒，據說也是個畫家。不知爲什麼沒能結婚，可能是雙方父母反對吧！不過，以悲劇收場的愛情最美，也最浪漫，總教人一輩子刻骨銘心。」

「你人爲他們會不會怎樣呢？」

「不可能的，那個女畫家和李太太是閨蜜。」

兩人陸陸續續又談了許多李家的事，宜雯總覺得沒有搔到癢處。看看時間也不早了就起身付帳，同時對於秀麗的合作表示感謝。目送那綠色的背影遠去之後，宜雯的心情開始在晚風和夕陽中飄搖。

當晚，陳警官和宜雯約在大賣場見面。

「總之，就是那樣。你那邊呢？」宜雯挑了盒芝麻糊，丟進進車裡，同時對購買二十幾包泡麵的陳警官投與同情的一瞥。

走在大賣場中的陳警官顯得有些笨拙，他說：「有人在李明浪夫妻失蹤的當天，看見他本人駕車在中山北路出現，而陪在一旁的人是當紅的名畫家駱天香。」

宜雯的手還沒碰觸到最愛吃的高纖餅乾時，就收回來，頭部轉向陳警官，問道：「駱天香是李明浪的老情人？」

「那位目擊者是記者，專跑文藝版，所以對他們兩人在一起的情形，很感興趣，於是偷偷拍下了幾張照片。從照片看來，**沒什麼異狀**。」

高纖餅乾終於被丟入推車，宜雯問：「我忘了請教死亡時間。」

「最可能的就是失蹤當天就死亡，不過也有誤差。」陳警官東張西望，彷彿拿不定主意要再買什麼。

「那位記者是否繼續跟蹤？」

陳警官點點頭，說：「跟到兩人回家為止。」

「回家，誰的家？」

「女畫家的家啊！」

「然後呢？」

「打道回府啊！妳以爲他們兩人是甚麼和甚麼嗎？駱天香的丈夫是德國人，他們的家在天母，隱祕性很高，所以沒有人能夠正確說出李明浪是否離去。」

「駱天香的丈夫在國內嗎？」

「他和駱天香一起回國，不過前幾天離開台灣。」

「李太太那邊呢？」劉宜雯記得秀麗曾告訴她——兩人失蹤那一天，李董先駕車出去，而李太太也在半小時之後出門。臨走時的神情很愉快，甚至帶著小女孩的興奮。秀麗認爲李太太可能是要去參加姐妹淘的聚會，展示她多年來減肥行動的成績。

「沒有很多線索，只是有個計程車司機表示，他曾載了一名類似李太太的貴婦人至天母附近，可是他不敢確認。」

「有關司機的證詞，除了面貌和體態之外，是不是還包括服飾？」

「太籠統了沒有參考價值。李太太的衣服首飾很多，沒有人敢確定。」

「照片和本人總會有些差距，如果那位類似李太太的貴婦人是在駱天香的住處下車，可能揭發眞相就更容易。」劉宜雯發現自己的推車已經超載，而陳警官的依然不滿三分之一。她問：「是否應該和駱天香談一談？」

「女畫家的來頭不小，必須謹慎行事。」講到這裡，陳警官草率地又拿了幾份瓶飲料和冷凍食品，購買量立刻就超過了宜雯。

隔天下午，宜雯接到陳警官的電話，他有點激動的說：「李明浪夫妻命案宣告破案。」

「什麼？兇手是誰？」

「駱天香！很意外，是不是？」陳警官繼續說：「聽說她受不了測謊和拷問等程序，最後就承認了。死亡現場在她的臥室。警方按照她的陳述找到了px900手槍和兩顆遺留在犯罪現場的九×十九公釐子彈。做了彈道檢視，證明她所言不假。那把德製手槍是她丈夫的所有物，有使用執造。而且，她身上有明顯的火藥殘留。」

「這下可好。我們既不必大膽假設她是兇手，也不必小心求證其行兇過程，可以來討論她的動機吧！」

「聽說她承認行兇之後，僅僅說了一個英文字，我不知道拼法。只知道中文可譯成『鐘擺』，意譯是『極端的變化』。可能要等律師替他陳述。」

宜雯知道那個字，pendulum，也可翻譯成由愛轉恨，或是由恨轉愛。正在胡思亂想，忽然有個女人走進他的辦公室，微笑招手，可是她卻想不起來對方是誰。等到對方開口說話，宜雯才猛然記得對方正是半個月前才見過面的印刷廠老闆娘。至於，一向很會認人的宜雯爲何會馬前失蹄，經過反省，關鍵出在老闆娘換了個髮型。

宜雯抓住了這個靈感！她迅速和對方談妥之後，立馬撥電話給秀麗。

「我是宜雯。怎麼樣？還好嗎？計劃去學美容啊！嗯！眞好，但願妳事事如意。有件事想請教妳，妳曾說李太太可能去參加什麼聚會，那她是否有什麼改變，譬如說髮型啦、或打扮方面……相思雨髮廊的地址是……謝謝，我知道了。再見。」

相思雨髮廊的負責人一見到宜雯遞出的名片時，就很熱忱地招呼，同時叫小妹要薇薇出來。

「薇薇是李董夫人的專屬髮型設計師。」負責人解釋。

「希望不會影響妳們的生意。」宜雯有些不好意思，雖然自己並沒有答應爲她們做宣傳，可是負責人似乎就這麼一廂情願。

「不會啦！發生了這種事，我們是有義務來協助，只是我們不願被警方約談。如果妳能委婉地說出我們的立場。」

談話之中，薇薇出現，她的模樣很像把臉洗乾淨的秀麗。宜雯不會以貌取人，然而這個女孩眞的給她很好的第一印象。

「李董夫人的髮型一直保持固定的型，我覺得很好，因爲她是有身分地位的人，而且稍微上了年紀。」薇薇的聲音柔柔軟軟的，很好聽。她繼續說：「可是，在一個月前，她跟我說，想換個髮型。那種俏麗的短髮，我心中雖然不鼓勵，可是客人的要求，只好盡量去做。」

「一個月前，就改變髮型了嗎？」

「不！那種俏麗的髮型是直髮，而且須運用羽毛剪的手法，李董夫人原先是捲燙，爲了好看和合適，必須經過處理。」

宜雯是女人，對於薇薇的說法，能夠充分了解。李太太在失踪當天，刻意換了個髮型，而且是有段時間的醞釀，這其間到底是包含何種意義呢？

「你個人認爲李董夫人的新髮型不適合？」宜雯以「不適合」來代替「不好看」。

「各人有不同的審美觀，我覺得新髮型雖然不一定要侷限年齡或容貌，但是氣質卻很重要。

李董夫人雍容華貴，換上那種浪漫漂泊的髮型，實在是有點不倫不類，尤其還穿著剪裁合身的洋裝。」

「浪漫漂泊」宜雯望向掛在牆上的海報，指著其中一名吉普賽女郎打扮的模特，問道：「是不是那個樣子？」

薇薇點點頭，又說：「我曾問她為什麼要做這麼大的改變，她說她是受了好朋友的指點迷津。」

「有沒有說出名字。」

「沒有。不過，我知道她十分崇拜那個朋友，或許是個歌星或是藝術工作者。」

「駱天香」忽然在宜雯的眼前飄過，就像敦煌壁畫中的飛天——不錯，李太太口中的好朋友正是駱天香。證據之一，駱天香就是留著那種浪漫漂泊的髮型，當宜雯從報章雜誌查到的資料正是如此。

離開相思雨髮廊，宜雯慢慢走在冷清的小巷，想起秀麗曾經對她說，駱天香曾經來過李家，都是李董不在的時候，兩個女人顯得很親密，還交換著衣服或首飾，似乎要策劃什麼祕密派對或什麼的……。

另外，那名計程車司機也指出，他是在相思雨髮廊門被攔下的，而為什麼不能確認，乃是髮型的差距太大。經過描述，計程車司機確認貴夫人的髮型無誤。

種種跡象給陳警官和劉宜雯一波接一波的衝擊，他們不約而同地產生一個疑問，為什麼李太太會和丈夫的初戀情人成為閨中密友？駱天香人的動機單純是愛恨情仇嗎？

宜雯記得警方曾經把駱天香納入嫌疑犯，並且由陳警官負責詢問。當時兩人的對話猶在耳邊。

「表哥，你和那名女畫家她談過沒？」

「**談過了，她看起來有些慌亂**。她承認和李明浪在多年前有一段情，不過已經過去了。這次和夫婿回國定居，同時開畫展，沒想到意外的和李明浪重逢。心情沉澱了，感情昇華了。駱天香笑著對我說，她有個深愛她的丈夫，李明浪也擁有幸福美滿的家庭，加上人生也走了一大半，不可能激起愛情的火花。所以甚至能夠一起辦聯展，就是最好的證明。」

「你不會被他感性的言詞迷惑了吧？」宜雯促狹地說：「雖然不會激起愛情的火花，但是往日的純情已經昇華成眞摯的友誼。」

「我眞服了妳，她就是這麼說，眼睛還閃著淚光。我們大膽假設駱天香是凶手，然後小心求證她的行兇過程，至於動機就留在最後討論。」

「她和李明浪被記者跟蹤的時候，李太太正在做頭髮。明顯的，李太太也是要去赴駱天香的約。因爲駱天香告訴我，……。」

畢竟還是辦公時間，職業道德不容許宜雯摸魚，就開始專心去讀稿，沒想到觸目的都是色情報導，甚至還有夫妻聯誼或情侶交換。迫使她開始去幻想女畫家的感情世界——舊愛是李明浪，新歡是李太太，然後精神分裂，把舊愛新歡一起殺掉。或是她依然深愛李明浪，但是無法忍受他的幸福，所以引誘他的妻子，然後槍殺他們。或是……宜雯的眼光又落在那些光怪陸離的性愛報導。但是她清楚，一點一點的刺激著她的腦神經，應該就是那個字，pendulum，一下子由愛轉恨，一下子由恨轉愛的鐘擺效應。

宜雯終於忍不住打電話給陳警官。「我黑白想，不知你有沒有興趣聽？」

陳警官做了個請便的手勢。

「首先聲明，那只是個忽然冒出來的想法而已。嗯！根據你們的調查，尙無充分的證據證明駱天香是兇手。對不對？然而她爲何會輕易俯首認罪呢？聽說她受不了測謊和拷問等程序，最後就承認了。那是屁話，她又不是無知的村婦，可以保持沉默，委託律師幫她處理。」

「或許，她本來就是兇手，難以承受良心的遺責。」陳警官了解自己只是隨便說說，毫無說服力。

「可是，我有另外的看法。她是想要警方盡快結案，免得愈挖愈深，查出眞相。我的意思是，或許她要掩護眞正的兇手。爲何有此一舉呢？因爲兇手是她的丈夫。請不要表現那種不以爲然的表情，讓我請教你一個問題，好嗎？」

「請問！」

「如果你的太太和初戀情人在一起，不管是不是單純的相聚，你存有何種心情？」不等陳警官回答，宜雯以不願多費唇舌的樣子，搶著說下去：「總是怪怪的，對不對？所以，他很可能差人調查，或是親自下馬。我想後者的可能情較大，因爲他是個有地位的人，萬一醜聞曝光就會如水潑地難收回了。」

淺青色的電風扇吹出的風，使陳警官想起赤腳踏在沙灘上的感覺。遠方的海浪變成各種尺寸的方塊，宛如搬積木似地不停移動，水平線在幻想之外的空間。

「駱天香的丈夫『發現』妻子和老情人在自己的臥室做愛，盛怒之下舉槍射擊。然而，當他

『發現』事實都是自己的誤解時，大錯已經鑄成了。你或許能想像，駱天香氣急敗壞地解釋——李明浪知道我回國，急於追回往日的戀情，然而雙方都有了侷限。於是她建議李明浪的太太打扮成自己的模樣，然而……她不是研究過心理學嗎？何況女畫家的心中世界也是非常人所及。你認爲呢？」

陳警官眼睛一亮，赤腳踏在沙灘上的感覺，幻化成雙手擁抱白雲。而那些不停移動的海浪以抵抗地心引力的方向落去，彷彿是逆轉的俄羅斯方塊，而水平線呢？驟然在眼前——一條筆直通向天際的高速公路。

Case10 J雜誌主編記事簿：琥珀之心

最近，愈來愈多的年經人喜歡研究星象。J雜誌的主編劉宜雯在這種趨勢下，就邀請琥珀來執筆。琥珀是劉宜雯的學妹，在幾年前，大家風靡紫微斗數時，就對星象情有獨鍾。

原本在大學主持星象學社團的她，畢業之後，選擇了銷售企劃的工作。她的秀外慧中，加上對星象學的深入研究，逐漸地在各種媒體出現。琥珀肯幫忙劉宜雯，除了同校之誼之外，主要是劉宜雯對她的生涯有著推波助瀾之力。可是，她斷斷沒想到這樣的因緣際會，竟使她的靈魂受到絕盡的毀滅。

爲什麼會這樣呢？讓我們從那個雲層很低的午後開始談起吧！

劉宜雯坐在一家店名叫做「宵待草」的日式西餐廳裡，座位靠在門口，比較容易看見等待的人。沒想到琥珀遲遲沒出現，但是劉宜雯卻一點都不介意。因爲站在角落的一位中年樂師，取出薩克斯風，彷彿在懷念往事般地吹奏出一首又一首的流行歌曲。有劉宜雯熟悉的〈新不了情〉、〈冰雨〉、〈淚光閃閃〉，也有陌生但是非常好聽的旋律。就在劉宜雯無聲地唱〈The one you love〉時，琥珀帶著一身淡紫走進來，尤其是圍在肩際的紗巾，更增添無限的神祕美。

「喜歡這裡嗎？」琥珀對這裡似乎很熱，喚著侍者的小名，點了一杯「默蜜芝」。等到端上來，原來是杯尋常的咖啡，只是碟子上放了片沾著水滴的紅葉。劉宜雯才猛然記起來「默蜜芝」就是「紅葉」的日文。

「不錯。尤其那個樂師的薩克斯風，眞是棒透了。」對於沒有深交的琥珀，劉宜雯盡量用尋常的形容詞。

「他呀！是個日本人，這裡的老闆。」琥珀的眼波流過去，對方似乎沒注意，只沉醉在自己吹奏的樂聲之中，沒想到哀愁的歌謠在清越的管樂中，有種內斂的情感，宛如緊緊忍住傷悲，不讓淚水流出來。

「他七月四日出生，屬於巨蟹星座。很能分析自己內在的衝動，優越的直覺力會洞悉人性，甚至預測即將發生的事……。」

琥珀的話繼續著，劉宜雯的注意力被拉走了！沒想到那個日本人眞的能洞悉人性，忽然吹起那首〈望春風〉，因爲劉宜雯忽然想起老祖母教她的歌就是〈望春風〉。

「這是他Solo的最後一曲，每當結束時就吹奏這首歌。」琥珀向他做了個手勢，他做了個「瞭解」的表情。餘音消失的時候，他就帶著微笑向兩個女人走來。

「花田，請多多指教。」就像常見的日本人，表現出令台灣人感到不自在的多禮。不過，堪稱流利的台語使劉宜雯感到有趣，暫時忘記了她和琥珀約會的目的。劉宜雯對於店名感到好奇，記得從前有部電影，是活躍於七十年代影壇的女明星張純芳主演的吧！可惜沒有去看，只是在轉換電視頻道時，偶然掠眼而過。

「宵待草就是你們台灣人所說的煮飯花，等待著天黑，等待著丈夫和孩子回來吃飯，一種幸福的等待。」

琥珀注意到劉宜雯感動的眼神，不等她的回應，搶著說：「你從來不曾告訴我這些。」

「妳從來不曾問過我呀！」

宜雯以她女性的特質嗅出兩人有不尋常的關係，就笑著說：「花田先生，你的薩克斯風不由得令我想起多克西哲，九〇年代最負盛名的俄國古典喇叭演奏家。」

「劉小姐，妳眞是蕙質蘭心。」花田的面龐奔射出異樣的神采。他說：「以前，我是吹奏爵士樂，可是聽了多克西哲大師吹奏日本民謠，從此我就U字形改變，畢竟……。」

「畢竟你是個巨蟹星座的人。」琥珀露出了那種連宜雯都會感到難過的笑容，說：「把許多人當作小孩，而用自己的人生哲學去引導他。想像力豐富，喜歡重造事物。雖然增進創造能力，卻常常過分沉醉在白日夢裡，應該避免。」

「或許妳可以把這些寫下來，當然要有人有事來配合。譬如說妳在旅行或工作所遇見的人，他所發生的事，爲了滿足讀者的口味，以愛情做主題比較合適。當然，如果妳有更好的建議，我也樂於接受。」

劉宜雯似乎避免介入兩人之間似的，找個機會把自己此行的目的交代清楚，然後做個忠實聽眾。過了十幾分鐘，又找個機會脫身。當她推門而出，小喇叭的聲音又響起來，不過是搭配另一種樂器來演奏，天空開始落雨。

琥珀的星象專欄頗受好評，所以J雜誌想要替她出書。關於這個計畫，宜雯並沒有抱太大的希望，並非琥珀的寫作能力沒有給她信心，而是琥珀的感情生活。

自從琥珀和宜雯交往頻繁之後，除了「宵待草」西餐廳的老闆花田之外，好像又和許多男人糾纏不清。其中鬧得最兇的是黎博森，是個有婦之夫，也是她的上級主管。由於琥珀鬧出割腕自殺事件，才眾人皆知。那個月份的專欄是劉宜雯捉刀，沒想到銷路出奇的好，可能拜這花邊新聞所賜。

記得當時，劉宜雯就以黎博森做影子人物，所以就查了他的生日和星座，二月八日，水瓶座。並且擬了一些似是似非的說詞——愛情在其一生中，扮演很重要的角色，多才多藝而且適應力強，對新鮮事物極端的感興趣，因此享受到不尋常的事物，例如浪漫傳奇的愛情。

劉宜雯本來想去醫院看琥珀，沒想到根本沒住院，經過第三者的傳話，琥珀只是在演戲。而那位仁兄黎博森也非等閒之輩，反而加油添醋，把自己的魅力倍添許多，反而讓女性顧客因好奇而上門，平白讓他的業績直線上升。

在宜雯的想像中，琥珀應該滿臉憔碎，爲情所苦才對。沒想到相約見面時，琥珀卻是豔光四射，套一句時髦話——快樂得不得了。就在琥珀嚴詞規定必須在週六午後，宜雯便拖到三點才去敲她公寓的門。當門一打開，目睹一襲居家長袍的琥珀，宜雯就有了以上的想法。

「請坐呀！主編大人。」琥珀招呼宜雯在餐桌畔坐下，同時隨手把一件貼滿「馬克」的亮片上衣隨手一丟。她嬌聲地說：「一則沒有結局的浪漫傳奇，一個萍水相逢的年輕男子，一客速食愛情。」

劉宜雯目瞪口呆地看她拿走那一只造型很特殊的咖啡杯，琥珀說：「我有好幾組星座杯，根據不同訪客的星座而拿出來用。妳是天秤座的吧？」

劉宜雯注意到咖啡杯上的圖案是隻畫成方塊的雙角怪獸，旁邊用英文字寫著「Taurus」，是出生在四月二十一日和五月二十日之間的金牛座。當琥珀在後面調飲料時，劉宜雯不由想起，琥珀所寫的文章——金牛座的男人天生不甘寂寞，怕失去自由，要求相當獨立的生活，心靈深處有一股巨大的決斷力。

她還注意到架上只有十一只咖啡杯，正想一窺究竟時，琥珀就端著一杯綠色液體出來，霧花玻璃壁上有支透明秤子，閃著翠玉般的色彩。劉宜雯將來意說明，琥珀很樂意地點頭答應，並問了些細節。劉宜雯希望將刊過的專欄再擴充，並補上希臘式的插圖，至於這些工作將由J雜誌的編輯小組來完成。琥珀只要把未完成的專欄在三個月之內補齊即可。

一切似乎進行得很順利，沒想到在宜雯接到最後一篇來稿時，同時也接到一則出人意料的噩聞——琥珀被人殺死在自己的公寓裡。

「到底是怎麼一回事嘛？」劉宜雯打電話去向她的表哥警官打聽消息。

「有名的星座專欄作家被殺，就是這麼一回事。」

「少在那裡一副事不關己的口氣。難道你們已將兇手逮捕歸案了嗎？我就知道尚未，如果你想要……嗯哼……我和琥珀交情匪淺，說不定可以提供寶貴的資料喔！」

「我們已經掌握到有利的線索。」

陳警官的言下之意令劉宜雯憤憤不平，不過對於這位什麼事都愛插一手的劉小姐卻能效法韓信，裝出仰慕和瞭解的聲音，說：「情殺吧！」

「她的人際關係單純，只是情感問題很複雜，所以情殺是優先考慮。」

「那麼是不是……」劉宜雯將所知的名字一一唸出來。

「都有可能，不過小尼的嫌疑最大。」陳警官的說詞使劉宜雯大吃一驚，不由得想起那一件貼滿「馬克」的亮片上衣，以及那隻象徵金牛座的咖啡杯。

「為什麼？是不是因為他有前科，還是因為他是個吃軟飯的傢伙。」劉宜雯覺得惹火表哥警官是很不智，因為他很可能敷衍幾句，然後將電話掛斷，那麼她就無法施展女神探的本領了。於是，軟著聲音說：「他的嫌疑最大，自然有他的道理存在，是不是？不知道有何動機。」

「小尼向琥珀借錢，琥珀不借，然後就釀成悲劇。」

「聽來很合乎情理，是小尼的口供嗎？」

「他怎麼會招供呢？因為還有其他間接證據，另外小尼沒有通過測謊實驗，也就是說——他一開始否認去琥珀的公寓，後來又承認。否認向琥珀借錢，後來又承認。否認進入琥珀的公寓……。」

「後來又承認。」

「不！還是否認，只是測謊器對於他的說詞已布滿了疑問號。我們的調查，琥珀身上穿著很隨便的居家衣物，如果不是熟人，絕不會讓他進入屋內。何況她又以飲料招待……。」

劉宜雯急急追問：「用什麼樣的杯子呢？」

陳警官笑出了聲，說：「我知道妳為何有此一問，兩只杯子各印著雙子星座和金牛星座。琥珀本人是雙子星座，而小尼是四月二十八日生，應該屬於金牛星座。所以……。」

「所以你認為小尼是兇手。請教您老兄，那杯飲料有人喝過沒？上面是否有小尼唾液的殘跡？」

「兩杯都沒有喝過。」

「那不是很奇怪嗎？」

「也許兩人不渴，也許兩人沒有心情。」

「難道你沒想到有人嫁禍嗎？」

「除此之外，琥珀死之前寫下四月二十八日，這又象徵什麼？」

「字跡工整，或是潦草。」

「要死的人還會選擇柳公權或是顏眞卿的字體來寫嗎？」

「對不起，找只是想到或許有人竄改死亡的訊息，推理小說中不是有很多這方面的手技嗎？尤其是阿拉伯數字，這裡加一點，那裡彎一下，就變成另一組神祕密碼了。」

「謝謝妳的提醒，我會請專家再仔細鑑定一下。」

「再告訴我一些可疑之處，以及致死原因，好嗎？」宜雯一口氣問了許多，因爲她聽到對方客氣的措辭時，就瞭解電話快要收線，想要抓住什麼似地追加說明：「你不是說，死者沒有立刻死亡，因爲還寫下了日期，而你們判斷是小尼的生日。」

「好吧！」陳警官也不敢太得罪這位刁蠻的表妹，就說：「創傷全部在背後，在後腰部最厲害。呈弓形傷口，也就是兇刀在該部位做刺入後，再拖引出來，於是皮膚的皺襞做斜方向切斷。法醫判斷，那是第一刀，也就是兇手一開始就想要致對方於死地。」

「這和借錢未果而行兇的行爲反應似乎不太吻合。」劉宜雯又說：「依我想像，兇手是從背後勒住琥珀，然後從腰部刺入一刀。然後呢？」

「妳的想像沒錯，琥珀倒地……哦！從現場的情況和血跡的分布所判斷。琥珀倒地，反翻過身來，然後從倒地之處往門口跪爬，顯然是想要躲避兇手第二次襲擊。離開約一公尺吧！背部再次承受猛烈的刺傷，全部是楔狀傷口，也就是垂直刺下，刃器和表面體呈直角方向。」

「在這種情況下，受害者還會留下死亡的訊息嗎？」

「是啊，我會請組裡專家判定。」陳警官表示必須掛電話，彷彿要彌補宜雯似地又說：「可疑之處是死者的姿勢和一小片玻璃。」

「等一下！」宜雯吼出來，只有無情的嘟、嘟……在回答。她恨恨地再吼出三個「非常不文雅」的字。然後開始發呆，窗外的白雲都變成了死者的姿勢，而那一朵雲才是表哥警官所描述的呢？還有……還有什麼一小片玻璃——宜雯疲倦地剝下了自己的隱形眼鏡，只是比一小片，又多了一小片。

宜雯決定從人性的弱點向陳警官進攻。

子曰：「食色性也。」宜雯的表哥是個超級大俊男，放眼現今當紅的男神，誰比他更帥、更酷。而且宜雯從小就暗戀他，幾次「明說暗講」，人家老是不甩，弄得本來對自己容貌有十二萬分信心，只能銳減到十一萬九十九百九十九分。

色，行不通也。那……那只好改用「食」。

陳警官有副好面孔、好身材，也有到好腸胃。不但食慾奇佳，而且不論怎麼吃都不會發胖，眞是天賦異稟。於是，劉宜雯就假借一個兩人都心照不宣的藉口，相約在「花弄影」法國西餐廳。

「花弄影」是以高級美食聞名台北，劉宜雯是因爲J雜誌和他們有廣告往來，所以打了些折扣。否則每位最低三千元的消費額，會令她心臟病發作，雖然她的心臟比馬達還夠力。

菜色有龍蝦魚子醬餃子、新鮮黃蘑菇湯，還有一盤又一盤綴滿鮮花、彩帶、果雕的食物……。劉宜雯決定忘記一切來享受，可是看到她的表哥警官連自己的一份都賺不夠，飛象過來地侵襲她的那一份，不知不覺地悲憤起來。

「好了！我們可以開始談琥珀謀殺案吧！」

「可是還有我最愛的奶酪，以及……。」陳警官一面吃、一面說話所以顯得口齒不清。

「沒關係，我和主廚很熟，他會替我們打包。」

「好吧！」陳警官嘆了口氣，可是看到侍者在鄰桌，點燃酒精淋燒鱒魚，切開魚身，剔除魚骨地爲顧客服務時，滑動的喉結顯示他正在不斷地嚥口水。

「那道菜叫做鳳宮劫美酒燒虹鱒，有機會再請你吧！」

「眞的？」陳警官的俊美和他的人格實在不成比例。

「琥珀死去的姿勢有何怪異之處？」

「哦！她的姿勢呈大字形，然而雙手在肘處往上彎，有點像跳芭蕾舞的姿勢。」

「兇手刻意安排嗎？」

「關於這一點，法醫能夠證明是受害人自己硬撐出來，似乎又是另一方式的死亡訊息。」

「那一小片玻璃又有什麼意義？」

「打碎的玻璃容器，被兇手拿起，遺留下一小片和些許的粉粒。」

「玻璃容器，是杯子嗎？」

「琥珀收集很多組星座杯子及小玩意，很多是殘缺不全。可是，我們找不到同樣質料，或是符合的玻璃裝飾品。警力的想法是琥珀以玻璃容器反擊，或許留下兇手的指紋或什麼線索，所以所有的碎片都被拿走。」

「很合理。」劉宜雯喝了一口餐後飲料，以前喝過，由果汁和可爾必思調出，很好喝，而且有個極浪漫的名字——巴黎的黃昏之歌。品味之餘，她仍不忘問道：「至於關於日期，警方有何新發現？」

「眞的是修改過了。琥珀原來寫的是二月八日，可是兇手在二的地方加了一豎，在八的左邊多了個二字。」

「原來如此。」宜雯正想再發問，忽然聽到有人不小心把酒杯掉落地上，雖然侍者迅速來處理，還是引起一陣小小的騷動。不過這個看似無意義的動作，竟激發起劉宜雯的靈感。

「我想那片玻璃是來自一只破碎的水瓶。」宜雯搖晃手中的飲料，認眞的說：「琥珀是被人由背後襲擊，所以我想某個人老早藏在她的屋裡，伺機行兇。可是，當他舉起銳利無比的尖刀時，小尼忽然來訪。他在暗處觀察兩人的爭吵，然後等到小尼離開後，再刺殺正激發憤慨情緒的琥珀。從後來現場如放置星座杯的布置，兇手和小尼一定很熟，其實不熟也無妨，琥珀在專欄上已經含沙射影地寫出小尼的一切。」

陳警官露出白痴般的表情，不知是欽佩劉宜雯的推理過程，還是依然對那道「鳳宮劫美酒燒虹鱒」垂涎不已。後者的成分比較大，因爲漂亮的眼睛直往鄰桌瞟。

「小尼離去之後，慘叫聲就響起。琥珀在意識模糊時，留下兩個死亡訊息。生日和破碎的水瓶，而那正足投影至吮於水瓶星座的黎博森的最佳角度。」

「所以，妳認爲黎博森就是兇手。」

「差不多，至少小尼脫嫌了。」

「嗯！差不多，眞的是差不多。」

「你是什麼意思？」

「就是差了那道什麼燒酒鱒魚。」

「你大過分了！表哥。」劉宜雯的雙眼射出兩道利箭，齊齊射入陳警官的「紅心」。

陳警官舉起雙手投降，說：「既然琥珀是被人從背後偷襲，可是現場是封閉的空間，就是說明他不願意被認出來。那麼……琥珀的死亡訊息是否有誤。也就是說除了生日非常明顯之外，打破水瓶的象徵意義不限明確。」

「那兇手爲何要拿走呢？」陳警官聲音低得彷彿是捫心自問：「因爲他一心一意要嫁禍於小尼。」

「第一個死亡訊息，打破玻璃容器，也就是水瓶。但是琥珀怕警方不瞭解又留下第二個最明顯的死亡訊息。說到這裡，我們很容易想到兇手是黎博森，甚至連琥珀在垂死之前都這樣認爲。我們想像兇手一定是蒙面，而他的身材和黎博森相似。他在琥珀和死神掙扎之前，故佈疑陣來讓所有的人一眼認定小尼，但是似乎又太明顯，譬如第二個死亡訊息。等到他確定琥珀必死無疑之際，現出原形讓對方看，可能也表達出行兇的動機。這在犯罪心理學上，十分常見，因爲要減輕心中的壓力。此時的琥珀知道犯了大錯，立刻以自己的身體透露第三個死亡訊息，也就是最正確的死亡訊息。」

陳警官從皮包中拿出幾張紙，遞給劉宜雯。

其中一張很清楚，一個女屍，顯然是從現場拍下來的照片，再一次複印。劉宜雯端詳了幾分鐘，死屍的姿勢和陳警官的形容完全一致，那麼……以一個專業的星座作家而言，這代表什麼？伸長彎曲的手臂，是不是很像兩隻大螯？

十二星座面，什麼星座有這種特徵呢？答案是巨蟹和天蠍。

「宵待草」的旋律驟然在宜雯的心靈深處揚起，彷彿故意和自己過不去地說：「兇手是天蠍座的男人囉！」

陳警官搖搖頭，指著照片，不理會宜雯的心情，像老師教小學生似地說：「注意她那張開的雙腿，然後想像螃蟹和蠍子的模樣。如果是天蠍，琥珀應該把雙腿緊閉才合理。」

「我猜琥珀應該沒有天蠍座的男人吧！」宜雯想起琥珀公寓裡，那個只有擺著十一個杯子的咖啡架。

「雙子女和天蠍男不適合嗎？」

宜雯默默想著自己的星座和陳警官的星座，而陳警官胃口恰似被轟炸機肆虐過似的，默默地看著劉宜雯在吃餐後點心，眼睛也不再亂瞟。兩個人就這麼共度過一個無聊的晚餐，在一個非常羅曼蒂克的法國餐廳。

Case11 J 雜誌主編記事簿：冬夜物語

去年的冬天，肇茂到東京出差，順便到北海道做單身旅行。在白雪紛飛的札幌市，他走進一家附有卡拉ＯＫ的酒店。此時有個醉了的客人，敲著碗和筷子，顚顚地唱歌。

肇茂點了一杯酒和幾樣小菜，然後開始享受在異國獨飲的樂趣。黑色的窗面浮著朦朧的燈光，看起來既遙遠又寂寞，連不曾唸過一句詩的他，竟然有種淡淡的哀愁。就在他伸手去掏菸時，有個女人不經肇茂的同意，便在對面坐下來。

肇茂略微吃驚地望著那張混合著年輕與滄桑的臉，在壁燈的浸潤下，那厚厚的彩色化粧，看起來就像是個美麗的鬼，尤其是那條繞在頸間的紫色紗巾，給肇茂一種「幽豔」的感覺。或許是這種感覺的影響，女人就變成了紫色的幻影，連微笑都有著紫色的魅力。

她說：「請我喝杯酒好嗎？」

肇茂來自台灣高雄，是個富家子。唸中學的時候，有個交情比友誼關係還深入的女朋友。然而當兵回來之後，他的家人不但棒打鴛鴦，還另外安排了個婚姻對象，是某政要的千金，曾到日本唸過兩年的新娘學校，外表內在都算不差。然而在缺乏感情基礎的前提下，雙方漸漸水火不容起來，爲了家族，兩人不能輕言離婚，卻要容忍肇茂在外面有女人，反正是逢場作戲，這使做妻子的感到憤怒，卻又有著無法說出口的悲傷。種種因素，使肇茂在短短的幾年，經歷了不計其數的女人……

「讓我陪陪你，好嗎？只要一杯酒的代價就可以了。」

肇茂的日文聽力不怎麼樣，但是憑他對女人的瞭解，立刻就猜出她的語氣，欠了欠身，請她坐下，同時爲她叫了杯酒。

外國人的身分暴露之後，更挑起女人的興趣，高興地問：「妳是從台灣來的吧？請聽我講幾句台灣話給您聽……」

肇茂有趣地望著她——本來期待有個獨處的雪夜，如今恐怕要泡湯了。女人夾雜著雙種語言，快速地說：「我曾經去過台灣，就在那個盼望愛情的夏天。那眞是一個可愛的島嶼，就像一粒橄欖浮在藍色的酒杯裡。」

肇茂無法表達他的心意，只是望著她。當侍者把酒端來，她迫不及待地接過來，貪婪地甲了一口，好像在回憶什麼似的，對肇茂說：「台灣也是我畢生難忘之地，因爲我的初戀遺落在那裡。」

「如今什麼都沒有了，只能孤獨地過日子。」她揚了揚手中的空杯，晶瑩的冰塊在激動……。她咕噥著一句又一句令肇茂似懂非懂的話之後，突然清醒過來似地，說：「你討厭我嗎？爲什麼如此沉默？」

肇茂不好意思地答道：「我的日文很糟，怕說出來會鬧笑話。」然後，善解人意地再爲她點了一杯酒。

「不要這樣子，男子漢不該有這種想法。你可以和我一樣，說著混合日文和台灣話的語言，這不是很有趣嗎？」

「好！我試試看，請問芳名？」

「田邊博子，請多多指教。貴姓？」

肇茂遲疑了一下，還是說出了眞實的姓名。不過，他不後悔。反正，這是浪漫的邂逅，誰知道過了今夜，明天又當如何？也許這個女人只是個夢，飄去之後，什麼都不會留痕。想到這裡，肇茂熱情地望著她頸間的紫色紗巾，彷彿裡頭就藏著女人的祕密。

「假如妳不在意的話，妳能不能告訴我，有關那個台灣男子的事？」

「台灣男子？哪一個台灣男子呢？」

肇茂奇怪地看著博子，說：「妳方才不是說，台灣是妳畢生難忘之地，因爲妳的初戀遺落在那裡。」

「我有這樣說嗎？」博子詭異地一笑，仰起脖子把另一杯酒也乾了。然後又說：「對不起，不該在你的面前，談另一個男人的事。」

肇茂突然害怕起來……

她望著他的神情，嬌癡地問：「你有沒有看過佛洛依德的書？」外來語的發音使肇茂迷惘了一陣，經過再次的說明，他才弄懂。博子看他搖頭，裝出怨婦的姿態，說：「難怪你看不出我的眼神，它們告訴你，面前有個渴望愛情的女人。」

肇茂悠悠地同情起這名在深夜漂泊的女子，尤其是在這麼一個冬夜。他想像兩個人悄悄地離開了酒店，沒有人注意，只有一片又一片的雪花。

他的想像實現了——兩個人的影子移動在唯有黑和白的街頭。當博子抬頭望他時，濃粧的面龐上沾滿了雪粉，宛如粒粒白色的淚珠。肇茂情不自禁地吻了她，冰涼的觸感刺激著他酥麻的神經，腦中的浪花沖撞著兩個女人的影像——一個是失去的戀人，另一個是同床異夢的妻。

博子雙手纏住肇茂的肩膀，兩條腿用力地勾上去。肇茂受不住這猛烈的力量，重心不穩地滾到路邊的雪堆裡去。此時，天空的飄雪忽然濃起來，彷彿要把兩個人埋葬起來，博子一邊用力地吸吮著肇茂的嘴唇，一邊呻吟地說：「叫我綺慈露吧！用您最溫柔、最熱情的聲音喊我綺慈露，我就是綺慈露，永生不滅的愛之女神，拒絕凋謝的野玫瑰。綺慈露——爲了愛和青春，不和死亡妥協的女人……。」

春來了，肇茂像隻睡眠的蟬，當帶著微雨的風吹來時，那個紫紗巾的女郎便淡化在模糊的夢霧裡。而另一個女人卻如洗液中的照片，逐漸分明起來。

他睜開雙眼，望向另一張床。床頭燈下的映瑤正在苦讀，眼眶紅紅的，顯然被小說中的情節，深深地感動了。她看一眼顯然是被吵醒的丈夫，抱歉地說：「好感人，明知道是虛構，而且寫的都是那一套，可是還是非看完不行。流了這麼多眼淚，心中有種受騙的感覺。」

雖然沒什麼男女之愛，可是畢竟也共同生活了許多年，所以肇茂總是以客氣的口吻對自己的妻說話。他說：「什麼小說讓妳這麼感動？」

映瑤把雜誌向肇茂這邊一揚，說：「是篇日文翻譯小說，名取千鶴寫的。我在日本讀書的時候就迷她的小說，後來不知怎麼搞的，她就自殺，像流星般消失在文壇的天空。」

「她爲什麼自殺？」

映瑤對於這種心不在焉的愚蠢問題，已不想多說，只平淡地答腔，說：「總歸是感情問題吧！對不起，吵了您。」

肇茂冷冷地看著她把雜誌丟在連接兩床之間的櫃檯上，鑽進被窩，睡了，只露出一頭黑絨絨的毛髮。肇茂的睡慾消失了，於是順手取下那本雜誌。原來是坊間頗負盛名的「J雜誌」，專門介紹各國的政經文化，很受知識分子的喜愛，連肇茂這種久不聞書香的人，都知道它的存在。

映瑤方才讀的小說是接在一個神怪特刊之後，篇名叫做〈輪迴之愛〉。肇茂先瀏覽一下作者介紹欄，照片中憂傷的臉，以及那條飄在風中的紫紗巾，分明就是……肇茂嚇出了一身冷汗。

——一九六八年出生於京都府宮津市的名取千鶴，本名叫田邊博子，是一九九六年第三十二屆XX獎的得主。她深信靈魂不滅與輪迴，所以作品中充滿了怪力亂神，廣受讀者的歡迎。可惜，在一九八八年冬天，不知何故而割腕自殺。遺書中表示，爲了愛情，必然要再來人世一遭。圖中的名取千鶴，攝於當紅時期，紫紗巾正是她的標記。

啊！肇茂深深地吸了一口氣，然後吐出來。眼光落在「輪迴之愛」四個大字之後，便心搖搖如懸簇地讀完每個字。他望向另一張床，映瑤依舊保持同樣的睡姿。剎那之間，他以爲映瑤的臉對著自己，只是把頭髮從後撥向前，瓣瓣的髮緣正透著她哀怨而冷冽的目光。

怪不得她會說——綺慈露是爲了愛和青春，不和死亡妥協的女人。名取千鶴的千鶴，日文發音不就是綺慈露嗎？這篇輪迴之愛描寫作者自己曾受到某個台灣男子的欺騙，回國之後，終日以淚洗面，最後想不開而自殺，死後和魔鬼做一次靈魂的交易，讓她再次復活，專找薄倖的男人下手。故事中的最後一個男人就是他，冬夜的札幌市，雪中街頭的狂吻，還有那字字不差的對話。

更離譜的是，女主角復活之後，連續殺死了六個男人，而第七個男人，也就是指肇茂，和女主角做愛之際，因爲不知覺地喊著自己的妻子的名字。千鶴突然化成一縷紫色輕煙逸去，因爲她和魔鬼的交易失敗。在她臨去之前，她佈下咒語，如果他再敢對妻子不忠的話，縱然她無法再塑人形，也要化成厲鬼來找他……

「請接主編劉宜雯小姐。」

「稍候。」聽對方回應這麼一句時，肇茂才舒了口氣。這是他今晨的第五通電話，由於他不懂雜誌社的作業程序和工作時間，所以找來找去，都找不到主編小姐的芳蹤。

自從昨夜看了那篇〈輪迴之愛〉，肇茂就渾身不對勁，難道他眞的就是那個男人嗎？而在酒店邂逅的紫紗巾女郎眞的就是復活後，專找薄倖男子尋仇的名取千鶴嗎？肇茂來自虔誠的佛教家庭，甚至初一十五都要吃齋，對於這種輪迴的說法自然深信不疑。可是有些重點，他還是要進一步的追究。

當對方「喂」了一聲，肇茂慌忙地先做自我介紹。然後接著說：「我想向您請教，有關貴刊物的一篇日文翻譯小說——〈輪迴之愛〉。作者名取千鶴是不是眞的逝世於一九八八年，資料有沒有登錯？」

「如果您不介意等幾分鐘的話，我去確認一下後，再告訴您好嗎？」

「好，太麻煩您了。劉小姐。」肇茂枯乾地道謝。

時間從狹窄的沙漏中擠出來……肇茂手中的話筒已經潮溼了……好不容易才又響起了聲音，他緊張地聽完對方的話後，頹然地靠在大皮椅中，彷彿一頭被射傷的灰熊。

這是一家非常高級的西餐廳，從明亮的玻璃窗可以看到美麗的台北街景。然而這幾天的學生運動使宜雯的心情很低落，當她再度望向中正紀念堂的廣場，靜坐抗議的人潮如滿山滿谷，引頸怒放的野百合，益發引起她的罪惡感。這樣的午後，她應該加入那爲對抗汙染保護地球的巨浪，而不是無所事事地和一個貴婦人在這裡閒磕牙。雖然映瑤是她多年不見的朋友，可是……

正當宜雯準備告辭時，映瑤開口說話。「妳說妳在J雜誌工作，我看了本期的小說，名取千鶴的〈輪迴之愛〉眞是感人。不知道有沒有讀者反應？」

「我們雜誌是以政經文化爲主，所以這方面的讀者反應比較強烈。至於小說方面嘛……幾乎等於零。對了！大約在月初的時候，有個先生打電話來詢問有關作者的生平資料。」

映瑤現出了不知意味什麼的笑容，說：「那他有問譯者是誰嗎？」

「沒有。」宜雯再也忍不住了，說：「映瑤，謝謝妳請我喝咖啡，可是我的工作實再很忙，我必須再趕回去，否則會挨官腔的。」

「我眞羨慕妳。」她的笑容更深更濃，然而宜雯依然不瞭解她，爲什麼會突然變得如此快樂。

「那麼我留電話和地址給妳，我們再聯絡好嗎？」

「當然好，當然好。」映瑤取筆疾書，紅色的蔻丹映在白紙上，給人一種行兇後，留下血跡的錯覺。

宜雯禮貌性地接過來，匆匆瞥後，正想丟入皮包時，另一個念頭又浮起來。她仔細地再看一遍那行地址，並不是映瑤住的地方多奇怪，而是那行字跡……

三個月前，宜雯接到了一份投稿，是名取千鶴的〈輪迴之愛〉的譯稿。由於企劃小組正籌畫一個有關「鬼神」的特刊，所以就錄用了。但是，譯者並沒留下任何個人資料，只聲明稿費要捐給慈善機構。所以，宜雯對於那份譯稿的字跡，格外留意。

（映瑤曾經到日本讀書，所以日文的造詣必然不錯。難道那份譯稿是出自她的筆下？）宜雯是個推理小說迷，有了某種意念的困惑，非弄個明白否則無法安心。所以，她先打消去意，開始思考如何套取那一點又一點的線索……

「我記得妳是個推理小說迷，難道妳忘了我也是嗎？從妳的神情，我就知道妳又要啓動妳的思考機器了。不錯，那篇譯稿是我寄出去的，而打電話給妳的人便是我的丈夫。」

「本來我約妳喝咖啡的目的，是分享我『馴夫』之後的成果。可是，妳卻急欲離去，不屑與我這個有錢有閒的少奶奶爲伍。沒想到我提供第一個線索給妳時，妳立刻就有了聯想。妳眞是聰明，而且心細如髮。」

宜雯不在乎她的讚美，只希望快點知道事實的眞相。

「我嫁了個不忠的丈夫，忍了許多年，他依然如故，並且無視於我的苦楚和寂寞。我想再這樣下去，我一定會發瘋。爲了這個婚姻，我想我一定要採取行動……妳知道，我最喜歡看名取千鶴的鬼怪小說，而其中最令我難忘的是一九八八年所發表的遺作——〈輪迴之愛〉，所以我拜託我的日本友人假扮成名取千鶴，利用我先生到北海道做單身旅行時，跟蹤他並且引誘他，就像小說中的情節。」

「然後，我再將那篇小說譯成中文，藉機給他看。他們家信神信佛，自然也會相信他親身的遭遇。我先生爲了怕女鬼報復，不但不敢在亂來，對我竟然百依百順起來。如今我重新當起新嫁娘……」

宜雯愕然地看著映瑤，過了好一陣子才喃喃地說：「妳是我唯一見過，把推理小說活用在現實的生活，而且有著輝煌的成果。我眞……眞是服了妳。」

「不敢當。要不要再來一杯咖啡？」

宜雯再次望著窗外，細雨霏霏下的中正紀念堂顯得分外的憂傷……她搖搖頭，拿起皮包往外衝，想要儘快地去領略雨水浸濕頭髮的感覺。

Special Case
費雪偵探社：凹陷的露珠

今天早晨，費雪先生交代我一件案子——里森太太的兒子汀姆被發現棄屍在山中的小木屋，雖然警方展開調查，可是加緊腳步是苦主的願望。

大牛與我同行，他和我都是費雪偵探社的幹員，除了我們，還有老闆費雪先生、祕書兼檔案管理員威爾森太太和另一名幹員阿孟。我是台灣人，資歷最淺；費雪先生是混有荷蘭血統的法國人，不過已經入美國籍；大牛則為來自墨西哥的黑人；威爾森太太的祖先是乘五月花號來尋找新天地的英國人，幾代下來都沒有「異族通婚」，所以在我們這個小型聯合國之中，她算是血統純正的美國人。至於阿孟，我們不熟。

費雪先生放下咖啡杯，坐直身子，指著螢幕對我和大牛說：「從里森太太的手中，轉來一些汀姆的電腦資料，我發現眞是電腦天才的傑作。」

電腦天才？我想是指汀姆里森吧！只見眼前一大串英文字母，但是沒有一個單字是我認識的。

我知道費雪先生在考我了。

「是不是像個跳舞的小人？」費雪先生彷彿讀出我的迷惘，再度提示道：「福爾摩斯探案的作者——柯南・道爾在一九〇三年，因為看到某個小朋友用跳躍的傀儡寫名字，得到靈感而寫下

〈跳舞的人〉一文。」

那一是篇以換字暗號爲主題的推理小說，我在高中就看過，據說是柯南・道爾最滿意的三篇佳作之一。當然這些回憶是浮光掠影，重要的是費雪先生的想法。如果對寫過一百六十種解讀暗號之論文的福爾摩斯而言，坐在電腦面前，將有什麼推理的措施呢？這個念頭令我想起以前學過的電腦語言。

費雪先生聽過我殘缺不全的答案後，居然滿意地點點頭，說：「我猜想汀姆可能利用運用某種不爲人所知的方式寫作，例如A代替S，用B代替E，所以呈現出來的ABB，實際上應該是SEE。我花了整個下午才讀出所有的資料。我想兇手的輪廓已慢慢顯影出來，一定是死者的認識和親近的人。只是太多引人奇怪的線索，可能還要多費些時間，才不會亂下定論。」

對我們做這一行的，要坐在咖啡廳的一個角落或自家安樂椅上天馬行空的推理，然後在靈感一瞬間破案，贏得神探美名是絕對、絕對不可能。重返犯罪現場和相關人訪談才是我們實際上應有的標準作業程序。

大牛負責開車，我則一次又一次地看資料——汀姆里森，十八歲，葛靈頓高中的學生，品學兼優，風評甚佳。父母離異，童年性格有輕微自閉，但是到了中學時代，迷上電腦之後，整個人都變了。

事情的經過——汀姆里森在上個周末約同班女同學寶琳到山中小木屋看他新設計的電腦程式。沒想到程式出了些差錯，汀姆感覺有些懊惱，寶琳就建議他再修改，自己則到小木屋附近走走。沒想到才離開半小時，忽然聽到警車的聲音。她立刻回頭，只見汀姆被人用擔架抬出來。據法醫報告：死者全身布滿三十七處輕重割傷，大量出血，送醫不治身亡。

費雪先生接受里森太太的委託時，就對這宗命案做了些分析——兇手爲何要用這種殘忍的手法傷害一個單純的高中生呢？他有充分的時間致對方於死地，然而卻……是不是懷有強烈的憤恨，要目睹他人作垂死的掙扎，以達到心理的快感？另外，兇手還讓死者在臨死前報案，又有何種意念呢？想和象徵正義的警方挑戰，還是潛意識中希望被捕而成爲大眾矚目的焦點？

理論歸理論，總是要採取必要的動作吧！

費雪先生經由特殊管道得知，命案發生的時候，有人看見太德在附近出沒。太德應該算是汀姆的表哥，因爲兩人的母親是遠房親戚。里森太太離婚後，爲了經濟關係，曾經在某文化中心工作，就將汀姆交給薩富太太照顧，也就是太德的母親。值得一提的是，太德是個低能兒，二十多歲了，智能卻如兒童，並且有一些些精神異常。

太德最後因爲證據不足而被釋放了。

里森太太感到很氣憤，當我和大牛與她見面時，她破口大罵警察的無能。本來想和她多溝通的我們竟然被她反過來指揮——要求我們和她去見太德。

寶琳赫然也在場——一個不起眼的雀斑小姑娘。依據她的解釋，她是過來安慰同學的母親。我只看了她一眼，沒有和她深談的必要。大牛則和她攀談起來，不過似乎和案情有關。

於是，我利用機會問大牛，他們談了些甚麼。

「她說她也知道自己在學校的人際關係並不好，所以或許有人會說她的壞話。但是，她並不在乎，反正眞金不怕火煉。講了一大堆鬼話之後，她認爲寇德先生有嫌疑。」

「誰是寇德先生？」

「學校的電腦老師。汀姆曾經寫了一則電腦病毒的方程式，把學校的電腦搞得七葷八素。最過分的是，畫面出現的是寇德先生的綽號。」

「她是關係人，難道沒有把這個想法告訴警察嗎？」

「沒有。我也和你問了一樣的問題。」

「爲什麼？」

「她說就像有人懷疑太德一樣，她只是懷疑而已。她同樣沒有親眼看到寇德先生是否殺害汀姆。所以，爲了減少寇德先生的困擾，她不想多嘴，至於爲什麼告訴我，因爲我們和警方的立場不同。」

「我想你就跟費雪先生報告吧！不論如何，畢竟也算是一條線索。」

在滿街都是灰泥砌成的平房中，薩富太太的房子四周種植著柏樹，彷彿是座大型的墳墓。里森太太、大牛和我走向門前，寶琳則留在車內。

薩富太太是個動作敏捷的灰髮婦人，穿著講究的絲質服飾，好像正要去赴宴似的。隱藏在皺紋堆中的眼神因焦慮而顯得陰暗冷硬。她說：「我簡直無法相信是什麼風把妳吹來的，里森太太。」

我聽出她的聲音急促，表示她眞的渴望知道我們來訪的目的。

「我也眞的、眞的很高興看見妳，我們可以進去嗎？」

「當然、當然。」

大門一敞開，我們就進入看起來很寒酸的前廳。當里森太太介紹我們時，薩富太太恐懼的眼神不敢直視我們，只顧和里森太太談話，彷彿我們不存在似的。

「要不要來點什麼？里森太太。喝杯茶好嗎？」

「不，謝謝，太德人在哪裡？」

「我想他在他自己的房裡，那個可憐的孩子似乎身體不太舒服。」

「他已經不在是孩子了。」里森太太說。

「但是他的情緒還是孩子氣，醫生說他的感情不成熟。」做母親的糾正著說，並瞟了我和大牛一眼，好像我們會把這話記下來。

「叫他出來。」里森太太說。

「但是他正陷入極端的狂亂中，不能見人。」

「爲什麼？」

「他剛從警察局出來。」她識探性地望著我們，說：「你們是警察局來的嗎？」

「差不多。」我說：「我們是私家偵探，希望能多了解一下案情，或許太德能夠助我們一臂之力。」

「我明白了，」她嬌小的身軀似乎愈縮愈小，同時顯得更密集和沉重。

「妳明白甚麼？我想知道。」里森太太的語氣充滿不悅。

「我不知道太德到底惹了什麼麻煩，不過，我敢保證，此事與他無關。」

「他惹了什麼麻煩呢？」大牛問。

「我可不曉得，不過我知道你心裡有數，否則你來幹什麼？」她怒目瞪視大牛。

「那妳又如何能斷定他惹了麻煩？」我問。

「我照顧了他二十五年。」她的表情反應心中所想，猶如她正記錄著二十五年來，她兒子所犯的每一件錯事。

里森太太站起來，說：「我們這樣簡直是在浪費時間，妳如果不讓他出來，那麼我們只好自己進去和他談，我要知道汀姆眞正的死因。」

「關於汀姆的死，我感到十二萬分的難過。但是，太德已經被警方釋放，這就表示他和這件事無關，你們又何必這麼苦苦相逼呢？」

里森太太怒聲叱道：「閉嘴！」

薩富太太慌亂地將手指伸入嘴裡，一枚結婚戒指深深地陷在她的指肉中，好像一道疤痕。

大牛接腔說著：「太德被釋放，只是證據不足，並不表示他就能脫離和命案的關係。而且，警方隨時都有可能把太德帶走的。」

薩富太太泫然欲泣，令人聯想到誇張的舞台劇。

我說：「我們希望妳的兒子能幫幫忙。」

「我明白了！」她的面龐奇異地明亮起來，恰似停電前的電燈泡。

「妳明白了！請妳不要再演戲了，這樣對大家都不好，尤其是太德。」

「爲什麼不讓我來問問他？他對我不存在恐懼感，也許我可以挖出更多的內情。」

里森太太搖搖頭，舉步走向一扇敞開的門，是通往屋後的房間。薩富太太手舞足蹈地從椅子上跳起來，阻止她走過去，放連珠炮似的說：「請不要進入他的房間，裡面太亂了，而且太德他已經失去自制能力，情況很糟。」

里森太太沙啞地說：「請老天垂憐，我們大家也都一樣。」

薩富太太的手剛抓住里森太太的肩膀時，後者的身體突然失去重心，輕輕地晃了兩、三下。我和大牛趕緊跑過去幫忙，只見她的嘴吧半張地往一邊拉起，似乎要告訴別人，她要講個神祕的笑話。

薩富太太如水銀般千變萬化，很快地扶起里森太太的手臂，協助我們讓她躺在一張破舊的長搖椅中。

「妳覺得暈眩，是嗎？」她說：「可憐的里森太太。換成是我，情況可能會更糟。我倒杯水給妳，或是妳要杯茶？」

她講得彷彿眞情流露，句句出自肺腑。可是我卻懷疑她在玩緩兵之計，如果照這種情況看來，可能會拖上一個禮拜。無計可施之下，只能向費雪先生求救。

聽完我的無奈之後，費雪先生說：「不管了，你就見機行事吧！還有我發現汀姆用了很多暗語在他的電腦上寫東西，我發現有一篇文章似乎和汀姆的死亡有關。經過我的統計和分析，裡面不斷重複DeW這個字，可能是一個女孩子的暱稱或甚麼的。你可以在問話中，不露痕跡的旁敲側擊，看能不能幫我查出甚麼蛛絲馬跡。」

既然有費雪先生的指示，我不顧一切，獨自穿過門戶，進入廚房，並大聲呼喊她兒子的名字。有人從廚房的另一扇門口應答，那聲音似乎被厚布悶著。我走過去，敲了敲門，並探頭往裡面看。房裡百味雜陳。

首先我看到的是陽光從垂掛下來的百葉窗簾穿射進來。那一道道照進屋裡的陽光，就像魔術師手中的利劍，一次又一次地刺進木箱中，向觀眾證明他的助手眞的消失了。而那個名叫太德的年輕人彷彿布望自己也能消失似地，手腳縮成一團地擠在鐵床的角落。

「對不起，打攪你了。太德！」

「沒關係！」他的聲音顯得孤獨無依。

我面向著他，在床角邊坐下來。說：「你有沒有到過里森太太的山中小木屋？」

「到哪裡？」他問，眼睛充滿迷惑，彷彿我在說中文。

「就是到山中小木屋。你有沒有看到汀姆和寶琳？」

他考慮了一下，然後說：「沒有！」

「可是有人看見你去過那裡。」

「不知道。」他迴避我的目光，他眞是不擅長說謊。

大牛像影子般出現在門口，他那張黑臉寫滿疑問和期盼。

「太德，你既然沒有殺害汀姆，爲什麼不說出來呢？」

「我怕有人會打我，還有……」

我和大牛互望一眼，開始對這個孩子般的大人產生同情，輕聲地問了個題外話：「是你的母親打你嗎？」

「沒有，先生。她從來沒有。」但是他的眼光又避開了，偷偷看著陽光的利劍從百葉窗的空隙刺進來，彷彿在理性的宇宙間探索，要把他找出來似的。

「把告訴警察的事情再說一遍給我們聽，好嗎？」

他沉默了好一段時間，整個屋子裡只有他那雙眼睛還活著。他的母親出現在大牛的背後。

「你們沒有權力留在這裡，」她尖銳地說：「你們侵犯了他的人權，也不能引用他講的話來對付他，正何況他的精神狀況，我有醫生的診斷書可以證明。」

「薩富太太，妳似乎已經認定他犯罪了。」

「你的意思——他是清白的？」

「到目前爲止我還不能確定。請妳走開，讓我好好地跟他談一談，他是個十分重要的證人。」

她悲哀而懷疑地凝視著太德，而太德也以同樣的表情回望著他的母親。但她終究還是讓步了，恨恨地退回廚房去了。我聽到水龍頭的水注入鍋中，然後是瓦斯爐的開啓聲。

「你爲什麼要去山中小木屋呢？」

「那是我的工作，每個月去打掃兩次，里森太太付我錢。」

「你去的時候，知道汀姆在哪裡嗎？」

「不知道。知道的話，我就不去了。」

「爲什麼？」

他的臉忽然脹紅起來，我又問了一遍。他將頭垂得更低，沉默不語。

我跳過這個問題，但心中牢記。不禁懷疑在太德內心深處，是否存在某種黑色的結。

「我打掃到一半，看見汀姆和一個女孩子走進來。他們沒有看見我，於是我就從後門溜走。警察問了我離開的時間及途中遇到什麼人，然後就放我回家。」

以我的專業知識判斷，那些就是太德的不在場證明。既然他無罪……可是不知他是否知道了些什麼？想到那兩個強勢的女人、我和大牛、甚至所有想要利用太德的大人們，心中便湧起某種罪惡感。但是爲了瞭解兇案的眞相，也管不了那麼許多。

「不論你去山中小木屋或是離開，有沒有看到……」太德絕對無法瞭解「形跡可疑」的意思，所以我決定叉狀分析來問。於是我對他說：「有沒有看到陌生人？」

「我看到很多陌生人。」

「有沒有你認爲比較奇怪的？」

「我沒想到這點，我的腦筋裡塞滿了太多的東西。」

「把他們說出來吧！太德。你的表弟被人殺死，你有責任把兇手指認出來。」

「我沒有殺死他。」

「我相信，但是並非每個人都會如此。」

他抬起頭，看著大牛。我感覺薩富太太在廚房裡東摸摸，西摸摸。我注意到太德望著大牛時，也聆聽著她母親所製造出來的聲響，彷彿那些聲響會指示他如何言語和思想。

「忘掉你的母親吧！這是你我之間的事。」

「把門關上吧！我不要讓她聽見，還有他。」

大牛一聽，立刻離開，並順手將門關上。我告訴太德再也沒有人會偷聽我們說話。

他還是有些不放心的看了幾分鐘。

「你爲什麼看見汀姆就要躲開？」

他滿臉羞慚地說：「千萬不要告訴她。」

我看見他用手指了指廚房，問道：「不要告訴她什麼？」

「我摸過汀姆的小雞雞。」

也許是在回憶甚麼，或是幻想甚麼！他的嘴角現出一絲笑意，恐懼不見了，可是憂傷依然殘留在他的眼底。

他接著說：「我的意思是汀姆還住在我們家的時候，我要他讓我玩他的雞雞，也要他玩我的。那是很久以前的事，我不知道汀姆是否還記得，所以除非不得已，我不願和他面對面，尤其是單獨的時候。」

「你告訴警察了嗎？」

「沒有。」恐懼又出現了，就像退潮的海水所露出的岩石，他說：「他們沒有問我。我母親阻止我和女孩子交往，她說如果我和女孩子做愛，她要把我的小雞雞咬斷。」

「咬斷？」

「所以我和汀姆玩小雞雞，應該是可以的。對不對？」

太德把自己逼到這樣的底線，我實在是無法再追問任何一個問題。

我壓抑不斷湧出來的罪惡感，顫抖地問：「太德，你知道甚麼是DeW嗎？」

「露珠？」

「我不知道是不是露珠，中間的字母是小寫的 e，你知道是甚麼意思嗎？」

「我不知道，是不是凹陷的露珠？」

「露珠不會凹陷，可能是一個女孩子的名字。」

我發現當我提到女孩子三個字，太德的神情大變，像被逮的現行犯，全身萎縮起來，無聲地哭泣起來。壓死駱駝的最後一根稻草嗎？我趕緊使出渾身解數地安撫。我終於讓他安靜下來，也讓自己冷靜下來。

離開太德的房間，我走進廚房，薩富太太正站在瓦斯爐旁，把滾熱的開水倒入棕色的茶壺裡。水蒸氣模糊了她的眼睛，她好像沒有心理戒備似地轉向我，看起來彷彿是個被嚇著了的瞎眼婦人。

「太德說了些什麼？」

「沒什麼。」

我回到客聽，向大牛報告。里森太太躺在搖椅裡，左右擺動著，她的面色紅潤、雙眸半掩。

「她怎麼了？」我問大牛。

「天曉得！」

里森太太長嘆一聲，掙扎著要起來，卻又倒下去，搖椅因她的體重而軋軋作聲。

薩富太太從廚房走出來，小心翼翼地捧著茶盤。盤中有棕色的茶壺、分別裝著牛奶和白糖的容器，以及一組像是用了很久的瓷杯和碟子。她將茶盤置於搖椅旁的桌上，然後提起茶壺倒茶，我看見杯中黑色的茶正慢慢漲高。

她半強迫半鼓舞地對里森太太說：「不論妳感到多糟，喝杯茶總對妳有益。茶會使妳頭腦清新、精神百倍，我知道妳一定會喜歡，加點牛奶和糖，好嗎？」

里森太太沉重地說：「妳太客氣了。」

她接過茶杯時，突然手一鬆，茶杯落下來，將牛奶和白糖潑撒在茶盤中。薩富太太跪下來撿起碎片，像在撿聖物般，然後再回到廚房，拿出一條毛巾，將淺在地毯上的茶漬擦乾淨。

大牛將里森太太的肩膀扶正，唯恐她從搖椅中跌下來。

「誰是她的私人醫生？」我問薩富太太。

「甘肯醫師。你要他的電話號碼嗎？」

「妳可以直接和他聯絡。」

「我如何說明這件事呢？」

「我也不知道，也許是心臟衰弱吧，妳最好順便再叫輛救護車。」

薩富太太無動於衷地站了一會兒，恰似所有反應都用盡了，然後走入廚房。我聽到她在撥電話。

「我覺得太德還沒有脫離他母親的陰影，有些話還是有所保留。如果能直接對那個老巫婆下手，說不定效果更大。」這是我和大牛的共同想法，逼問太德無濟於事，情況可能更糟。但是里森太太更需要照顧。

我走到屋外，顯然是耐不住久等的寶琳正在殘破的人行道上來回地踱著。她那短裙和潔白的長腿給人一種滑稽的模樣，彷彿在煙茫茫的窄街上徘徊的憂鬱小丑。她的左手圈著一條細細的鏈子，寶琳注意到我的凝視，有點得意，炫耀地做了個類似國劇中的雲手，說明那是她們學校社團裡的幸運手鍊。

她感覺出我對她的忽視，很不高興地抱怨：「你們在裡頭搞什麼鬼？」

「調查汀姆的命案。」

「別和我裝迷糊，把我從家裡拉出來，然後什麼都不告訴我。里森太太呢？」

「她現在病了，我們爲她叫了救護車。」當我說話時，可聽到從遠處傳來救護車的聲音，像是喚醒記憶的尖叫。

當救護車出現在我們門前時，寶琳問：「我能夠做些什麼呢？」

「陪她到醫院去，這不是你來的責任嗎？」

我不在乎的看著她狠狠瞪我的眼神。然後轉眼看著救護車轉了個彎，停在路邊，那野獸似的聲音已逐漸轉成咆哮。

司機大聲問道：「這裡是薩富公館嗎？」

在我回答「是」後，他和他的助手拿著擔架跑入屋內。不久便抬著里森太太出來。當他們將她放入救護車後方時，她想盡辦法讓自己坐起來，問：「誰叫你們來的？」

「沒有哇，親愛的。」司機答道。「待會我們給妳罩上氧氣，包準妳神清氣爽。」

我們目送救護車離去之後，大牛嘆口氣，說：「在第一回合裡，我們並沒有蒐集到所有眞相。」

「耐心一點吧！」我拍拍大牛的肩膀，同時回頭望去，只見一片綠蔭下，薩富太太站在門框前，彷彿守在神龕畔的獻身處女。

第二天，費雪先生替我安排和汀姆的哥兒們喬奈和默克見面。

出門之前，我們開了一個簡短的會議。

費雪先生說：「我覺得DeW這個字，可能就是Key Word。我直覺認為應該是某個女孩子的暱稱，但是又沒甚麼把握。我不了解現在年輕人的語彙，你去和那兩個高中生聊一聊，說不定有些收穫。對了，順便打聽打聽汀姆生前的交友關係。」

好久沒有在校園散步了，聽到青春的笑聲，不由得想起在台灣的學生時代。沙漠、紅樓和黑衣軍悠悠地從腦際滑過……

「黃先生嗎？」

「是的！」我回頭凝視兩個大男孩，開口問話的是喬奈——一個小胖子，穿著黃褐色夾克，戴著棒球帽，臉上多出來的肉彷彿牧羊犬。他耍帥似地伸出手和我握了一握，左手撐在右肘之下，像是在抽幫浦。相較之下，默克就遜色多了，彷彿是他背後的影子。

「我知道汀姆早晚會出事的！」

「為什麼？」

「因為他花太多時間在電腦上面。」

「這有什麼不對嗎？」

「他替陌生人寫程式，抽取暴利。」

「你們知道是哪些人嗎？」

「剛開始他還會說，後來就不說了。我記得曾經替道林先生，還有……」我知道這些人都已經被警察調查過了，仍然把喬奈所說的名字詳細地寫在記事本上。這是我的職業道德，尊重每一位提供我線索的人。

「你們認爲汀姆很喜歡寶琳嗎？」

「他們最近才好起來的。我認爲是寶琳引誘汀姆的。」默克好不容易冒出這句話，顯得憤憤不平。

「你爲什麼有這種想法呢？」

喬奈搶著說：「因爲寶琳控制不了她家的電腦，所以才會纏上汀姆。」

我忽然有個想法：汀姆怎麼會在山中小屋裝置電腦呢？

喬奈說：「那是汀姆不要的舊電腦，加上介面卡，就變成電動遊樂器，我們常常去那裡玩。」

「你的意思是汀姆在家裡所裝置的電腦是新的？」

「豈只是新，比我們學校的帥上好幾十倍。據汀姆說，他的電腦可以和畢丹斯工業區的電腦中心連線，只要他輸入幾個程式，那麼三分之一的工廠可能會因電腦當機而停止生產。不過，我想他是在吹牛！」

「誰是你們的電腦老師？」我想起寶琳曾經跟大牛暗示的寇德先生。

「汀姆不上學校的電腦課。而且我們都知道，寇德先生跟這案件不是沒有關係嗎？偵探先生。」默克讀出我的心事，提出說明。

我先和他們聊了些題外話，然後在適當的時間切入主題說：「你們認識一個外號叫DeW的女孩，或是男孩嗎？」

我想起太德曾經告訴我，他和汀姆之間的小祕密，不由得自作主張加入「男孩」。

「露珠？」喬奈和默克互視一眼，表示不認識。

「我想她鐵定是你們的同學，她不斷出現在汀姆的日記裡面。如果你們可以提供資料的話，對於破案是有很大的幫助。」

我依據費雪先生給我的資料，詳細地描述DeW的Profile。看到兩個青春期的男生流露出小公雞般興奮的表情，心中有了底細，說：「你們知道她是誰吧！」

「它不是女孩或男孩，它是女孩和男孩之間的動作。」喬奈曖昧地看了默克一眼，默克羞澀地笑了，舌頭微微地舔了一下嘴唇。

「動作？什麼意思。」我不解地看著喬奈。

喬奈也笑了，有點不懷好意地說：「汀姆新創的電腦語言，在我們學校很流行。就像老派的ASAP，還有最近流行的XD、OMG等等等。我本來也不知道，是默克跟我說的。是不是？默克。」

我是男人，DeW三個字在心中很快有了畫面，說：「那……他們是誰呢？你們知道女孩和男孩的名字嗎？」

喬奈正要說時，但是接觸到默克的眼神，表情轉爲肅然地反問：「你問這個幹什麼？和汀姆的死亡有關嗎？」

「我不知道，應該沒有吧！」我雙手一攤，說：「謝謝妳們提供這麼多寶貴的資料。」

喬奈追問：「到底怎麼了？」

「沒什麼啦！隨便問問而已。」

DeW是代號或暱稱，還是男女之間的性事，我無法判斷。於是我敷衍了幾句，迅速離開了他們，也離開葛靈頓中學的校園。由於和原先計劃的時間有所差距，所以我還是選擇在學校附近散步，同時清理一下思緒。

石膽青的天空在雲紋的刻劃下，彷彿一大片鏤花玻璃，襯頂著不知名的藍色世界。我踩著落葉大道，經過一處雜樹林時，幾隻松鼠立刻逃開，然後在不遠處瞪著我，那模樣眞是可愛極了。我決定暫時把那個年輕人的死丟到腦後，好好享受這個清新悠閒的午後。

有人喚住了我。回頭一看，原來是寶琳。

寶琳給我的第一印象是個焦躁不安的大女孩，可是現在映入我眼廉的她卻是個典雅的小女人，或許是服裝和髮型的改變。初見面是個穿牛仔褲的馬尾姑娘，目前站在我面前，一身整齊的校服、垂眉歛目。雖然眼神依然存在著某些旁人無法理解的東西。

在稀薄的樹蔭下，她的披肩長髮呈現深茶色，隨著風勢和我們漸漸拉近的距離，同時我也嗅到了洗髮精的味道，那種牌子是我所熟悉的，也就是我前妻經常使用的。

「喬奈和默克告訴我你在這裡。剛好是課外活動，於是我過來，這些都經過老師批准的。」她以極快的講話速度解釋，彷彿她不該來，尤其是見我這個人。

「是的，我正準備要離開。」我想起了費雪先生曾經教我的在職訓練之一——察言觀色的談話技巧，針對夢幻期的少女，就欲言又止地說：「可是……」

「可是？可是什麼？」典雅的小女人又恢復成焦躁不安的大女孩。

「說來妳不相信，因爲那是我的感覺。我……我似乎感覺到汀姆想要對我說什麼……那種感覺，沒有人能瞭解，我的意思是……並非汀姆會出現，而是……就像《第六感生死戀》片中的劇情般，女主角拉著陶胚，然後……然後就是一遍又一遍的〈鎖不住的旋律〉。」

〈鎖不住的旋律〉是首老歌，但是被放入《第六感生死戀》中當主題曲時，再度被炒紅。我刻意將它換成形容詞，這種談話技巧果然吸引住寶琳。

「我懂你的意思，因爲我也常有那種經驗，有時候會引起很多苦惱。不過，開於汀姆，除了罪惡感之外，卻一無所知。」

「很多事情是需要時間的。」我儘量把「禪味」加入話中。

「如果我不離開，汀姆或許還會活著。」

「妳爲什麼不慶幸自己逃過一劫呢？」

「可是……」

「把自責和內疚化成尋找眞兇的力量，不是更富有正面意義嗎？」我發現她有些動容，就說：「妳認爲是太德殺死汀姆的嗎？」

她皺了皺眉，說：「我已在警察面前說了好幾百遍，我並沒有看到『誰』殺死汀姆。」

「總該有些概念吧！」

寶琳狠狠地瞪著我，然後以一種很不客氣的口吻說：「我有事找你，可不是來接受拷問的。」

我有些狼狽，但表面裝著沒什麼。

「對不起，黃先生。」她點一下頭，輕輕地咬著下唇，說：「我認爲是薩富太太。」

看來，我似乎小看了這個小姑娘。我忽然想問她，是否知道有關DeW的涵意，但還是把它吞下去。我的直覺告訴我，她不會知道。縱然知道，她也不會說。因爲她已經告訴我，她的想像，就像她跟大牛說，寇德先生是嫌疑犯班的沒有意義。當她轉身離去時，我沒有攔住她，夕陽在樹梢間放出豔麗的色彩。

我回到費雪偵探社。

威爾森太太已經回家，但是辦公室依然燈火通明。費雪先生手執咖啡杯，動也不動地坐在電腦前。毛髮稀少的頭顱閃閃發光，彷彿一只擦得晶亮的地球儀。我敲了敲門。他迅速地看向我，然後露出笑容——只要看到那個笑容，縱然是在極帶的夜晚，也會感到溫暖。

我將今天的事情做了口頭報告，並把依據費雪先生給我有關的DeW的Profile，增加了不少資料，包括聽來的、還有我個人的想法。費雪先生看了一眼，眉頭忽然皺起來。

「有問題嗎？費雪先生。」

「沒什麼。威爾森太太明天可有得忙了。但願她不會要求我給她加薪。」

他笑著把資料輸入另一台小電腦後，說：「如果還沒吃晚飯的話，我們一塊去唐人街吧！」

我點點頭，看著他關燈關門。然後一起走出偵探社。

如意酒樓的老闆是個大胖子，笑起來滿口金牙，一看就是個「招財進寶」的活招牌。他原本是個手藝極佳的廚師，生意做大之後，除非特殊情況，否則不肯輕意易獻藝。而費雪先生因為曾替他擺平過一些私人恩怨，所以才有口福享受如意酒樓的私房菜——雞粒爬豆腐腦。

費雪先生在飯桌上不談公事，直到飯後。服務生端來一壺好茶，才說出當他一開始接受里森太太的委託，就從汀姆的電腦資料中，發現原來汀姆是用電腦密碼來寫日記。

「至於寫些什麼，你也知道不少。」費雪先生小心翼翼地喝了口熱茶後，說：「我想，你可能還要再跑一趟，到山中小木屋去看看。汀姆是個聰明小子，說不定會留下什麼線索，尤其是電腦，如果有什麼資料都把它們帶回來。對了，如果有時間的話，再去和太德談談。注意一下他的母親，大牛說她比魔女還厲害。」

叮噹……叮噹……叮噹……

我從被單中伸出手將那座忠實的鬧鐘按了下去，然後再給自己五分鐘。五分鐘迅速地過去，我只好從夢幻天堂走向殘酷的人間。

從冰箱掏出一盒鮮奶，再胡亂弄了個中西合璧的三明治，就這樣拉開某個秋晨的序幕。

出門之前，我先打個電話和費雪先生談談今天的行程和計劃，他告訴我警方沒什麼進展，同時建議我先去找太德談談，安慰他並保證他會永遠的安全，因為兇手已呼之欲出。同時，務必要在中午十點以前到達山中小屋。

「當你進入屋內……喔！里森太太告訴我，鑰匙就放在木楷下的小凹槽。所以你可以自行進入。」

費雪先生的聲音突然轉爲嚴肅，彷彿一個不放心小孩獨自出遠門的長輩。他又說：「此番的目的，除了盡你所長去觀察殺人現場外，主要是將汀姆的電腦和相關資料搬回來。如果兇手出現的話，但願是我多慮，不過，希望你能做好必要的準備。你沒有槍枝使用執照，所以或許會吃點虧，然而可以在心理戰上扭轉局勢。」

我帶著費雪先生的叮嚀，獨自來到薩富太太的「堡壘」。此行沒有大牛的作伴，費雪先生認爲我可以獨挑大樑。此時雖然風和日麗，可是我卻感到背脊處有陣陣涼意，彷彿要去魔界探險。

推門而入，我等待惡毒的尖叫和怒罵。

靜默中只有來自屋外的雜音。我走向太德的臥室……

如果我是海底潛水人，那麼那條殺人鯨已經悄悄靠近。不過，我決定「以不變應萬變」。就在薩富太太的凝視下，舉手敲打太德的房門。

「你好嗎？太德。」我說。

「我覺得好恐怖喔！」他將門縫開大一點。穿著皺成一團睡衣的他，看起來比病童還不堪。

薩富太太凌厲地對自己的兒子下指令：「回到你自己的房間，不準說話。」

他搖搖飛蓬般的亂髮，說：「我不要待在裡頭，好多可怕的畫面跑出來。」

「你看到什麼？太德。」

「我看到汀姆躺在墳墓裡。」

「是不是你埋葬了他？」我不明白自己爲何提出這可怕的問句。

他點頭，然後開始放聲大哭。像有人在操縱開關，一邊點頭，一邊讓眼淚噴出來。他的母親走向我們之間，將他推入自己的房間。他的身體彷彿是不定形，所以她只稍稍用力，就把他推歪。

她背著我把門合上，並且上了鎖。她轉過身，搖晃手中的鑰匙，就像是武器似地，面向著我說：「請馬上離開這裡，你把他逼瘋了。」

我錯愕地望著薩富太太，大聲地說：「妳絕不可能要他閉口不談。妳簡直是失去理智……」

她發出一種類似狂笑般的聲音，說：「我才沒有失去理智。他沒有理葬汀姆里森，我也沒有。你們這些人就只會把他搞得昏頭轉向，心驚肉跳。因爲他根本就弄不清楚他到底做了些什麼，或看到了什麼。我確信一個事實，那就是他沒有做錯任何事，我信任我的兒子。」

她講得如此肯定，以致我幾乎相信了她。我說：「我仍認爲，他知道的比告訴我們的還要多。」

「你的意思是他有所保留？他對他所知道的事，實際上根本就不瞭解。而且，我認爲你應該爲自己如此欺侮孤兒寡母而感到羞恥。如果醫生看到他這種情形，一定會下令將他送到精神醫院。」

「他以前曾被收押嗎？」

「差一點，在幾年前吧！但是，里森太太說送去療養院，她願意負擔醫藥費。」她嘆了一口氣，說：「嗯，現在你是不是可以離開廚房呢？我沒有請你進來，反而要請你出去。」

我向他道別後便離開了屋子。在街邊的碎石上，有個穿運動服的中年男子剛從一輛黃色跑車中爬出來。他手提診療包，向我走來。滿頭的灰髮和淺藍色的眼睛更顯出他的器宇不凡。

「我是甘肯，里森太太的私人醫師，也是費雪先生的朋友。你是黃敏家先生吧！」他一面說，一面伸出手來和我握一握。然後又告訴我，他是受費雪先生之託，趕著過來和我見面，同時要和薩富太太〈詳談〉。

我將剛才的經過說了一遍，他瞭解地笑著，話題自然地轉向里森太太身上。

「她是心神交瘁而引起輕微的心臟病。」

「可以和人交談嗎？」

「今天不行，或許明天可以。但是，我認爲最好不要談他的兒子及關於生命等類似的話題。」他做了個深呼吸，再意味深長地嘆了口氣，說：「我方才在陳屍間看到汀姆的屍體，我痛恨看見年輕人死亡。」

「你也是他的醫生嗎？」

「大半輩子都是──從他還是小孩子時開始。之後，我也常常和他碰面。他一有挫折，就跑來找我。」

「他有什麼樣的挫折呢？甘肯醫師。」

「學業上和家庭上的挫折。我實在不能和第三者談論那些事。」

「你不會再傷害到汀姆了，他已經死了。」

「我明白。」他似乎懷著椎心之痛地說：「但是，我所關切的問題是，到底是誰以那麼殘忍的手段殺了他。」

「你的另外一名病人，可憐的太德對我說了許多奇怪的話。」

我一面說，一面觀察他的反應。但是，他溫和的眼神依舊，高貴的舉止沒變，甚至臉上還掛著笑容。

「千萬別輕信他，太德對於某些事總是迷迷糊糊。」

「你怎麼知道他所說的不是事實呢？」

「因爲他是我將近二十年之久的病人。」

「他的精神有毛病嗎？」

「我不願把他歸爲精神病，他只是過度的敏感，容易爲某件事而自責。當他鬧情緒時，就失去了對事實的所有判斷能力。可憐的太德，在他的生命中，一直就是個受驚嚇的男孩。換句話說，他是個拒絕長大的男人。你應該了解，我們無法拒絕肉體的成熟，卻可以抑制心智的萌芽。例如，不看不聽，孤立自己。」

「他到底在害怕什麼？甘肯醫師。」

「他的母親，還有一些零零碎碎的事。」

「我還不是一樣，小時候非常害怕我那可怕的父親。」

「是的，大家都一樣。只是隨著成長，總有辦法把負面的能量轉化成正面的能量。」他以歡愉的口氣，說：「薩富太太是一個很有權威性的小女人。也許不得不如此吧！太德和她那過世的丈夫很相像，對於任何事，他們都窮於應付。我想，沒有薩富太太的話，薩富先生可能會淪落街頭。遺傳的緣故，太德和她的父親不但外表神似，連個性也一模一樣，甚至他的人生。關於這點，我瞭解的不多。」

我們雙雙望著那棟房子。薩富太太將窗簾放下來。我知道她躲在後面監視。

「我應該進去探視我的病人了。」甘肯大夫說：「也許，當你有空的時候，我應該好好地和你談一談。不管太德有罪無罪，誠如你所說的，他畢竟和汀姆的死有關，而且嫌疑最大。」

當甘肯醫師進入屋門之前，立刻受到薩富太太的擁抱。那般的熱情和渴望，使不知情的外人會認爲他們是一對久別重逢的夫妻。當薩富太太一面指著我，一面如大河決堤地數落時，我立刻掉頭就走。

從薩富太太的家到里森太太的山中小木屋要十到二十分鐘的車程，但是我只花了五分鐘。

小木屋的前方是棵大榆樹，密密的樹葉，就像單腳桌上垂蓋著一面綠布。我在濃蔭下開門入屋，首先入眼的是一幢玻璃櫥，裡頭擺滿了瓷器，大部分是維多利亞式的碗盤，當然也不乏「Made in Taiwan」的花瓶或茶壺。踩在直木板拼成的地板上，發出「吱吱」的響聲，我的神經不由得繃緊起來。

汀姆的臥室在右翼，從牆壁的材質判斷，可能是一、兩年前才加建。如同一般的高中生，四處貼滿了搖滾歌星的海報。不過最吸引我的是毛毯上斑斑點點的汙漬，不知是聖徒，還是猛獸的遺痕，在這個被想像成羅馬競技場的小空間。我走了進去，目的物是那台電腦。不過，我暫時不去動他，而先去找尋費雪先生所交待的隨身碟。但是，任憑我如何翻箱倒櫃，也是枉然。我想，可能全被警方搜去了吧！那麼……費雪先生的用意何在？

我離開了汀姆的臥室，在屋內繞了幾圈，包括看起來是里森太太的臥室，以及麻雀雖小、五臟俱全的餐廳兼廚房。然而毫無收穫，看來警察已經發揮了「考古專家」的特長，將這裡徹底地「清洗」了一遍。

再次回到汀姆的臥室，彷彿追尋靈感似地坐在電腦面前。啓動之後，立刻進入查詢系統，但是太多的密碼令我無法進入。試了幾次，不是盪機，就是畫面出現了嘲弄或責罵我的字眼。唉！我眞服了汀姆這小子。

我那淺薄的電腦知識根本不足以和汀姆抗衡，就在絕望之餘，隨興地進入我的文件。照樣地，我在檔案中尋找可助我一臂之力的檔名。然而，似乎依然不爲所動，在混亂之餘，我錯按了幾個鍵，畫面上忽然出現了幾個程序，同時……電腦竟然唱起歌來。由於我常喜歡在開車時聽廣播音樂，所以耳畔的旋律並不陌生。我放棄和汀姆決鬥，開始在「電腦唱歌」上玩耍，並且從檔名上發現了所有的歌曲，有我不曾聽過的，也有耳熟能詳的。

就在我陶醉在音樂之中時，忽然……一個聲音，一條人影，一種可怕的感覺。那種感覺就是當時我和太德說話時，有道陰影慢慢靠過來。我決定要在殺機的籠罩之下，繼續享受美妙的旋律。並且挑了一手很特別的曲子……

不知過了多久，電腦音樂告一段落時，我按下「暫停」，然後微微抖動我有點發麻的雙腳。

「不准動！」對方沉不住氣了。

「妳爲什麼要這樣，薩富太太？」剎那之間，我終於了解DeW的含意，原來是Devil Woman。如果要硬掰的話，DeW也可以反過來看，不正是Ted's Mother嗎?只是這一切都已經不重要，因爲眞相大白。不過，我現在要面對死亡，沒有恐懼，只是不願意目睹子彈穿入自己胸膛慘劇。

「我不喜歡當冤死鬼。」我望望她手中的小手槍，又問：「是妳殺死汀姆的嗎？」

她答非所問。「他知道太多事情。」

「他知道什麼？」

「要死的人沒有權利知道太多的祕密。」

費雪先生的話——如果兇手出現的話，希望以心理戰術扭轉局勢——悠悠地從我的腦海中滑過。以我的評估，費雪先生的先見之明，必然讓我處在安全地帶。不錯，我看見站在門口的守護天使。只是在這場對絕之中，我不能輸得太難看，因爲我要證明自己的實力。但是，我該怎麼做呢？

「妳爲麼要殺我呢？」

「因爲你也知道太多事情。」

「我沒有呀！」

「少狡辯了！」她似乎被我激怒，目露凶光地說：「甘肯醫師已告訴我你要來這裡找證據。」

「可是，既然我都知道了，證明很多人也都知道，難道妳每個人都要殺死嗎？你這樣沒完沒了。」

「我只殺你滅口！」

「滅口？」剎那間，我明白了我爲何被殺的理由。難道是太德和汀姆之間的撫摸，照未免也太小題大作了吧。如果只是爲了這個原因被殺，眞是會死不瞑目。

「殺了你之後，我也會殺了自己。」

「有妳同行，我寧願活著。」

「哼，死到臨頭，還在耍嘴皮。」

我看看站在門口的守護天使，說：「甘肯醫師不也知道同樣的祕密，你也會殺她嗎？」

「他和你不一樣，他幫助太德，而你是在毀滅太德。我無法容忍。」

「我們剛才談過，我跟他說過我要來這裡。或許他正在途中，他會阻止你做傻事的。」

「哈哈……他現在正在爲太德輔導，半個小時之內，我想他不會出來。」

「我想事情可不是如妳想像的一樣吧！」甘肯醫師的聲音傳過來。

「不……」薩富太太把身子微微側過去，防範醫師大夫。

「薩富太太，只要妳不再有暴行，我會對警方解釋妳的病情……」

「住嘴！我才沒有病。如果我有病的話，如何在喪夫之後，還把太德養育成人？」

「而且成爲妳的丈夫。」

「你……」薩富太太彷彿被人用鐵槌在後腦擊了一下，臉色從鐵青脹成腥紅，整個身子激烈地抖動，我眞怕她會猛烈向甘肯醫師開槍。就利用這個難得的機會，我將身子移到電腦前面，然後反手在鍵盤上摸索。

甘肯大夫冷靜的說：「雖然太德沒有告訴我，但是很早就有所懷疑。如果沒有發生這場悲劇，我也不會說出來。」

「該死的笨瓜，竟然恩將仇報地出賣他的母親。」

「他沒有出賣妳，反而是妳出賣他。」甘肯醫師的聲音依然平和。「費雪先生從汀姆的電腦日記中得知妳和太德之間的不正常感情。不過，或許那只是高中生的性遐思，不能一廂情願地認爲，所以請我加入辦案。沒想到……」

甘肯大夫語音未了，驟然被一陣警笛的聲音取代。

我立刻大叫道：「薩富太太快放下手槍投降吧！警察來了，妳再也沒有機會了。還有，你誤會了，太德沒有告訴我甚麼。那一天，他羞恥的跟我說的話，只是他和汀姆之間的遊戲。」

薩富太太的表情從迷惑轉成憤怒，再由憤怒轉爲悲哀，最後是一片絕望的神色。當我在她情感起伏不定時，發現槍口往下垂斜，正要一腳踢落時……槍聲響起，薩富太太軟軟地倒下來。

甘肯醫師立刻衝過去，我則把電腦關上，刺耳的警笛聲就如被利刃削去似的消失。不過，約十分鐘之後，眞正的警笛聲響起來。

晚飯時間——費雪先生、甘肯醫師及敝人我，坐在如意酒樓的包廂，而大胖子老闆正笑咪咪地說明那道聞名遐邇的「雞粒爬豆腐腦」——將豆腐腦置於平底盤蒸熟，然後將燴炒的雞胸肉和佐料鋪於上方即可。

「聽起來很容易，可是要吃起來有味道的話，那就需要工夫。」對什麼事都會啓開深思之門的費雪先生，說：「就像汀姆這個Case吧！如果沒有一些電腦知識的話，很多地方都會看來彷彿是缺了角似的！」

「嘿！也不要忘了心理學的功能。」甘肯醫師似乎因「紹興酒」的緣故，話也多起來。他說：「我時常對於遺傳和環境哪一方面對人格的影響較重而感到困擾。假如碘的供給不足，個體必然會感受到甲狀腺素缺乏的病症。但也不能一概而論，因爲有的人的甲狀腺比較健全。歸溯至太德的情形，輕度的智障，無法適應外在的環境，又加上那樣的母親，無疑是雪上加霜。」

「人們在許多情形上都是不同的，有的有較好的機會，是環境的因素。但是兩個完全有相同機會的人，成就卻不一樣，是因爲遺傳上有差異吧！」費雪先生話鋒一轉，說：「汀姆知道薩富太太的祕密，設法阻止，卻惹來殺身之禍。」

「那就是年輕的本質，忍受不了醜陋和罪惡。他說服太德要脫離薩富太太的淫威，可惜太德太懦弱了，反而把原委告訴他的母親。才會有這種下場。」

「薩富太太的基因太壞了！」方才討論過環境和遺傳，所以費雪先生順理成章地運用那個專有名詞。他接著又說：「爲了讓自己脫嫌，她在犯案之後，還叫太德去現場，眞是爲了自身利益，連親情都可以毀滅。」

「不過，我另有看法。」甘肯醫師繼續說：「薩富太太有自我毀滅的傾向，這也是爲什麼她不一下子殺死汀姆，甚至讓垂死之人去報案。那是潛意識希望被逮捕而達到自我心理補償作用。」

我也有這種看法——本來想脫口而出的話，因爲自己的學養和經歷太淺而吞嚥下去。不過，這一閃而過的得意沒有被費雪先生忽略。他讚揚我的機智，利用電腦假造警笛的聲效，迫使薩富太太的心理受到壓迫，而避免我和甘肯大夫受到傷害。

他們兩人的話題又跳開，我則默默地爲失去母親的太德禱告，但願他的人生能多一點晴天，少一些狂風暴雨。

要推理28　PG1446

要有光
FIAT LUX

午後的克布藍士街

──葉威廉探案系列

作　　者　葉　桑
責任編輯　辛秉學
圖文排版　周妤靜
封面設計　蔡瑋筠

出版策劃　要有光
製作發行　秀威資訊科技股份有限公司
114 台北市內湖區瑞光路76巷65號1樓
電話：+886-2-2796-3638　傳真：+886-2-2796-1377
服務信箱：service@showwe.com.tw
http://www.showwe.com.tw
郵政劃撥　19563868　戶名：秀威資訊科技股份有限公司
展售門市　國家書店【松江門市】
104 台北市中山區松江路209號1樓
電話：+886-2-2518-0207　傳真：+886-2-2518-0778
網路訂購　秀威網路書店：http://www.bodbooks.com.tw
國家網路書店：http://www.govbooks.com.tw
法律顧問　毛國樑　律師
總 經 銷　易可數位行銷股份有限公司
地址：231新北市新店區寶橋路235巷6弄3號5樓
電話：+886-2-8911-0825　傳真：+886-2-8911-0801
e-mail：book-info@ecorebooks.com
易可部落格：http://ecorebooks.pixnet.net/blog

出版日期　2016年12月　BOD一版
定　　價　280元

Printed in Taiwan

國家圖書館出版品預行編目

午後的克布藍士街：葉威廉探案系列 / 葉桑著. --
一版. -- 臺北市 : 要有光, 2016.12
面； 公分
BOD版
ISBN 978-986-93567-2-5(平裝)

857.81 105017016

讀者回函卡

感謝您購買本書，為提升服務品質，請填妥以下資料，將讀者回函卡直接寄回或傳真本公司，收到您的寶貴意見後，我們會收藏記錄及檢討，謝謝！
如您需要了解本公司最新出版書目、購書優惠或企劃活動，歡迎您上網查詢或下載相關資料：http:// www.showwe.com.tw

您購買的書名：________________________________
出生日期：________年________月________日
學歷：□高中(含)以下　□大專　□研究所(含)以上
職業：□製造業　□金融業　□資訊業　□軍警　□傳播業　□自由業
　　　□服務業　□公務員　□教職　□學生　□家管　□其它_____
購書地點：□網路書店　□實體書店　□書展　□郵購　□贈閱　□其他
您從何得知本書的消息？
　□網路書店　□實體書店　□網路搜尋　□電子報　□書訊　□雜誌
　□傳播媒體　□親友推薦　□網站推薦　□部落格　□其他________
您對本書的評價：（請填代號　1.非常滿意　2.滿意　3.尚可　4.再改進）
　封面設計____　版面編排____　內容____　文／譯筆____　價格____
讀完書後您覺得：
　□很有收穫　□有收穫　□收穫不多　□沒收穫

對我們的建議：________________________________

____

____

____

請貼
郵票

11466
台北市內湖區瑞光路 76 巷 65 號 1 樓
秀威資訊科技股份有限公司 收
BOD 數位出版事業部

（請沿線對折寄回，謝謝！）

姓　　名：＿＿＿＿＿＿＿＿　年齡：＿＿＿＿　性別：□女　□男

郵遞區號：□□□□□

地　　址：＿＿＿＿＿＿＿＿＿＿＿＿＿＿＿＿

聯絡電話：（日）＿＿＿＿＿＿＿＿（夜）＿＿＿＿＿＿＿＿

E-mail：＿＿＿＿＿＿＿＿＿＿＿＿＿＿＿＿